Schaafsfeuer

Edgar Schaafs elfter Fall

Pit Ferman

Eine brennende Scheune, zwei tote Männer, eine verletzte Frau. Damit beginnen für Kriminaloberkommissarin Rita Böhringer fünf aufreibende Tage, und das ausgerechnet an ihrem freien Wochenende. Aber zum Glück ist da ihr alter und nimmermüder Mentor Edgar Schaaf, der sie nicht nur bei einem versprochenen Stadtbummel mit dem Mädchen Saida vertritt, sondern auch ihr moralischer Rückhalt bei schwierigen Entscheidungen ist. Nicht von allen wohlgelitten und auch nicht als außerdienstliche Autorität anerkannt und geschätzt, ist es am Ende doch ihm zu verdanken, dass alle Puzzleteile an der richtigen Stelle zu liegen kommen.

*Für alle,
die ohne Obdach sind.*

Impressum

TWENTYSIX

Eine Marke der Books on Demand GmbH

© 2023 Pit Ferman

Herstellung und Verlag:
BoD – Books on Demand, Norderstedt

ISBN: 9783740715472

Schaafsfeuer

Der Moment, in dem die Flamme des Feuerzeugs auf das Papier übersprang, war wie immer einzigartig. Nie derselbe, und doch fast immer gleich, beschleunigte er den Puls des Mannes.

Wie oft er dieses Spiel schon gespielt hatte, konnte er nicht sagen, doch faszinierte es ihn immer wieder aufs Neu. Was einmal als Mutprobe unter Kindern begonnen hatte, war ihm in späteren Jahren zu einer Art Ritual geworden. Und so verging kaum ein Tag, an dem er sich nicht der Magie des Elements hingab.

Er drehte das Blatt geschickt in den Händen, sodass sich die Flamme von den Rändern nach innen fraß und er zum Schluss nur noch ein münzgroßes Stück Papier zwischen den Fingerspitzen hielt und das Feuer mit einem Hauch ausblies.

Teil I

Sommer 2024

Edgar Schaaf genoss den Fahrtwind, der ihm um die Nase wehte. Sonnenbrille, Helm, die Motorradkluft, und unterm Hintern das Motorrad. Zum ersten Mal seit der Rückkehr aus Marokko im Mai hatte er die *Harley Davidson* aus der Remise geholt. Ein Bilderbuchmorgen im Sommer, wie er schöner nicht sein konnte.

Auf dem Sozius in Edgars Rücken fuhr ein leiser Anklang von Wehmut mit, gepaart mit einer Spur schlechten Gewissens. Denn die Spannen zwischen den gemeinsamen Ausflügen, Mensch und Maschine, wurden stetig länger. Das Gefühl, die Hingabe an die *Harley* altersmüde vernachlässigt zu haben, hatte er vor Antritt der Fahrt mit einer intensiven Wartung und Pflege aller Chromteile wettzumachen versucht. Dass er dabei Zwiesprache gehalten hatte, als sei das Motorrad ein lebendiges Wesen, gehörte zu den unergründlichen Geheimnissen eines erwachsenen Mannes. Selbst Melanie, die sonst über jede seiner Regungen Bescheid wusste, ahnte davon nichts, und Edgar hatte nicht vor, daran etwas zu ändern.

Als er nach der Reinigungsprozedur den Motor gestartet hatte und der vertraute Sound die Luft erzittern ließ, war Edgar vorsichtig optimistisch gewesen, dass die *Harley* nicht nachtragend sein würde.

Blauäugig indes war er nicht. Die Zeit für einen endgültigen Abschied würde unweigerlich kommen. Die Herren, die mit über siebzig noch ein schweres Motorrad fuhren, waren handverlesen und gezählt. Er hoffte nur, dass er den Tag und die Stunde unter dem grauen Mantel der Melancholie nicht übersehen würde.

Die Gelegenheit zum Motorradfahren hatte sich aufgrund einer Einladung ergeben. Bernadette Wolff, Lebensgefährtin von Peter Seibelt und neuerdings seine Ehefrau, hatte ein neues Kinderbuch geschrieben und illustriert, und seit Kurzem war es auf dem Markt. Titel: *Das Chamäleon, das Maler werden wollte.*

Das war für Edgar, beider Freund, ein willkommener Anlass, persönlich sechs signierte Exemplare bei der Künstlerin in *Weinbuch* abzuholen. Zwei Fliegen mit einer Klappe: *Biken* und Bücher. Trefflicher ging´s nicht.

Bei den Büchern hatte er zuvorderst an Saida gedacht. Natürlich nicht sechs Bücher für sie allein, sondern eins, aber die anderen fünf hatte er in Gedanken auch schon vergeben. An Melanie, an Gerti und Janna, an Rita, an Eliza und Pit Ferman, und an sich selbst.

Saida, deren Heimat jetzt das Türmchenhaus war. Dass aller Anfang schwer ist, hatte auch das Mädchen erfahren. Doch unter Mithilfe aller, nicht zuletzt der Hilfe der Psychologin Saskia Lazlo, hatte sie ihre Ängste überwunden, und nun blühte das Kind in ihrer neuen Familie richtig auf. Seit sie in dem Haus wohnte, hatte sich die manchmal statische, um nicht zu sagen angestaubte, Atmosphäre in einen frischen Wind verwandelt. Ein anderes Temperament fegte auf einmal durch die Räume, und sie riss mit ihrer Fröhlichkeit die anderen mit. Sogar Edgar spürte in seinen Adern plötzlich einen übersprudelnden Elan, als hätte man einen Korken aus seinem Hals gezogen, sodass ihm die Kohlensäurebläschen aus der Nase schäumten.

Ja doch, es gab mit Saida auch die betrübten Stunden. Meistens vor dem Schlafengehen, wenn sie an ihre geliebte *Maman* dachte. Dann aber war überwiegend

Melanie zur Stelle, die das Kind auf den Pfaden der traumatischen Erinnerung auf sanfte Weise behütete und begleitete.

Gerti hatte ihr Versprechen gehalten. Sie hatte für Saida und deren *Maman* Fatma eine Kerze angezündet. Und diese Kerze brannte weiter, auch über Saidas Einzug ins Haus hinaus. Wenn eine Kerze abgebrannt war, wurde eine neue angezündet. Das sollte so bleiben, bis das Mädchen aus eigenem Antrieb sagen würde, dass sie das Licht als sichtbares Zeichen des Gedenkens an ihre *Maman* nicht mehr brauche.

Weinbuch also. Wie immer, wenn Edgar in den Ort hineinfuhr, wartete er auf das Ziehen in der Brust, auf das Frösteln im Nacken, die ihm suggerieren sollten – *hier ist dein Stall, hier kommst du her* – die aber nie kamen. Er verspürte keine Heimatgefühle. Er hatte das Elternhaus früh verlassen und kannte aus dem Ort niemanden mehr, außer eben Bernadette und Peter, Schulkameraden von anno Tobak.

Peter Seibelt hatte es nach seinem Berufsleben zurück in die Heimat, in das Haus seines Vaters gezogen. Aber auch er war in dem Ort im Grunde ein Exot, der mit seinem Habitus in das Dorf passte wie ein Fisch in die Wüste. Seine Kontakte beschränkten sich auf die allernötigsten, wie er sie zum Beispiel zum Verkauf seiner Tiffanyarbeiten, ob als Glasbild oder als Ofenlampe, äußerst sparsam pflegte.

Mittlerweile bekannter als er war Bernadette, die durch ihre Kinderbücher die Aufmerksamkeit der Öffentlichkeit brauchte. Nicht, dass sie sich aktiv aufdrängte, aber sie nahm gerne Einladungen zu Lesungen an, und wurde nicht müde, Schulen und Kitas zu besuchen. Sie war eine Frau der Spontaneität. Eine Gabe, die ihrem Mann Peter vollkommen fehlte.

Sie hatten Edgar einen warmen und herzlichen Empfang bereitet. Dass sie als Paar harmonierten, war nicht zu übersehen. Es lag an den kleinen, beiläufigen Dingen, an denen er es bemerkte. Eine Geste, ein Blick, ein Lächeln im richtigen Moment. Edgar gefiel dieses leise Spiel und nahm sich vor, seiner Melanie davon zu erzählen.

Es gab Kaffee und Kuchen, einen Gang durch ihren Garten, und dann die Stunde, in der Edgar vom Abenteuer in Marokko berichtete. Melanie, Rita und er. Und natürlich von Saida.

„Sie malt sehr gern und sehr gut", sagte Edgar. „Ihr müsst die Kleine unbedingt kennenlernen. Du, Bernadette, schon allein wegen ihrer Zeichnungen und Gemälde." Er nahm sein Handy aus der Jackentasche und zeigte den beiden eine Auswahl von Saidas Werken.

„Toll, ja", meinte Peter, „du bist ja richtig stolz auf die Kleine. Ihr behaltet das Kind bei euch?"

„Sicher, ja. Das Jugendamt befürwortet das, und wir natürlich auch. Wir schließen auch eine Adoption nicht aus."

„Wow, Edgar, dann wirst du auf deine alten Tage tatsächlich noch Vater. Weißt du was? Das gönne ich Melanie und dir von Herzen. Grüße sie von uns."

Es war Mittag geworden. Peter Seibelt begleitete Edgar bis zu dessen Motorrad. „Nachdem dir die alte *Harley* abgefackelt wurde, ist das also deine neue Alte?"

Edgar nickte. „Von *Rick's Motorcycles* in *Baden-Baden*. Ein bisschen mehr Technik, ohne Schnickschnack, aber optisch die *Alte*, wie du sagst." Er startete den Motor, drückte den ersten Gang und rollte an. „Besucht uns bald!", rief er und schaute nach vorne.

Und Peter Seibelt schickte ihm scherzhafterweise noch etwas hinterher, von dem Edgar nur: „ … aber verfahr dich nicht!", verstand.

Verfahr dich nicht! Püh. Ein Edgar Schaaf verfährt sich nicht, hatte Edgar gedacht, und dann war ihm genau das passiert. Er hatte sich verfahren. Verfranzt. Kurzfristig mit dem Kopf irgendwo anders, war er an der entscheidenden Abzweigung vorbeigebollert.

Nicht, dass er nicht wusste, wo er denn war. Das war ihm schon klar. Aber eine schwere *Harley Davidson* war kein Moped, das man auf einem Bierdeckel wenden konnte, sondern mit einem einundsiebzigjährigen Piloten eine träge Masse, die es zu beherrschen galt.

Er schob die Schuld elegant auf das Motorrad. *Soso, du suchst dir also deine Strecke selber aus? Dann lass´ mal sehen, wie du uns nach Hause bringst.*

Ohne Groll ließ er sich auf die Geschichte ein und blieb auf der Straße, die er, so sehr er sich zu erinnern versuchte, noch nie gefahren war. Sie zog sich in weichen Kurven über sanfte Hügel. Okay, der Zustand mochte nicht der beste sein, aber Edgar hatte keine Eile und geriet in einen stressfreien Flow, wie er ihn sich vorstellte, wenn er als Habicht schwerelos und ohne Flügelschlag durch die Lüfte gleiten könnte.

Irgendwann machte er zu seiner Rechten unten im Tal die Kleinstadt *Poggenau* aus. Plötzlich so nüchtern in die reale Welt zurückgeholt, denn ein Ort bedeutete Häuser, Geschäfte, Menschen und Regeln, verflüchtigte sich sein Traum vom Fliegen. Er stieß aus der Höhe zur

Talsohle, wo er, um nicht durch die Stadt fahren zu müssen, auf die Umfahrung abbog. Zwar bekam er nun einen besseren Straßenbelag unter die Räder, doch mit dem Flow war es vorbei, denn es herrschte starker Verkehr.

Wie ein Bach die Täler und Hänge der höher gelegenen Regionen entwässerte, nahm auch eine Umgehungsstraße den Verkehr auf, der aus den hinteren Dörfern und Weilern Richtung Rheinebene in die Industriezone strömte. In der Nähe der nächsten Ortschaft *Magerbüchel* befand sich ein Straßenknotenpunkt, genauer gesagt ein Kreisverkehr, in den kleinere Sträßchen mündeten, und von dem zwei leistungsfähigere Landesstraßen Richtung Westen verliefen. Die eine über *Poggenau*, die andere Richtung *Offenburg*.

Edgar war stets bedacht darauf, die *Harley* mit vollem Tank in die Remise zu stellen. Eine Angewohnheit, die er für praktisch hielt, denn im Falle eines Falles wollte er den Tank gefüllt haben. Bei Edgar war ein Notfall ein solcher Fall. Deswegen lockte ihn das grüne Reklameschild zu der Tankstelle, die eine Steinwurfweite außerhalb des Ortes lag.

Eine Tankstelle wie viele andere. Tanken und bezahlen. Edgar brauchte sonst nichts aus der überbordenden Fülle der Angebote, die wie in einem Supermarkt präsentiert wurden. Er ließ sich auch an der Kasse nicht verführen. Oder doch? Eine Schachtel Zigaretten?

Er war der einzige Kunde im Laden. Hinter der Kasse stand ein junger Mann. „Guten Tag, Säule Nummer zwei und bitte eine Schachtel Gauloises blau ohne chemische Zusätze", sagte Edgar und legte seine EC-Karte bereit. *Was für ein Schmarren*, dachte er, *als ob die Kippen ohne chemische Zusätze gesund wären.*

Der junge Mann produzierte eine kuriose gymnastische Verrenkung, bei deren Nachahmung Edgar das Kreuz gebrochen hätte, angelte flink die Zigarettenpackung aus dem Spender hinter sich und zog sie mit dem Strichcode über den Scanner. „Dreiunddreißig Euro fünfzig", sagte der Kassierer, und es war das einzige Mal, dass er Edgar ins Gesicht schaute, und das einzige Mal, dass Edgar ihn verkniffen lächeln sah. Dennoch fühlte er sich für eine Hundertstelsekunde von der Spur eines feinen Lufthauchs gestreift. Edgar legte die EC-Karte auf das Kartenterminal, steckte die Zigaretten ein, nahm die EC-Karte wieder an sich und verließ mit einem „Tschüss" die Tankstelle.

Sobald er auf dem Motorrad saß und auf der Straße Richtung *Offenburg* beschleunigte, hatte Edgar den zarten Hauch des Schmetterlings bereits vergessen.

September 1996

Wenn es überhaupt so etwas Ähnliches wie einen Plan gab, dann hatte es mit *Hamburg* zu tun. Dieses Etwas war jedoch in Planung und Durchführung genauso wenig weit fortgeschritten und aussichtsreich wie das Vorhaben, einmal eine berühmte Sängerin zu werden. Oder eine anerkannte Schriftstellerin. Eine Malerin. Egal was. Hauptsache erfolgreich. Sängerin wäre toll, da brauchte man nur singen zu können – und das konnte sie.

Aber erstmal nach *Hamburg*.

Denn mit dickem Bauch konnte sie eine Karriere als Sängerin von vornherein abschreiben. Das war ja klar. Man stelle sich nur die Szene vor: Eine junge Frau mit Babybauch auf der Bühne, das Mikrofon in der Hand, tausende von Fans im Saal vergöttern sie – und die Fruchtblase platzt. Undenkbar sowas.

Darum *Hamburg*.

Eine ihrer Leidensgenossinnen hatte von einer anderen gehört, die es wiederum vom Hörensagen wusste, dass dort die erste Babyklappe Deutschlands eingerichtet werden sollte. Und das war der Plan: Irgendwie in *Hamburg* das Kind zur Welt bringen und es dann in der Babyklappe abgeben.

Es war ganz einfach: So wenig wie sie die Schwangerschaft gewollt hatte, wollte sie auch das Kind. Mutter mit sechzehn? Hallo, geht´s noch?

Nicht, dass sie nicht wusste, wer der Erzeuger des Kindes war. Das wusste sie sehr wohl. Aber genau wie sie selbst sechzehnjährig, war er mit der Aussicht auf die Verantwortung für ein Kind total überfordert. Kurz und bündig, die Rechnung war simpel: Eins plus eins ergab nun mal nicht zwei oder, romantisch verklärt, drei, sondern eins, und diese eins würde sie sein. Sie allein, sechzehn Jahre, ohne Kind und ohne Kerl.

Also *Hamburg*.

Wenn da nur nicht Kirgard Howarth, die Heimleiterin in Person, und somit das Jugendamt als Behörde, dazwischengekommen wäre. Nachdem die Schwangerschaft nicht mehr zu leugnen gewesen war – Schande genug, dass ein Mädchen aus ihrem Verantwortungsbereich sich hatte schwängern lassen – waren alle erforderlichen Maßnahmen in Gang gesetzt worden. Peinliche Untersuchung von einem bestellten Amtsfrauenarzt, männlichen Geschlechts wohlgemerkt, von wegen Schamgefühl und Vertrauen und so; psychologisches Aufklärungsgespräch über die Mutterschaft unter Verwendung infantillastiger Bildtafeln; Vorfestlegung der Entbindungsklinik und postnatale Unterbringung von Mutter und Kind unter Aufsicht in behördlich gestellten Wohnräumen.

Nicht, dass sie bis dato ein freies und selbstbestimmtes Leben geführt hätte. In diesem Heim unter der Fuchtel von Frau Howarth waren nur die Gedanken wirklich frei. Sich allerdings auf die Maßnahmen des Jugendamtes einzulassen, kam einer verschärften Form von Entmündigung gleich.

Sie wollte das nicht. Sie wollte kein Kind und sie wollte nicht Mutter sein, und müssen schon gleich gar nicht. Sie wollte nicht als Kindsmutter in irgendwelchen Dateien oder Registern gespeichert werden. Sie wollte nicht werden wie ihre Eltern, die sich nie um sie als ihre Tochter gekümmert hatten, und sie wollte nicht, dass das Kind, so denn geboren, über irgendwelche verzwickten und vertrackten Wege in die Obhut ihrer verfickten Eltern gelangen könnte. Sie wollte anonym bleiben, genauso wie das Kind anonym eine Chance haben sollte, und nicht sofort mit seinem ersten Atemzug vorbestimmt als asoziales Menschlein aufwachsen müsste. Das alles wollte sie nicht.

Um die Wellen der Aufregung um ihre Person flach zu halten, ließ sie sich zum Schein auf den Fahrplan des Jugendamtes ein, was durchaus auch Vorteile für sie beinhaltete. Ob sie nun wollte oder nicht, fiel sie unter das Mutterschutzgesetz und wurde von jeglicher körperlichen Betätigung, ausgenommen der Schwangerschaftsgymnastik, befreit. Außerdem konnte sie sich unter Vortäuschung eines Übelseins praktisch jederzeit aus der engen Gemeinschaft des Jugendheims zurückziehen. Das kam ihr sehr zupass, als sie, bereits im achten Monat schwanger, die Verwirklichung ihrer Absicht in Angriff nahm.

Was sie meinte dafür zu benötigen, beschaffte sie bei diversen Ausgängen in die Stadt. An oberster Stelle stand ein Businesskostüm mit passenden Schuhen und ein Rollkoffer. Dann Haarfärbemittel, Lippenstift und Nagellack. Mit diesen wenigen Artikeln und veränderter Frisur hatte sie vor, am Tag X das Jugendheim zu verlassen und per Nahverkehrsticket der Bahn nach *Hamburg* zu fahren. Mit unerschütterlichem Optimismus glaubte sie daran, dass sie in *Hamburg*, wenn sie erst einmal dort sein würde, irgendwie schon zurechtkam. An Bargeld besaß sie nach den Einkäufen noch fünfundneunzig D-Mark.

Es kam anders als gedacht. Man war geneigt zu sagen: natürlich.

Es lag nicht am Businessoutfit, das sie angelegt hatte, obwohl sie in dieser Aufmachung aussah wie

Falschgeld auf Stelzen. Wenn man nach ihr suchen würde, hatte sie gedacht, dann würde man nach einer dickbauchigen durchgeknallten Punkerin suchen, und nicht nach einer Geschäftsfrau.

Für Schwangere nicht konzipiert, hielt sie die Hose, damit sie nicht rutschte, mit einem Gummiband am offenen Reißverschluss zusammen. Die Haare, selbst geschnitten und von dunkelbraun in blond gefärbt, wirkten für den Typ Frau, den sie darstellen wollte, extrem gewöhnungsbedürftig.

Schuld waren die Schuhe. Mit solchen feinen Tretern nie Umgang gehabt, stolperte sie beim Umsteigen im Bahnhof *Heidelberg* auf einer Abwärtstreppe derart unglücklich, dass sie mehrere Stufen hinabstürzte. Am Körper, außer einigen schmerzhaften Prellungen, sonst wie durch ein Wunder unbeschadet, spürte sie jedoch eine irritierende Nässe zwischen den Schenkeln. Und als sie hinsah, breitete sich ein dunkler Fleck auf der grauen Hose aus. Da ahnte sie bereits mehr als sie wusste, dass es mit *Hamburg* und Babyklappe heuer nichts werden würde.

Das Kind kam am fünfzehnten September in der Universitätsklinik *Heidelberg* per Kaiserschnitt zur Welt. Nicht, weil sie es so verlangt hatte, sondern weil es sich um einen medizinischen Notfall handelte.

Zwei Tage später erschien Frau Howarth auf der Geburtenstation, um mit der Leiterin das weitere Vorgehen zu besprechen. Man hatte, da die junge Mutter jedwede Auskunft zu ihrer Herkunft verweigerte, in deren Gepäck einen Hinweis auf das Jugendwohnheim gefunden und Frau Howarth von der Geburt in Kenntnis gesetzt. Indes hielt es die Heimleiterin nicht für nötig, sich bei der jungen Mutter selbst nach dem Befinden zu erkundigen. Der war das herzlich egal, denn sie hatte nicht vor, Frau Howarth jemals wieder zu begegnen.

Schon am unfassbar dritten Tag nach der Operation verließ sie unter Schmerzen die Klinik auf eigene Faust, ohne ihr Kind auch nur ein einziges Mal in Händen gehalten zu haben.

Mai 2024

Adrian.

Einundzwanzig Uhr fünfundvierzig, Freitagabend. Die Tankstelle lag wie ein strahlendes Objekt zeitgenössischer Kunst am Rande des Dorfes. Oder wie ein gelandetes UFO mit einladender Beleuchtung.

Mit der Zeit hatte Adrian ein Gespür für Kunden entwickelt, die klauen wollten. So wie jetzt dieser Typ hinter dem Mittelregal bei den Spirituosen. Eigentlich waren es ja keine Kunden, denn Kunden bezahlten bei ihm an der Kasse, sondern Diebe, und dass bei ihm Ware unbezahlt den Verkaufsraum verließ, wollte und konnte Adrian nicht dulden. Denn am Ende der Schicht musste die Kasse stimmen. Seine Kasse.

Um diese Uhrzeit war nicht mehr viel los an der Tanke. Der Feierabendverkehr war so gut wie durch. Der nächste Ansturm auf die Zapfsäulen würde erst wieder am nächsten Morgen stattfinden. Jetzt füllten nur noch sporadisch Autofahrer Sprit in ihre Tanks.

Dafür lief das Geschäft mit den Glücksspielern, die ihr Geld für Rubbellose ausgaben. Ein fester Stamm aus armen Schluckern, die täglich auf den großen Wurf warteten und hofften, mit dem Einsatz eines Euros Millionär zu werden.

Es handelte sich überwiegend um ältere Männer, erkennbar nicht nur an den Jahresringen um Augen und Münder, sondern auch an den Alte-Männer-Uniformen. *Karl Lagerfeld* konnte es nicht gewesen sein, der für Rentner und Pensionäre die Outdoorjacken mit aufgesetzten Taschen in der Farbe beige kreiert hatte.

Sie erschienen in der Regel erst nach der Stoßzeit am Abend, wenn die Wahrscheinlichkeit geringer war, bei der Suche nach einem bisschen Glück von irgendwelchen Nachbarn gesehen zu werden. Selbst dann noch verhielten sie sich so verschämt, als würden sie nicht die Tankstelle, sondern ein Pornokino betreten wollen.

Ebenso am Abend kam das Geschäft mit den jungen Leuten in Gang, die zwar kein Auto besaßen, aber jede Menge Durst hatten. Bier in Sixpacks und billiger Wodka wurden am häufigsten verlangt. Und Zigaretten. Und wer nicht bezahlen wollte oder konnte, versuchte eben zu klauen. So nachlässig Adrian bei der Einhaltung des Jugendschutzgesetzes war, irgendeiner von den Typen war immer achtzehn Jahre, so verbissen machte er Jagd auf Ladendiebe.

Hier an der Tankstelle begann in der Regel das Vorglühen, das sich über Stunden in die Länge ziehen konnte, bevor man gegen Mitternacht in die Clubs strebte. Treff- und Sammelpunkt war der Platz zwischen der Autowaschanlage und der offenen, aber gedeckten Stellfläche für Wohnmobile. Was die Besitzer der Wohnmobile nicht gerne sahen. Sie klagten über den Müll, den die Leute hinterließen. Flaschen, Pizza-Kartons und Fastfood-Behälter unter den Fahrzeugen, Kippen auf den Trittbrettern – die Liste war lang. Müllbehälter, die in unmittelbarer Nähe standen, wurden beharrlich ignoriert. Zum Wochenende hin war es besonders schlimm.

Und dann vertickte Adrian seit einigen Monaten noch einen anderen Stoff, der nicht zum regulären Warensortiment der Tankstelle gehörte und deshalb unter der Ladentheke gehandelt wurde. An ausgesuchte Kunden, die sich über ein Losungswort zu erkennen gaben und sich keinen Deut darum scherten, dass der Besitz der Ware und der Handel damit nicht ganz legal waren. Logischerweise durften der Chef und die Kollegin davon nichts wissen.

Er verhielt sich nicht ungeschickt, der Typ bei den Schnapsflaschen. Er schien genau zu wissen, wo die Kameras zur Überwachung des Ladens angebracht waren. Adrian beobachtete ihn auf einem der drei Monitore, die neben der Kasse montiert waren, und sah ihn nur von hinten. Eine Personenbeschreibung, die er im Falle eines Diebstahls bei der Polizei abgeben musste, fiel denkbar einfach aus. Schwarzer Hoodie, Blue Jeans, zwischen eins fünfundsiebzig und eins achtzig groß und schlank. Eine Beschreibung, die auf neun von zehn Kunden an einem Abend wie diesem zutraf.

Da sie immer nach dem gleichen Tatmuster vorgingen, waren sie ziemlich leicht zu durchschauen. Adrian kannte es aus eigenem Erleben, als er selber ein Ladendieb war, nur zu gut. Aber er weigerte sich, einen Gedanken an jene Zeit zu verlieren, und außerdem stand er heute auf der anderen Seite des Tisches. Mehr oder weniger fungierte er als Besitzer der Waren, die von anderen so begehrt wurden. Zumindest musste er für den Verlust mit seinem sauer verdienten Geld geradestehen.

Jetzt griff er zu, der Typ. Flink und geübt. Den Rücken zwischen Kamera und Regal gestellt – schon verschwand die Flasche blitzschnell unter dem Pullover.

Gleich hab' ich dich, dachte Adrian.

„Hhrrmmhh ...!"

Ja, was ist denn? Scheiße! Auf Adrians Gesicht zeichnete sich Unwille ab.

„Ja, guten Abend, der Herr. Ich stehe hier schon seit einer geschlagenen Minute und würde gerne bezahlen, wenn's heute noch möglich wird!"

Obwohl eine der Kameras den Bereich vor der Kasse filmte und die Bilder auf einen der Monitore schickte, hatte Adrian die Frau nicht bemerkt. Zu vertieft war er in die Beobachtung des Kerls. Und richtig: Nun sah er, wie der Typ sich umdrehte, den

Kopf auf die Brust senkte und aus dem Aufnah-
mebereich der Kamera eilte. Gleich würde er zur Tür
hinausrennen, wenn nicht ...

Ich krieg' dich, du Sau, flog der Gedanke als Fluch
aus Adrians Mund, und schon stürmte er los, beziehungsweise wollte er losstürmen, doch die mes-
serscharfe Stimme der Frau stoppte ihn wie eine
Wand aus Acrylglas. Zudem war sie im Begriff,
ihm den Weg zu verstellen.

„Verdammt nochmal!!! Jetzt bin ich dran!", keifte
sie wie Galle.

Die Sekunde genügte, um den Dieb uneinholbar
entwischen zu sehen.

„Ja, verdammt, jetzt ist er weg!", fauchte Adrian
zurück. „Oder bezahlen Sie mir die Flasche?"

„Spinnen Sie?" Sie knallte eine Illustrierte auf
die Theke. „Säule vier. Ich bezahle mit Karte."

Wütend loggte er die Säulennummer ein. Acht-
undsiebzig Euro und zwei Cent, registrierte er und
zog anschließend den Strichcode der Zeitschrift
über den Scanner. Fünfzwanzig für ein Modejour-
nal. Ein zynischer Zug spielte auf seinen Lippen.
Typisch Modetussi. Solche Nixen mag ich, dachte er.
Rasch warf er einen Blick nach draußen zur Tank-
säule. Ein nagelneuer Mercedes stand neben der
vier. Zweisitzer. Cabrio natürlich. Benziner. *Ver-
damm! Wieso sie und nicht ich?*

Auf dem Beifahrersitz saß jemand. Mann? Frau?
Aha, eine Frau. *Schau an, eine Lesbe.*

Dann endlich widmete er sich der Kundin von Angesicht zu Angesicht. Eine junge Frau.

Dass sie elegant gekleidet war und goldenen Schmuck um die Handgelenke trug, ging im Aufruhr seines Herzens unter. Denn er sah nur ihr Gesicht. Ein Gesicht, das er kannte. Er wollte ihren Namen aussprechen, doch der Hals war wie zugeschnürt. Die Hand, die das Kassenterminal bediente, zitterte. Seine Augen hingen an ihren Lippen, die eine Mischung aus Arroganz, Verachtung und Überlegenheit ausdrückten. Ihre Augen blieben gesenkt. Doch er wusste, dass sie grün waren.

Routiniert tippte sie die PIN in das Kartengerät, wartete mit gebremster Ungeduld auf die Quittung, raffte sie mit genervter Miene aus seinen Fingern und stöckelte ohne weiteres Wort und ohne Andeutung eines Erkennens ihrerseits aus dem Laden.

Adrian stand da wie vom Donner gerührt. Sie war gegangen und er war allein im Laden. Genauso gut hätte er auf einem Berggipfel im Himalaya, oder auf einer abgelegenen Mini-Insel im Ozean, oder auf einer hell erleuchteten Theaterbühne vor vollbesetzten Rängen mit vergessenem Text sein können. Er fühlte sich wie der einsamste Mensch auf der Welt. Er spürte, dass sich ein Schrei in ihm aufbaute, wie eine Monsterwelle vor der Atlantikküste Portugals. Adrian begann zu zittern, dann zu beben. Als der sich ankündigende türmende Schrei den Kulminationspunkt erreichte, brach er in einer Urgewalt aus Adrian heraus. Laaaang, aus der Tiefe des Bauches, voller Inbrunst, durch die Kehle hinaus, hinaus, bis die Luft zu Ende ging. Und nochmal, und nochmal, mit geballten Fäusten, bis der Brustkorb schmerzte.

Um plötzlich still zu sein. Da war das Ringen nach Luft. Und auf einmal die Hektik.

Schnell nach draußen, nach draußen, auf kürzestem Weg, durch die elektrische Schiebetür – aber zu spät, zu spät. Der Mercedes, ihr Mercedes, war bereits zu weit. Er sah nur noch die Rücklichter. Das Autokennzeichen, das Kennzeichen, Herr im Himmel oder Teufel in der Hölle, egal wer, aber gebt mir das Kennzeichen –

nein, es war nicht mehr zu entziffern. Er trat mit Wucht gegen den Papierkorb vor der Tür. *Scheiße!!*

Adrian arbeitete seit elf Monaten für den Konzern, dem die Tankstelle gehörte. Es war nicht sein Traumjob, doch auf Anraten und Vermittlung seines Bewährungshelfers hatte er ihn angenommen. Geregelte Arbeitszeiten, sicheres Einkommen, positive Sozialprognose. So lautete das Credo, das ihm knallhart vor Augen führte, dass er keine andere Wahl hatte. Wie die Alternativen dazu aussehen würden, hatte er ihm mit drastischen Worten erklärt. Von den zwei Jahren, in denen er sich an die

Regeln halten musste, hatte er nunmehr vier Monate geschafft.

Große Sprünge konnte er sich bei dem Gehalt nicht leisten, doch wenn er mit den Ausgaben einigermaßen im Rahmen blieb, kam er gerade so hin. Vielleicht war es sogar beabsichtigt, ihn, was das Geld betraf, relativ kurz zu halten. Als Erziehungsmaßnahme sozusagen. Freude bereitete es ihm allenfalls keine.

Er sah sich selbst auf das Nötigste reduziert. Mit der Einzimmerwohnung und Möbeln vom Sperrmüll konnte er keinen Staat machen. Markenkleider und schicke Sneakers kannte er nur vom Sehen. Seine Herrenausstatter hießen Caritas und AWO. Ein Auto besaß er nicht, sowenig wie ein Fahrrad. Gerade noch, dass er ein Handy sein eigen nennen konnte, aber es war ein No-Name-Produkt und das Gegenteil von einem Statussymbol.

Er hatte Glück, dass ihn mit dem Tankstellenleiter eine Abmachung verband. Nämlich durfte er dessen Motorrad benutzen, wenn der Chef selber eine Schicht in der Tanke leistete. Ansonsten war Adrian auf den ÖPNV oder auf die eigenen Füße angewiesen.

Die Tankstelle wurde im Drei-Schichten-Betrieb gefahren. Von sechs Uhr bis zwölf Uhr, von zwölf Uhr bis achtzehn Uhr, von achtzehn Uhr bis sechs Uhr. Es war eine Tankstelle mit dem grünen

Firmenlogo, die am oberen Verkehrskreisel lag. Es existierte in Konkurrenz eine zweite Tankstelle am unteren Kreisel mit blauem Logo, doch jene schöpfte viel weniger Verkehr ab.

Nach einer Nachtschicht war er normalerweise hundemüde. In seiner Bude angekommen, trank er, um das Erreichen der erwünschten Bettschwere zu forcieren, zwei Gläser billigen Rotwein. Dermaßen angetörnt, fiel er für gewöhnlich in einen ohnmachtsähnlichen Tiefschlaf, aus dem er vor Mitte des Nachmittags nicht wieder erwachte.

Heute jedoch wälzte er sich unruhig von einer Seite auf die andere. Es war eine teure Nachtschicht für ihn gewesen. Nicht nur, weil ihm ein Ladendieb mit einer Flasche Wodka entwischt war und er mit seinem Geld die Kasse ausgleichen musste. Auch, weil er einmal beim Herausgeben auf Bargeld einen Fehler gemacht hatte. Ein Kunde hatte eine Schachtel Zigaretten für acht Euro mit einem Hunderteuroschein bezahlt. Adrian hatte ihm nicht nur das Rückgeld gegeben, sondern den Hunderteuroschein, der eigentlich in seine Kasse gehört hätte, gleich mit. Sehr, sehr ärgerlich, das alles.

Aber Schuld daran, und darin steckte die Hauptursache für seinen *Blackout* in der Nacht und die jetzige Schlaflosigkeit, war *sie*. Natürlich sie. Mona. Mona Schott.

Ob sie heute noch Mona Schott hieß, wusste er nicht. Damals jedenfalls hatte sie so geheißen. Vielleicht war sie mittlerweile verheiratet und trug einen anderen Namen. Oder verheiratet und geschieden, was vom Nachnamen her aufs Gleiche hinauslief. Er wusste es nicht. Solch eine Frau blieb nun mal, das war erstens das Gesetz der Natur, und zweitens das Los der Schönheit, nicht lange allein. Aber eines hatte ihn dann doch gewundert: Dass er in ihrem schönen Gesicht überhaupt keine Narben gesehen hatte.

Er rollte sich aus dem Bett, stolperte zum Esstisch, der gleichzeitig auch Schreibtisch und Werkbank sein musste, und soff direkt aus dem Fünf-Liter-Weinkarton einen tiefen Schluck. Ein Blatt Papier lag auf dem Tisch. Er ergriff es, nahm ein Feuerzeug und zündete das Papier an einer Ecke an. Rasch züngelte die Flamme am Rand des Blattes entlang. Durch geschicktes Drehen hielt er das Feuer davon ab, sich in die Mitte zu fressen. Schnell wurde die Fläche des unversehrten Papiers kleiner. Was ihm sonst durch jahrelange Übung gelang, nämlich dass er am Schluss ein briefmarkengroßes Stückchen Papier zwischen den Fingern hielt, ging heute schief. Mit den Gedanken woanders, verpatzte er die letzte Drehung und verbrannte sich die Finger. Das brennende Papier fiel zu Boden und hinterließ dort einen dunkelbraunen Fleck im PVC-Bodenbelag.

Über das eigene Missgeschick wütend, warf er sich erneut aufs Bett und versuchte in Schlaf zu fallen. Die Bilder von Mona im Kopf wurde er indes nicht los.

Dann kamen, quasi zur Selbstrettung, die Zweifel. Zweifel, ob es überhaupt Mona gewesen war, die er gesehen hatte. Alsbald schritt mit den Zweifeln die Hoffnung einher, dass sie es gar nicht gewesen sein konnte. Und aus der Hoffnung wurde eine Einrede, die einer vom Schlage Adrians gerne als Wahrheit vertrat, wenn man sie nur oft genug wiederholte.

Denn ja, *seine* Mona musste Narben im Gesicht zurückbehalten haben. Die Haut dieser Frau aus der Tankstelle aber, von der Adrian nun überzeugt war, dass sie nicht Mona gewesen sein konnte, war makellos rein wie ein gesunder Pfirsich gewesen. Und die Geschichte mit der richtigen Mona hatte zu einer ganz anderen Zeit, in einer ganz anderen Stadt, in einem ganz anderen Leben stattgefunden. Außerdem hätte Mona nie im Leben solch einen Auftritt hinlegen können wie die Tussi in der Tanke. Niemals. *So what.*

Eineinhalb Stunden später jedoch schlief Adrian noch immer nicht. Welche Schlafposition er auch einnahm – der Kopf spielte ihm einen Streich. Er probierte es mit der 4711-Variante: Vier Sekunden lang tief einatmen, sieben Sekunden lang ausatmen, und das elfmal nacheinander. Es wirkte nicht. Auch der fragwürdige Versuch mit nassen gekühlten Füßen brachte nicht den erhofften Erfolg. Dafür bekam er Kopfweh.

Ganz so einfach ließ sich der Datenspeicher im Gehirn nun doch nicht überlisten. Denn was, wenn es doch Mona gewesen war? Er würde schwören, dass es ihre Stimme war, die er gehört hatte. Und plastische Chirurgen gab es wahrscheinlich wie Sand am Meer. Aber wieso hatte dann sie sich nicht zu erkennen gegeben? Lag es daran, dass er im Gegensatz zu früher die Haare kurz geschnitten und keinen Bart mehr trug? Oder hatte sie ihn erkannt und einfach nichts gesagt? Nach ihren eigenen Worten hatte sie eine geschlagene Minute Zeit gehabt, sich zu beherrschen und sich nichts anmerken zu lassen. Welche Haarfarbe hatte sie überhaupt gehabt? Früher war sie dunkelbraun gewesen. Und heute? Honigblond? Hellbraun? Er war ein miserabler Beobachter.

Wie aus dem Nichts fiel ihm plötzlich die Kamera ein, die den Zapfsäulenbereich erfasste und aufzeichnete. Adrian purzelte geradezu aus dem Bett. Die erste Idee war, seine Kollegin von der Frühschicht anzurufen, sie möge bitte die gespeicherten Aufnahmen des gestrigen Abends durchsehen und ihm die Autonummer eines roten Mercedes Zweisitzer angeben. Der zweite Gedanke war, dass diese Sache die Kollegin absolut nichts angehen würde, und er verwarf die erste Idee sofort wieder. Am Ende würde sie vielleicht noch lästige Fragen stellen, und das war etwas, das er so gar nicht gebrauchen konnte. Ergo: Er musste die Überprüfung selber erledigen.

In fliegender Hast zog er Jeans und T-Shirt an, krallte den Zündschlüssel des ausgeliehenen Motorrads und befand sich eine Minute später auf dem Weg zur Tankstelle.

*

Mona.
War das wirklich sie gewesen? Sie, Mona, das scheue Reh?

So hatte sie sich selbst noch nie erlebt. Nicht mal im Gerichtssaal, wenn es darum ging, der Gegenseite mit knallharten Fakten den Wind aus den Segeln zu nehmen. Als kratzbürstiges egozentrisches Weibsbild.

Lena, Monas beste Freundin, hatte recht gehabt. Bei dem Kerl in der Tankstelle handelte es sich tatsächlich um Adrian.

Wenn er gewusst hätte, dass sie sich vor lauter Angst beinahe in die Hose …

Mona wollte die Vorstellung nicht zu Ende denken.

Sie hatten sich am Donnerstag nach Monas Training und Lenas Yogastunde auf einen Drink in einem italienischen Café verabredet, wobei die Drinks eher nebensächlicher Natur gewesen waren. Wichtiger für beide war das unbekümmerte Tratschen und Quatschen zwischen seelenverwandten Frauen. Da keine von ihnen aktuell an einen Partner oder eine Partnerin gebunden war, gab es auch keine Tabuthemen, die man fallbezogen vorsichtig umschiffen musste. Dem ungehinderten Redefluss waren demnach keine Grenzen gesetzt.

Freilich gab es geschlechtsspezifische Themen, über die man mit einer Frau besser sprechen konnte als mit einem Mann, wie zum Beispiel Cellulitis und PMS. Sofern man selber eine Frau war, versteht sich. Darüber hinaus redeten sie aber genauso ungezwungen über breit gestreute Interessensgebiete wie Figur, Kosmetik, Kinofilme, Musik, Ferienziele, Mode und Ernährung, ohne festgelegte Reihenfolge oder Gewichtung bestimmter Themen.

Als jedoch die Sprache auf Männer gekommen war, hatte Lena für eine faustdicke Überraschung gesorgt.

„Hast du mir nicht erzählt gehabt, dass der Typ in *Bamberg* ein Augenbrauenpiercing trug? Links?"

„Ja, schon, aber wie kommst du jetzt darauf? Das ist Jahre her", antwortete Mona, die sofort eine Veränderung auf der Haut spürte. Die Härchen richteten sich auf. Es fühlte sich an wie eine elektrostatische Spannung.

„Heute Nachmittag hab´ ich an der Grünen Tank-stelle in *Magerbüchel* getankt. Der Kerl an der Kasse hatte solch ein Ding. Wie hieß er gleich wieder?"

Monas Miene verriet Unwille. „Du, ich möchte ei-gentlich ungern an die damalige Sache erinnert wer-den."

„Entschuldige, ich hab´ halt nur gedacht … er trägt auch keinen Bart und hat kurze Haare … anders, als du ihn mir beschrieben hast. Aber vom Alter her könnte es stimmen. Und dann auch wiederum nicht, wenn man bedenkt, dass der Angriff in *Bamberg* pas-siert war. Das wäre dann schon ein großer Zufall, oder?"

Na, so groß wäre der Zufall dann auch wieder nicht, dachte Mona, *denn er hatte ja behauptet, dass er aus dem Raum Baden stamme, ohne je präziser geworden zu sein. Wenn das nicht ebenfalls erlogen gewesen war wie alles andere auch.* „Wo hast du gesagt, dass du ihn gesehen hast? In …"

„In *Magerbüchel*. Das liegt auf der Strecke Richtung *Durlangen*", warf Lena geschäftig ein.

„Ich weiß, wo das ist. Ich wohne seit fünf Jahren in der Gegend", erwiderte Mona schärfer als beabsichtigt, und erlag gleichzeitig einem merkwürdig kribbeln-den, aus der für Warnungen zuständigen Hirnregion herbeigeflogenen Reiz, näher am Ball zu bleiben. Und tatsächlich sendete ihr das Unterbewusstsein ein alar-mierendes Sirenengeheul auf die Ohren. Ungeachtet dessen fragte sie: „Ist dir sonst noch etwas an ihm aufgefallen? Muttermale, Leberflecken, Tätowierungen, Zahnlücken?"

Lena prustete: „Hallo, erlaube mal! Ich war nur tanken, und nicht mit ihm im Bett."

Es verstrichen ein paar Sekunden, die Mona für eine Entscheidung brauchte. „Okay, du hast mich überredet. Ich muss sowieso bald tanken. Aber ich möchte, dass du mitkommst. Zum Schutz oder als Zeugin. Ist es dir morgen recht?"

Ja, es war Adrian. Daran biss keine Maus einen Faden ab.

Während Lena draußen im Auto gewartet hatte, war Mona zum Bezahlen in den Verkaufsraum gegangen und hatte ihn sogleich erkannt. Es waren seine Augen und das Piercing, die Nase, die Größe und die Statur. Er hatte auf einen bestimmten Punkt neben der Kasse gestiert und von ihr überhaupt keine Notiz genommen. Natürlich hatte er mit ihrem Erscheinen nicht rechnen können, wie sollte er auch. Aber wie Lena gesagt hatte: Ihre Beschreibung vom damaligen Aussehen passte nicht mehr zum heutigen.

Mona hatte dann spitzbekommen, dass er es wohl auf einen Ladendieb abgesehen hatte, doch sie hatte dazwischengefunkt, *Ja, guten Abend, der Herr. Ich stehe hier schon seit einer geschlagenen Minute ...* und hatte ihm die Tour vermasselt.

Sie also hatte ihn identifiziert. Trotz neuer Frisur und rasiertem Gesicht. Und er? Hatte er sie erkannt?

So wie er geglotzt hatte? *Hätte ich ihn ansprechen sollen?*

„Ist er es? Hast du mit ihm geredet?", hatte Lena sie gleich mit Fragen bombardiert.

„Erste Frage: ja, zweite Frage: nein", hatte Mona geantwortet, den Motor gestartet und Gas gegeben. „Nix wie weg hier, bevor er auf die Schnapsidee kommt und mir hinterherrennt."

Lena wäre noch gerne auf ein Bier in den *Irish Pub* in *Offenburg* gegangen, doch Mona wollte alleine sein.

Sie lud die Freundin an ihrer Adresse ab und fuhr auf direktem Weg nach Hause. Sie hatte eine Dachwohnung in einem Einfamilienhaus am Stadtrand *Offenburgs* gemietet. Überall zwar schräge Wände, doch die Kniestockhöhe war hinreichend bemessen, sodass sie bei ihrer Größe von ein Meter fünfundsechzig nirgendwo Gefahr lief, den Kopf anzustoßen. Es gehörte ein Balkon dazu, der über die gesamte Breite des Hauses reichte. Die Giebelfront zum Balkon war vom Fußboden bis in die Dachspitze mit Rauchglas versehen. Die Dachschrägen waren innen wie außen mit Holz verkleidet. Unterhalb des Balkons erstreckte sich die weitläufige Terrasse des Hausbesitzers mit anschließender Rasenfläche. Zwei markante Trauerweiden bildeten einen dichten Sichtschutz sowohl zum als auch vom Trampelpfad, der am Grundstück vorbei führte und es begrenzte.

Im Kühlschrank wusste sie noch eine halbe Flasche Weißwein. Sie schenkte ein Glas ein und machte es sich damit auf dem Balkon bequem. In der Wohnung herrschte zwar Rauchverbot, doch auf dem Balkon hatte der Vermieter nichts dagegen.

Sie zündete eine Zigarette an und inhalierte den ersten Zug tief in die Lunge. Ihre Gedanken eilten fünf Jahre zurück, als sie sich in *Bamberg* als Rechtsreferendarin auf das zweite Staatsexamen vorbereitete.

Januar 2019
Bamberg
Adrian.

Alle anderen hatten gewusst, was sie nach bestandenem Abitur machen wollten. Alle hatten zumindest einen Plan. Einen Lebensplan. Drei Viertel wollten ein Studium beginnen, der Rest sich in der freien Wirtschaft bewerben. Nur er nicht. Adrian.

Gerade so, dass er das Abi geschafft hatte. Mit Ach und Krach durchgebrunzt.

Sein Vater hätte ihn erschlagen, wenn er durchgerasselt wäre, doch er lebte noch und sah sich in seiner Lebenseinstellung bestätigt: Auch ein faules Huhn findet ein Korn, solange es mit den anderen Hühnern gackert.

Aber zu Hause hatte er nicht bleiben können und nicht bleiben wollen. Schade für die Mutter. Mit ihr verstand er sich relativ gut, und sie konnte ja eigentlich nichts dafür, dass sich ihr Mann im Lauf der Jahre zu solch einem Despoten entwickelt hatte.

Es war eher eine Laune als eine Überlegung gewesen, dass er sich für das Lehramtstudium für Grundschule an der Otto-Friedrich-Universität in *Bamberg* beworben hatte. Nicht gerade das, was er sich als freier Geist entfernungsmäßig vorgestellt hatte, aber die Hauptsache war die Distanz zu dem elterlichen Dunstkreis. Sechs oder, je nachdem, sieben Semester bis zum ersten Staatsexamen – Donner und Doria – die sollten doch abzusitzen möglich sein. Und dann, verdammt, ran an die jungen hübschen Lehrerinnen.

Ein Dummkopf war Adrian nicht. Das musste man ihm zugestehen. Wer beinahe drei Jahre Studienzeit, oder annähernd sechs Semester, ohne geringsten eigenen Aufwand über die Runden brachte, der brauchte schon eine gehörige Portion Cleverness. Die war, wie's schien, bei Adrian in überreichem Maße vorhanden. So schlüpfte er wie ein nasser Aal durch alle notwendigen Seminare und lieferte in den Wahlfächern Deutsch, Mathematik und Musik erforderliches und ausreichendes Grundwissen ab. Was ihm zugutekam, war die Fähigkeit, aus den Fachsimpeleien seiner Studienkollegen und -kolleginnen, in die er sich mit geradezu unangestrengter Leichtigkeit einklinken konnte, die Essenzen ziehen zu können. Oft genug geschah das abends in einer der angesagten Kneipen, denn zum Feiern war er stets aufgelegt. Bei erkanntem Nachholbedarf gelang es ihm auch, durch eine belanglos hingestreute Frage eine entsprechende Diskussion zu initiieren, um daraus sein Pseudowissen zu eruieren. Sich jedoch selber hinzusetzen und Fachliteratur zu wälzen, war ihm viel zu lästig und stupid. *Pädagogik? Didaktik? Hat sich was*, wie er zu denken pflegte.

Im Verlauf eines solchen Abends lernte er in der Studentenkneipe *Zum goldenen Hahn* eine Frau kennen. Zwar von einer anderen Fakultät und mit dem ersten Staatsexamen bereits in der Tasche, hielt sie sich mit Fachkollegen an der Theke in dem Lokal auf.

Quatsch! Er lernte sie nicht kennen, wie man üblicherweise jemanden kennenlernte. Weder saß sie an seinem Tisch noch wurde sie ihm vorgestellt. Erst stach sie ihm, dann fasste er sie ins Auge.

Adrian, sonst gerne einer der Lautstärksten und keiner Albernheit abgeneigt, fühlte sich bei ihrem Anblick wie vom Schwert getroffen. Hinter ihrer Stirn erkannte er, trotz ihrer Ponyfrisur, auf Anhieb die absolute Reinheit. Die vollständige Abwesenheit alles Bösen. Sie trug ihre natürliche, unverfälschte Schönheit wie eine unsichtbare Krone und, entsprechend ihrer königlichen Seriosität, mit dem

Bewusstsein und dem latenten Schmerz einer Bürde. Er spürte instinktiv, dass diese Frau mit gockelhaftem Balzgehabe, das er normalerweise veranstalten würde, nicht zu erobern sein würde. Dass er mit seiner Einschätzung richtig lag, musste sein Studienfreund Leroy, Spitzname *GröFaz*, was für *Größter Ficker aller Zeiten* stand, peinlich erfahren. Sie würdigte ihn ob seiner aufdringlichen Anmache nicht eines Blickes, was ihm seitens der Kumpel vom Tisch eine volle Breitseite des Hohns einbrachte. Gerade deswegen nahm Adrian sich vor der erste zu sein, der bei ihr das Fenster zur Seligkeit eindrücken durfte. Sozusagen.

Von diesem Moment an änderte Adrian seine Strategie. Sein Blick wechselte von der Sorte Berechnung einer Vorteilsnahme in eine verträumte Melancholie, unterlegt mit etwas Skepsis in der senkrechten Falte zwischen den Augen. Er versuchte, den unsinnigen Blödeleien seiner Kollegen ein bisschen Ernsthaftigkeit entgegenzusetzen, und das mit Kalkül in den Spaßpausen, sodass er gehört wurde, und einem, seiner Ansicht nach, unwiderstehlich männlich klingenden Schmelz in der Stimme.

Dass die übrigen Freunde der Tischrunde ihn plötzlich unverständig anglotzten, störte ihn nicht. Im Gegenteil, setzte er sich, aufgehend in seiner Rolle, thematisch weiter von ihnen ab und provozierte am Ende sogar einen verbalen Streit, der ihm die Möglichkeit eröffnete, die Runde zu verlassen.

Als Meister des *Timings* eilte er zum WC der Kneipe, darauf bauend, dass die Frau früher oder später selber die Toilette aufsuchen musste. Und richtig. Er war noch nicht lange im Männer-WC-Bereich, als er den Schritten nach eine Frau kommen hörte.

„Idioten!", sagte er laut und unbedingt hörbar mit gespieltem Zorn, „solche Banausen", zürnte er, stieß die Tür auf und rauschte mit Verve in den Flur hinaus, was geplanterweise um ein Haar zu einem Zusammenstoß mit ihr geführt hätte.

„Oh, pardon", schnaufte er und wich aus. „Ich sag´ Ihnen: Lassen Sie sich nie mit solchen Pennälern ein."

Die schöne Frau ging indes überhaupt nicht auf seine Anrede ein. Vielmehr wich sie ihm ebenfalls aus, mit gesenktem Blick, beinahe erschrocken, und schlüpfte in die Damentoilette. Sie blieb danach auch nicht mehr länger im Lokal und entschwand alsbald mit ihrer Clique. Dennoch hatte sie bei Adrian einen nachhaltig bleibenden Eindruck hinterlassen, sodass er an nichts anderes mehr denken konnte als an sie.

Der Zufall wollte es, dass er ihr ungefähr drei Wochen später über den Weg lief. Beim Einkaufen in einem Supermarkt, und sie war es, die ihn ansprach.

„Na, alle Unklarheiten beseitigt?"

Er benötigte ein paar Sekunden um zu begreifen, wer ihn da ansprach. Darauf nicht gefasst, färbte sich seine Gesichtshaut puterrot und er begann zu stottern. „Was? ... Oh ... Hallo ... Äääh ... ach so ... ja ... da ... was meinen Sie?"

Sie empfand seine Verlegenheit trotz, oder gerade wegen des Gestammels, als süß. Weil sie es war, die den ersten Schritt getan hatte, verlangte es nun nach einem zweiten. Und da sie in die Offensive gegangen war, bestimmte sie auch das Spiel. Vor einer billigen Anmache brauchte sie sich so nicht zu fürchten. Darüber hinaus rührte sich ihr hehres Juristinnenherz. Sie hatte ihn in Verlegenheit gebracht, also oblag es ihrer Pflicht, den begangenen Schaden wieder gutzumachen, frei nach dem Motto: Alles, was recht ist.

„Die Meinungsverschiedenheit im *Goldenen Hahn* vor ein paar Wochen. Sie mit ihren Pennälern."

Sie spricht mich tatsächlich an. Ich sehe, dass sich ihre Lippen bewegen, dachte er, und während er es dachte, begann er zu schweben. Der Erdanziehungskraft enthoben, fühlte er sich so leicht wie nie zuvor. Er begann zu taumeln, und dann stürzte er in einer Spirale in ihre grünen Augen hinein.

„Hallo! Sie! Ist jemand daheim dort drinnen?", fragte sie und deutete auf seinen Kopf.

„Daheim?" Er kam wieder zu sich. „Ach so, daheim. Ja. Entschuldigen Sie, ich war … Jaja, ist alles wieder in Ordnung mit den Jungs. Es war … nicht so wichtig. Danke der Nachfrage."

„Schön. Haben Sie vielleicht Lust auf einen Kaffee?" Ihre Stimme offenbarte ein leises Timbre. Anscheinend war sie es nicht gewohnt, einen fremden Mann einzuladen.

„Kaffee?"

Jetzt musste sie doch kichern. „Ja, Kaffee. Das ist ein dunkles, koffeinhaltiges Getränk, das in der Regel heiß getrunken wird. Wahlweise mit Milch oder Zucker oder mit beidem."

Endlich kam er in der Realität an und lachte nun selber. „Verstehe. Kaffee. Ja, warum nicht?" Übergangslos schlüpfte er wieder in die Rolle, die er vor drei Wochen schon kreiert hatte. *Ab heute gehörst du mir*, dachte er und lächelte sie strahlend an.

Noch in der gleichen Stunde begann er an einer Legende über sich zu stricken. Wie er es trotz schwieriger Kindheit und desaströsen Familienverhältnissen mit eisernem Willen geschafft habe, seinen Traumberuf, nämlich Grundschullehrer, ausüben zu können.

„Damit ich Kindern helfen kann,, die aus ähnlich komplizierten Verhältnissen kommen wie ich einst. Und den anderen Kindern natürlich auch. Das ist mein Antrieb."

Es gelang ihm so überzeugend, dass er um ein Haar in Selbstmitleid zerflossen wäre. Die Masche jedenfalls schien zu ziehen, denn seine Gesprächs-partnerin lauschte ihm mit Andacht. Wobei: Eine Gesprächspartnerin war sie in diesem Sinne nicht. Sie lauschte eher einem Monolog.

Adrians Ziel, sie im besten aller Fälle noch am gleichen Abend ins Bett zu kriegen, schlug hinge-gen fehl. Mona, wie sie hieß, signalisierte weder durch typische Gesten, wie zum Beispiel öfters in die Haare zu greifen oder durch übertriebenes La-chen, noch durch Eingehen auf zweideutige Anspie-lungen, dass sie heute an Sex Gefallen finden würde. Auch zog sie die Hand zurück, als er die sei-nige auffällig zufällig auf ihre legen wollte.

Zu seiner Legende gehörte selbstverständlich auch ein anderer Name. Auf ihre Frage danach ant-wortete er: „Marius."

Dennoch erreichte Adrian einen Teilerfolg. Näm-lich eine Verabredung mit ihr am Wochenende.

*

Mona.

Nach der ersten Verabredung folgten noch vier wei-tere Rendezvous. Immer wochenends. Sie trafen sich jeweils in *Bambergs* Innenstadt (worauf Mona bestan-den hatte) und fuhren mit seinem Kleinwagen in um-liegende Städte (worauf er bestanden hatte), wie *Würzburg, Nürnberg, Coburg.* So verbrachten sie insgesamt fünf Tage, abwechselnd mal Samstag, mal Sonntag, außerhalb *Bambergs*.

Zuerst hatte Mona sich nichts dabei gedacht. Als es aber Programm wurde und sie ihn darauf ansprach, hatte er gesagt: „Ach, Deutschland ist so schön. Ich war zum Beispiel noch nie in *Erlangen* oder *Schweinfurt*. Und ist es nicht egal, wo wir die Zeit verbringen? Ich bin einfach gerne mit dir zusammen."

Mit dem Zusammensein meinte er hauptsächlich körperliche Nähe. Er suchte bei jeder passenden und unpassenden Gelegenheit eine Umarmung, wobei seine Hände obligatorisch auf ihrem Hintern landeten; er legte gerne seinen Arm um ihre Schultern; hielt ständig ihre Hand; verlangte vor jedem noch so langweiligen Objekt ein Selfie mit Kussmund oder schielenden Augen, oder beides zusammen.

Mona gefiel das alles nicht besonders, und sie ahnte, wo es letztlich enden würde. Als er beim letzten Ausflug eine Übernachtung in einem Hotel vorschlug, fühlte sie sich bestätigt. Unsicher, wie sie ihm ihr Missfallen ausdrücken sollte, schützte sie eine Migräne vor und bat ihn, sie auf direktem Weg zurück nach *Bamberg* zu bringen. In die Stadt wohlgemerkt, nicht zu ihr nach Hause, denn ihre Wohnadresse hatte sie ihm bisher aus guten Gründen verheimlicht.

Ziemlich enttäuscht und sichtlich sauer raste er nach *Bamberg* zurück und redete kaum mit ihr. Kurz bevor er sie aussteigen ließ, schlug er für nächsten Freitag einen Kinobesuch in **Bambergs** Innenstadt vor. Spät-vorstellung.

Erleichtert, das testosterongesteuerte Angebot bezüglich Hotel erstmal abgewendet zu haben, sagte Mona gutwillig und um den Schein zu wahren zu. Die verbleibende Zeit bis dorthin wollte sie erhellend für sich nutzen.

Ganz so altbacken, wie dieser Marius wähnen mochte sie sei es, sah sich Mona noch lange nicht. Es war allein ihrer ungeschminkten Schönheit geschuldet, die die Kerls dazu animierte, sie unbedingt erobern zu wollen, in der irrigen Annahme, dass eine Frau, die nicht so aufgebrezelt war, eine einfältige graue Maus sei und unter sexuellem Notstand und Torschlusspanik litt. Die meisten probierten es daher mit einer plumpen Anmache und waren leicht zu durchschauen. Richtig originell war keiner, und Mona schenkte ihnen außer einem müden Lächeln nichts.

Es hatte ein paar wenige gegeben, die mehr in sie investiert hatten als bloß einen dummen Spruch. Solche Kandidaten nahm Mona etwas genauer unter die Lupe, denn sie hatte Prinzipien, wovon die Typen keine Ahnung hatten, beziehungsweise erst davon erfuhren, wenn Mona ihnen auf die Finger klopfte. Und sie hatte nicht die Absicht, an dieser Einstellung etwas zu ändern. Für einen **One-Night-Stand** zum Beispiel war sie gar nicht zu haben, wie ebenso nicht für Sex vor der Ehe. Sie empfand sich deswegen nicht als minderwertig oder aus der Zeit gefallen. Mona betrachtete ihre Schönheit als Perle, die sie nicht den Säuen zum Fraß vorwerfen wollte. Sie allein würde entscheiden, wann der richtige Zeitpunkt und der richtige Mann gekommen sein würden. Bis dahin würde sie sich die Freiheit nehmen, Informationen, welche die Bewerber auf ihre Fragen gaben oder die sie ihr freiwillig aufdrängten, im Rahmen ihrer Möglichkeiten zu überprüfen.

Bei Marius hatte sie von Anfang an ein vages, auch ungutes Gefühl gehabt. So viel als Edelmut verpacktes Gesülze auf zwei so jungen Arschbacken schrien förmlich nach Lüge. Ja, Lüge, denn er versuchte, sie auf der Basis eines Märchens herumzukriegen.

Der Nachweis war relativ einfach gewesen. Sie kannte den Wirt des *Zum goldenen Hahn* ganz gut. Ein Anruf bei ihm hatte genügt, um Marius als gleichaltriges Mitglied jener Männergruppe zu entlarven, die zur gleichen Zeit wie sie mit ihrer Clique dort gewesen war. Ihr gegenüber hatte er behauptet, älter zu sein. Er hatte auch behauptet, das Erste Staatsexamen bereits abgelegt zu haben und demnächst ein Praktikum an einer Grundschule antreten zu wollen. Bei weiteren einfachen Nachfragen an der Universität hatte sich herausgestellt, dass unter dem Namen, den er ihr genannt hatte, kein Student eingeschrieben war, weder früher noch aktuell.

Mona war nur ein bisschen enttäuscht, denn gut ausgesehen hatte er, der Marius, auch wenn sie von

Piercings nicht viel hielt, wie im Übrigen auch von Tattoos nicht. Mit den langen Haaren und dem gepflegten Vollbart hätte er als Filmheld einer Rittersaga entsprungen sein können. Nur dass er sich nicht wie ein solcher verhielt.

Wenn sie ehrlich sein wollte, war es eigentlich auch ein wenig ihre Schuld. Im jetzigen Abschnitt der Lebensplanung war eine Beziehung, ganz gleich ob mit Mann oder Frau, nicht vorgesehen. Sie hatte das Studium nicht absolviert, um wegen ein paar Flausen im Kopf den Erfolg nach aller Mühe und Arbeit aufs Spiel zu setzen. Mann/Frau, Kind, ja, schon irgendwann, aber zuerst wollte sie ein Fundament errichtet haben, auf das sie auch nach einer Unterbrechung zurückkehren konnte. Jetzt, mitten in der entscheidenden Phase, durfte sie sich keine Gefühle leisten, die ihre Pläne gefährden könnten. Und dennoch hatte sie dem Kinobesuch zugestimmt. Ärgerlich, aber noch reparabel.

Von Schmetterlingen im Bauch weit entfernt, wollte sie ihm doch zumindest persönlich mitteilen, dass er nicht der Typ Mann war, auf den sie gewartet hatte. Ob es notwendig werden würde, ihn der Schummelei zu bezichtigen, würde sie dann spontan entscheiden.

Vielleicht wäre sie sogar noch mit ihm ins Kino gegangen. Der Film hätte sie wirklich interessiert, eine Fortsetzung von *Der mit dem Wolf tanzt* mit *Kevin Kostner*, zeitlich angelegt fünfundzwanzig Jahre später, als die indianischen Völker Nordamerikas längst in die Reservate verbannt worden waren.

Doch wie es Monas Art war, war sie gut eine Viertelstunde vor der abgesprochenen Zeit am Treffpunkt. Es war windig, und während sie im Schutz der Glasvitrinen mit den Filmplakaten wartete, entdeckte sie in einer Geschäftspassage gegenüber eine Gruppe junger Männer, unter der sich auch Marius befand, oder wie immer er hieß. Sie johlten und lachten laut, dreckig und hemmungslos. Sprachlich verstand Mona sie nicht. Aber sie sah, wie sie Marius auf die Schultern klopften, sich obszön in den Schritt fasten und mit Fäusten eindeutig in hohle Hände schlugen.

Als die Zeit gekommen war, löste sich Marius von ihnen und sprang über die Straße.

„Zeig' ihr, wo der Hammer hängt!", grölte einer der Kerle hinterher, und Marius hob eine Hand als Zeichen, dass er verstanden hatte.

Mona trat aus dem Windschatten heraus, die Miene ernst und verschlossen, aber nicht wütend. Eine Bö zauste ihre langen Haare. Das Abbild einer Göttin.

„Ach, da bist du ja schon", staunte er. „Wartest du schon lange?"

„Lange genug", antwortete sie ruhig. „Wie hast du dir das vorgestellt?"

„Wie ... ich weiß nicht, was du meinst." Sein Ton verriet eine leichte Irritation.

„Heute Abend. Wie hast du dir den Abend vorgestellt. Zuerst Kino? Und was dann? Zu mir oder zu
dir?"

Marius rollte die Schultern und wechselte das Stand-
bein. „Hm, warum nicht?" Da lag eine Spur Provokation in der Stimme.

„Ein bisschen Fickificki?"

„Hä?" Er schluckte. Seine Augen wurden schmal.

„Vögeln? Bumsen? Du weißt doch, was ich meine."

„Hör´ mal, Mona. Das ist nicht …"

„Vergiss´ es einfach, Marius, oder wie du in Wirklichkeit heißt. Vergiss´ es. Und komm´ mir nie wieder
zu nahe. Hast du das verstanden? Nie wieder." Mona
machte auf dem Absatz kehrt und ließ ihn einfach im
Wind stehen.

April 2019
Bamberg
Adrian.

… oder wie du in Wirklichkeit heißt.
Er schämte sich wie ein Rotzlöffel, der beim Ona-
nieren ertappt worden war.

Und gleichzeitig wurde er von einer Empörung
beherrscht, die eine falsche war, eine unechte, weil er
glaubte, er hätte ein Recht darauf.

Noch immer nicht, zweieinhalb Monate danach,
hatte er die Klatsche der Zurückweisung

verarbeitet. *Was bildet sich diese freudlose blutleere Madonna von einem Weib eigentlich ein? Dass sie einen Heiligenschein trägt?*

Er kam im Studium nicht mehr mit. Das System, mit dem er sich bisher über Wasser gehalten hatte, funktionierte nicht mehr. Die Konzentration auf die wesentlichen Dinge war futsch, leierte wie ein Leiterwagen mit losem Radreifen. Die Studienkollegen, die ihm sonst bereitwillig unter die Arme gegriffen hatten, ließen ihn hängen. Die Karawane zog ohne ihn weiter. Die Bier- und Schnapsrunden, die er nach wie vor von Vaters Geld in den Kneipen ausgab, holten die eigenen Versäumnisse und den Vorsprung der anderen nicht mehr ein. Er hatte sich für das Staatsexamen angemeldet, aber im Grunde konnte er es in den Kamin schreiben. Die Wissenslücken waren zu gravierend. Das würde Ärger geben. Zu Hause. Mit dem Vater.

Er kriegte sie einfach nicht aus dem Kopf. Ihr schönes Gesicht hing wie eine Zwangsneurose zwischen seinen Ohren, wurde wie ein permanentes Hologramm in Drei-D-Technik auf die Netzhaut projiziert. Es behinderte seine Sicht, und selbst die Gedanken fanden nur schwerlich einen Weg an ihm vorbei nach draußen in die Freiheit.

Außer dem Vornamen wusste er nichts über sie. Keinen Familiennamen, keinen Wohnort. Referendariat, ja, aber nicht wo oder bei wem. Sollte er einen

Steckbrief in der Stadt verteilen, als würde er nach einer entlaufenen Katze suchen? Das hieße dann, öffentlich eine Niederlage einzugestehen, und das kam unmöglich in Frage.

Bei Vorlesungen und Seminaren ließ er sich nur noch zuweilen blicken. Dafür frequentierte er abends des Öfteren die einschlägigen Kneipen und Bars, in denen Studenten und junge Leute verkehrten, um bei Gelegenheit nach einer gewissen Mona zu fragen. „Kennst du sie vielleicht? Hast du sie eventuell gesehen? Weißt du möglicherweise, wo sie ist?" Es war schwierig, mit nur einem Vornamen und lauter Grimassenfotos jemanden zu suchen, und Adrian fühlte sich zunehmend wie ein Getriebener. Der Wirt vom *Zum goldenen Hahn* hatte gar die Frechheit besessen zu sagen, dass er Mona zwar kenne, aber unter Verschwiegenheitspflicht stünde. *So ein Arsch.*

Er klapperte die ansässigen Gerichte in *Bamberg* ab – Oberlandesgericht, Amtsgericht und Arbeitsgericht – ob eine Mona als Referendarin eingeschrieben sei. Man gab ihm keine Auskunft. Als er im Internet die Verzeichnisse der Rechtsanwaltskanzleien und der Notare aufrief, dachte er wegen der erdrückenden Anzahl an Kapitulation. Dennoch versuchte er es telefonisch, indem er auf den Perplex-Effekt setzte. „Ist Mona da? Ich muss sie sofort sprechen!", sagte er jeweils mit barscher Stimme, sobald sich am anderen Ende der Leitung jemand meldete. Allein, es half nicht. Mona war nicht zu finden.

Nicht, dass er vorher schon dem Alkohol abgeneigt gewesen wäre, sprach er ihm nun in steigendem Maße zu. Die Sucht gipfelte schließlich darin, dass er ohne Flasche die Wohnung sozusagen nicht mehr verließ. Er benutzte dafür einen Leinenbeutel, in dem er die Flasche trug, bevorzugterweise Wodka, den er günstig im Supermarkt kaufte.

Das Staatsexamen fand in der Zwischenzeit ohne ihn statt, und seinem Vater zu Hause tischte er die Geschichte auf, dass er sich nach langer Überlegung nun doch auf das Gymnasiallehramt versteift habe und ein Jahr länger studieren müsse.

Er begegnete ihr dort, wo er sie zuletzt gesehen hatte: Bei den Glasvitrinen vor dem Kino. Er hatte getrunken, aber nicht so viel, als dass er sich seines Handelns nicht mehr bewusst gewesen wäre.

Es war eindeutig sie, Mona, und sie war nicht allein. Sie unterhielt sich angeregt mit einer anderen Frau in ungefähr gleichem Alter. Die Frauen sahen ihn nicht kommen.

„Hallo, Mona, das ist aber eine Überraschung!", rief er laut aus. Eine Spur zu laut, denn er zog nicht nur die Aufmerksamkeit seiner Zielperson auf sich, sondern auch die einiger anderer Leute, die vorhatten ins Kino zu gehen. „Ich hab´ dich schon verzweifelt gesucht, meine Schöne. Warum hast du dich denn versteckt? Habe ich dir irgendetwas getan?"

Mona wurde bei seinem Anblick stocksteif wie ein Bügelbrett. Ihr Blut rauschte im Expresstempo vom Kopf in den Bauch und hinterließ ein schwarzes Loch. Sie taumelte, und hätte ihre Begleiterin sie nicht gestützt, wäre sie gefallen. Eine optische Steilvorlage für ihn.

„Oh! Machst du jetzt auf Lesbe? Dabei hast du noch gar nicht erfahren, wie schön es mit mir gewesen wäre. Willst du mir nicht hallo sagen?"

„Was wollen Sie?", mischte sich Monas Begleiterin ein. Eine knochige großgewachsene Frau mit raspelkurzem Haar. „Lassen Sie uns in Ruhe!"

„Halt´s Maul, du Schlampe! Mit dir rede ich nicht. Mona kann alleine für sich sprechen. Oder, Mona? Das kannst du doch? Na, sag´ was!", knuffte er sie mit der Faust. „Sag´ halt was! Dass du dich freust, mich zu sehen. Stimmt doch, oder?" Erneut stieß er sie an, diesmal stärker.

„Nehmen Sie Ihre Finger weg!", warnte die Begleiterin. „Lassen Sie uns in Ruhe."

Adrian fuhr zu ihr herum und blaffte sie an: „Sonst? Hä? Was sonst?"

Die Frau nahm ihr Handy in die Hand. „Sonst rufe ich die Polizei."

Von einer Sekunde auf die andere sah Adrian jetzt rot. Seine Hand griff in den Leinenbeutel und holte die Wodkaflasche heraus. „Halt´ deine Fresse, du blöde Kuh!", brüllte er, holte aus und schlug der Frau die Flasche dermaßen auf den Kopf, dass diese zerbrach. Monas Begleiterin sackte besinnungslos zu Boden. Sofort strömte Blut über Gesicht und Schädel. Aber Adrian hatte noch nicht genug. Er packte die zersplitterte Flasche am Hals und rammte die gezackte Scherbe Mona brutal ins Gesicht. „Da! Da hast du ... du ... Weißt du was du bist? Du bist überhaupt nicht schön. Du wirst nie wieder schön sein.!!" Adrian tobte und kreischte wie ein Wahnsinniger und holte zu einem weiteren Stich mit der Flasche aus.

Doch zu einem zweiten Stoß kam er nicht mehr. Denn ein paar beherzte Leute waren zur Stelle, rangen den vor Wut schäumenden Verrückten mit Gewalt zu Boden und hielten ihn dort fest, bis die Polizei eintraf.

*

Mona.
Mona und ihre Freundin namens Laureen wurden mit den Ambulanzen ins gleiche Krankenhaus eingeliefert. Laureen mit Schädeldecken- und Schädelbasisbruch aufgrund des Flaschenhiebs, Mona mit schwersten äußeren und inneren Verletzungen der linken Gesichtshälfte durch den Stich mit der abgebrochenen Flasche.

Während Laureen die Klinik nach eineinhalb Wochen verlassen konnte, zog sich der Aufenthalt für Mona über mehrere Wochen hin. Selbst danach blieb ihr Gesicht von Narben gezeichnet, die das Rund der Flasche abbildeten. Als langwieriger und komplizierter erwiesen sich die inneren Verletzungen, speziell des Oberkiefers und dessen Umfeld. Eine lange spitze Scherbe war fatalerweise zwischen Oberkieferknochen und Jochbein in den Schädel eingedrungen und hatte Zahnfleisch, Zahnwurzeln, Gesichtsmuskeln und Nerven zerstört, respektive verletzt. Erst als keine Entzündungs- und Infektionsgefahr mehr bestand, durfte sie wieder feste Nahrung auf normalem Wege zu sich nehmen und eine Reha beginnen.

Diese dreiwöchige Reha trat sie Anfang Juni in *St. Paulsberg* in Baden-Württemberg an, wo sie das Glück hatte, im Speisesaal die Bekanntschaft mit einem Rechtsanwalt zu schließen, der ihr nach der Genesung zunächst ein Referendariat in seiner Kanzlei in *Offenburg* mit Option für das zweite Staatsexamen, und der anschließenden Festanstellung als Rechtsanwältin anbot. Diese an diesem Ort unerwartete Chance ließ sich Mona nicht entgehen – und sagte direkt zu.

Nach *Bamberg* fuhr sie nur noch ein einziges Mal, und zwar zur Gerichtsverhandlung gegen den Mann, der ihre Freundin Laureen und sie selbst schwer verletzt hatte. Der Mann, dessen wahren Namen sie erst durch die Unterstützung ihres künftigen Arbeitgebers erfuhr: Adrian.

Die rotblauen Narben durch einen Vorhang aus langen Haaren verdeckt, würdigte sie ihn während der Verhandlung keines Blickes. Bei der Urteilsverkündung jedoch warf sie die Haare mit einer Kopfbewegung zurück und präsentierte ihm den deutlich sichtbaren Grund, wofür er mit vier Jahren Haft und anschließender zweijähriger Bewährungszeit bestraft wurde.

„Das wirst du bereuen, du falsche Schlange", brüllte er und sprang von seinem Platz auf, als sie den Gerichtssaal verließ. „Das schwör ich dir."

November 2023

Grafenhardt

Sigurd schaute auf die Armbanduhr. Zwanzig Uhr zwanzig. Ungeduldig trommelte er mit den Fingerkuppen auf die Tischplatte. *Wenn er in fünf Minuten nicht da ist, fangen wir ohne ihn an*, dachte er, ein Weizenbier vor sich und einen erkalteten Stumpen im Aschenbecher.

Wie immer einmal im Monat hatte er das Nebenzimmer seiner Stammkneipe *Linde* für die Versammlung reservieren lassen. Geschlossene Gesellschaft. Für die Dauer der Sitzung war das Rauchverbot aufgehoben. Weil *Sigurd* rauchte.

Er hieß nicht wirklich *Sigurd*. Keiner seiner Gefolgsleute trat hier unter seinem richtigen Namen auf. Sie nannten sich zum Beispiel *Hermann, Heinrich, Rudolf, Hagen, Bodo, Bormann, Eichmann*. Viele Namen ehemaliger Nazigrößen. Nur *Adolf* nannte sich keiner. Eine Frage des Respekts.

Sigurd war der Name eines Comic-Helden. *Sigurd, der edle Ritter*. Eine von *Hansrudi Wäscher* erfundene Figur, die, mit Unterbrechungen, von 1953 bis 2007 verkauft worden war. Und er, *Sigurd* seines Zeichens, konnte mit Fug und Recht behaupten, dass er wahrscheinlich die größte private Sammlung von Sigurd-Comics in Deutschland besaß. Außer einigen sündhaft teuren Raritäten-Nummern der ersten Erscheinungsjahre fehlten ihm wohl keine.

Derweil hatte der leibhaftige *Sigurd*, rein äußerlich betrachtet, so gar keine Ähnlichkeit mit der Comic-Figur. Jene war nämlich weizenblond und Besitzer eines athletischen Körpers, während sein selbsternanntes Pendant nur mit schütterem hellbraunem Haar und einer beachtlichen Leibesfülle aufwarten konnte. Aber darauf kam es nicht an. Entscheidend war das Etikett.

Es gab jedoch noch einen weiteren Unterschied. Zu jeder Versammlung trug *Sigurd* als Alleinstellungsmerkmal sichtbar ein Lederkoppel mit Pistolenholster, in dem eine schussbereite original Walther P.38 steckte.

Die fünf Minuten waren um, und der Erwartete war nicht eingetroffen. *Sigurds* Mund war trocken, was er zum Anlass nahm, die Anwesenden jetzt noch rasch zum Pinkeln oder zum Bestellen letzter Getränke aufzufordern, denn in fünf Minuten wäre dann Eröffnung der heutigen Versammlung. *Eine halbe Stunde verspätet, verdammt nochmal.*

Es gab ein bisschen ein Durcheinander, eigentlich wie immer, weil zwei Interessen miteinander kollidierten. Diese kurze Phase war *Sigurd* nicht unbekannt, weshalb er sie nutzte, um ganz persönlich für sich zu grummeln.

Zwanzig Uhr dreißig. *Sigurd* klopfte mit einem Kugelschreiber an sein Bierglas. Neun Köpfe ruckten zu ihm herum. Neun Gesichter. Gruppenstärke, wie er zufrieden feststellte.

„So, Herrschaften, Ruhe jetzt. Wie ich sehe, sind wir vollzählig. Eigentlich hatte ich erwartet, heute Abend einen Neuen vorstellen zu können. Aber wie es scheint, hat derjenige wohl besseres zu tun. Aber was, Männer, kann besser und wichtiger sein, als unser Land zu retten?"

Allgemeines Murmeln.

„Dabei habe ich heute eine frohe Botschaft zu verkünden." Allgemeines Füßescharren, und *Sigurd* zündete den kalten Stumpen wieder an. „Eine frohe Botschaft, jawohl. Und ab dieser Stunde, meine Herren, beginnt für uns der richtige Kampf. Der richtige Widerstand gegen die Etablierten, die unser schönes Land verkaufen, vernichten und zerstören. Und ab dieser Stunde gibt es kein Zurück mehr. Kein Zurück, sage ich. Wenn jetzt hier und heute noch einer Zweifel an unserem heiligen Kampf für Deutschland hat, dann möge er jetzt aufstehen und hinausgehen. Es wird ihm nichts geschehen. Wer aber hierbleibt, legt heute Abend den Schwur ab, für unser Vaterland in den Kampf, in die Schlacht zu ziehen. Ja, vielleicht sogar in den Tod. Aber dann wird es ein Heldentod sein und nicht weniger sind wir unserem Land schuldig."

Das waren fürwahr die rechten Worte, um die Burschen eins bis neun aufzurütteln. Doch die Gesichter eins bis neun wandten sich verlegen wieder den Bierkrügen zu.

Ist ja klar. Die Doofköppe können es ja noch nicht wissen, was sie erwartet, dachte *Sigurd* und fuhr fort: „Es ist mir heute Nachmittag, also praktisch in letzter Sekunde, gelungen, eine Zusage für die Ware zu bekommen, die wir für unseren heroischen Kampf brauchen. Ihr wisst, was ich meine. Ich sage nur: *LMG Zastava M72*. Serbisches Sturmgewehr, Kaliber 7,62."

Da wurde das Schweigen im Nebenzimmer der *Linde* groß und gewaltig. *Sigurd* hatte das vorausgesehen.

„Zehn Stück, meine Herrn. Zehn. Damit jagen wir die Sesselfurzer der Gemeinde aus dem Lande. Ja, mit denen fangen wir nämlich an. Um dann mit unseren Kameraden aus den anderen Gauen das Land Dorf für Dorf, Stadt für Stadt zu befreien. Bis es wieder uns gehört. Denn es ist unser Land, Männer! Unser! Wessen Heimat? Wessen Land?"

Da riefen alle **„Jaaaa, unser! Unser! Unser!"**

„Na also", murmelte *Sigurd*, als einer der neun sich meldete.

„Ich hab´ von dieser LMG Dingsbums noch nie was gehört. Hört sich an wie ‚Leck mich am Arsch'. Wieso keine *Kalaschnikow*? Wieso nicht *Heckler und Koch*? Wieso nicht *Fabrique Nationale Herstal*? Warum ein scheißserbisches Produkt?"

Da sieh mal einer an. Man hat Ansprüche, dachte *Sigurd*. „Weil eine *Kalaschnikow*, eine *Heckler und Koch* oder eine *FN Herstal* das Dreifache kosten", antwortete er ganz ruhig. Das Dreifache, Hermann. Eine einzige *LMG Zastava M72* kostet tausendsechshundert Euro, und da ist die Munition noch nicht mit dabei. Für zehn Stück also sechzehntausend Euro. Bei diesen Geschäften kriegt man keinen Mengenrabatt. Das Geld müssen wir erstmal haben. Aber ich schätze, dass wir bis Sommer nächsten Jahres die Summe zusammenkratzen können. Zufrieden, Hermann? Okay. Dennoch, meine Herren. Der Tag X beginnt heute."

Die Tür zum Nebenzimmer ging langsam auf. Ein junger Mann lugte herein. Sein Blick fiel auf *Sigurd*, und so wusste er, dass er hier richtig war.

Sigurd aber fluchte in sich hinein. *Ich versteh´ es einfach nicht und werde es nie verstehen, wie man bloß so unpünktlich sein kann*, dachte er. Doch dann gab er sich einen Ruck, richtete sich auf und verkündete laut: „Hier ist er ja, auf den ich gewartet habe. Unser neues Mitglied. Hereinspaziert, junger Mann. Lasst uns zusammen den *Joseph* begrüßen. Erheben wir die rechte Hand zum Gruß, wie es sich für einen deutschen Mann geziemt und rufen ihm zu: Sieg ..!"

„**Heil!**"

„Sieg ..!"

„**Heil!**"

„Sieg ..!"

„**Heil!**"

„Danke, meine Herren. Singen wir das *Horst-Wessel-Lied*:

Die Fahne hoch!

Die Reihen fest geschlossen!

SA marschiert ... "

Teil II

Juli 2024

Poggenau

Mona.

Sie hatte nie Mitglied in einem Verein sein wollen und war bisher auch in keinem gewesen. Vereine rochen nach Spießbürgertum und althergebrachten Traditionen. Und nicht nur im Grunde, sondern im Generellen, empfand sie eine Abneigung gegen Schützenvereine und deren Strukturen, was im Speziellen auf das Vorhandensein und den Gebrauch von Schusswaffen bezogen war.

Bisher.

Denn seit gut einem Jahr war sie Mitglied in eben solch einem Schützenverein. Schützenverein *Poggenau*, um genau zu sein. Nicht passiv, sondern aktiv. Immer donnerstags. Im Sommer im Freien, winters in der Halle.

Bis vor einem Jahr hatte sie in *Offenburg* Yoga Kurse besucht, für Anfänger bis Fortgeschrittene, in deren Rahmen sie auch Lena kennengelernt und Freundschaft mit ihr geschlossen hatte. Eigentümlicherweise war es einer der Übungsleiter gewesen, der ihr den Pfad zum Bogenschießen offen- und nahegelegt hatte.

Weil sie ein Stirnband im Umkleideraum vergessen hatte, war sie nach Ende einer Yogastunde noch einmal dorthin zurückgekehrt, als sie den Übungsleiter durch die offenstehende Tür zum Übungsraum bei einer ihr unbekannten Trockenübung entdeckte.

„Ist das auch Yoga?", rief sie in den Raum hinein.

Er unterbrach die Bewegung und antwortete: „Im erweiterten Sinne schon. Es ist Versammlung, Bewegung und Auflösung in einem. Ob man es richtig macht, oder besser gesagt, richtig gemacht hat, erfährt man am Ende der Auflösung."

„Und was erfährt man da?", fragte sie.

„Ob man getroffen hat."

„Was getroffen?"

Er warf sich ein Handtuch um den Hals. „Ein Ziel. Mit einem Pfeil. Praktisch eine Rückmeldung und Bestätigung Ihres Handelns."

„Wird das auf die Dauer nicht langweilig?", fragte sie skeptisch.

Er schüttelte den Kopf. „Ich mache es schon seit zwanzig Jahren, und habe noch nie zweimal denselben Punkt auf der Zielscheibe getroffen."

Mit einer Adresse und einer direkten Ansprechperson war sie nach Hause gegangen.

Anfangs hatte sie das wichtigtuerische Gedöns um die Erhabenheit des Bogensports für albern gehalten. Beim ersten Termin auf dem Schießplatz hatte der Schießtrainer jedenfalls seine Freude daran gehabt, sie mit etlichen Begriffen regelrecht zu verwirren und seine Sachkompetenz unter Beweis zu stellen. Ihr war es vorgekommen, als würde er von einer heiligen

Wissenschaft sprechen. *Dabei ist alles nur Physik*, hatte sie gedacht.

Langbögen, Recurvebögen, Take-Down-Recurvebögen, Compoundbögen, Zuggewichte, Wurfarme, Karbon, kinetische Energien, Sehnen, Pfeile, Holz, Aluminium, Nocken, Armschütze, Grundstellung, Atmung, Rückenspannung, englische Maße – sie hatte sich überfahren gefühlt, und ihr Interesse war zunehmend erlahmt, je länger die Liste geworden war.

Als er ihr aber endlich einen ganz normalen Bogen in die Hand gedrückt, wie sie ihn in ähnlicher Form aus der Kindheit kannte, dazu einen Pfeil, und sie aufgefordert hatte, den Pfeil auf die Sehne zu legen und den Bogen zu spannen – hatte sie ihr erstes Hoppala erfahren: Was beim Coach noch leicht ausgesehen hatte, erwies sich als schwieriger als sie gedacht hatte. Ein Kinderspiel, den Bogen zu spannen, war es nicht. Es bedurfte eines unerwarteten Kraftaufwandes und sie schaffte es erst beim dritten Mal, die Sehne bis an die Wange zu ziehen. Doch einmal gelungen, hatte eine innere Ruhe sie erfasst, und mit ihr die Sicherheit, zur richtigen Zeit am richtigen Ort zu sein. Alsbald fand sie Gefallen daran.

Nachdem sie sich in der Hallensaison über den Winter auch am Sportschützenbogen mit Visier und Stabilisator probiert hatte, kehrte sie zur Eröffnung der Freiluftsaison zum technikfreien Recurvebogen zurück. Ihr gefiel das sogenannte *intuitive* Schießen besser als das stoisch anmutende technik-lastige

Sportschießen auf Zielscheiben. Über den Verein erwarb sie mit Beratung ihres Schießtrainers einen gebrauchten, aber tadellosen Take Down Recurvebogen; ein Bogen bestehend aus drei Teilen: Dem Handgriff aus Hartholz und zwei Wurfarmen aus Fiberglas. Er war zerlegbar und somit leicht zu transportieren. Ideal für das Mercedes-Cabrio.

Den Mercedes hatte sie gekauft, nachdem sie im Herbst des vergangenen Jahres mit runden dreißig Jahren Juniorpartnerin der Anwaltskanzlei Krafft und Bohlenz in *Offenburg* geworden war. Ihr Fachgebiet war Europäisches Arbeitsrecht, was für die Kanzlei durch die geografische Nähe zu Frankreich ein lukratives Betätigungsfeld sicherte. Ihre Kunden waren überwiegend Firmen aus Baden, die Niederlassungen im benachbarten französischen Elsass betrieben, aber auch Arbeitnehmer, die als Grenzgänger bei französischen Firmen arbeiteten.

Privat pflegte sie, neben der Freundschaft mit Lena, ein neckisches Verhältnis mit ihrem Schießtrainer Jakob, der aber Jack genannt werden wollte. Sie hatte ihm im Vertrauen von ihrer Einstellung, was das Sexualleben betraf, erzählt, und er respektierte das mit vollster Ehrlichkeit. Seit sie von seiner homosexuellen Ausrichtung erfahren hatte und somit sicher war, dass ihr von ihm keine Gefahr drohte, konnte sie sich zum Schein und zum Vergnügen aller gerade Anwesenden auf dem Schießplatz auf seine geschauspielerten

Schmachtposen einlassen. Sie genoss diese Leichtigkeit des Seins.

Und mit Jack konnte sie reden. Mit Lena zwar ebenfalls, aber mit Jack anders. Während Lena für die rein femininen Aspekte zuständig war, fand sie bei Jack den Balsam für die gequälte Seele. Denn die Monate und Jahre, in denen sie durch Plastische Chirurgie ihr zerstörtes Gesicht wieder herstellen ließ, lagen noch nicht lange zurück. Sie hatte Jack Fotos gezeigt, wie sie vor den Behandlungen ausgesehen hatte, und er hatte sie tröstend in die Arme genommen und sich seiner Tränen nicht geschämt.

Manchmal kam er sie nach Feierabend in ihrer Dachwohnung besuchen, und wenn es zeitlich nicht passte, chatteten sie miteinander bis tief in die Nacht über einen der Messengerdienste.

So geschah es am achtzehnten Juli, einem Donnerstag, dass Jack ihr auf dem Schießplatz mit breit strahlendem Gesicht und tänzelnden Schritten entgegenkam, pantomimisch einen imaginären Teppich vor ihr ausbreitete und sie dann herzlich umarmte. Sie, dankbar, dass hier jemand war, der sie nach einem anstrengenden Arbeitstag zum Lachen brachte, spielte die ihr zugedachte Rolle mit und umarmte ihn ebenfalls.

*

Adrian.
Vor Adrian, soweit er es in einer Kurve überblicken konnte, herrschte zähflüssiger Verkehr in beide

Richtungen. Stoßstange an Stoßstange, und er mittendrin. Feierabend in der Stadt, Stoßverkehr auf der B 3. Direkt vor seiner Nase der viereckige Kastenaufbau eines Kühllasters. Er versuchte an dem Klotz vorbeizuschielen, doch sobald er zum Überholen in die Straßenmitte zog, kam der Gegenverkehr gefährlich nahe. Keine gute Idee, wegen ein paar Minuten früherer Ankunft den Hals zu riskieren. Außerdem fielen die Sonnenstrahlen lästig von schrägoben hinter die Sonnenbrille, sodass diese wie eine Mattscheibe wirkte. Das mit der Sonne würde sich bessern, wenn er auf die Straße nach *Magerbüchel* abgebogen sein würde.

Der Chef war in Urlaub und hatte ihm während dieser Zeit das Motorrad zur freien Verfügung gestellt. Es war siebzehn Uhr fünfundvierzig, und er war etwas spät dran. Es würde knapp werden, pünktlich zur Nachtschicht an der Tankstelle zu erscheinen. Riehling, der Vertreter des Chefs, war ein Blödmann, und man konnte ihm nichts recht machen. Beziehungsweise **er** konnte ihm nichts recht machen. Zuspätkommen konnte er gar nicht leiden. Komischerweise hatte Denise, die turnusmäßig die Frühschicht am nächsten Morgen haben würde, mit Riehling keine Probleme. *Sie hat halt 'ne Muschi und ich nicht*, dachte er böse und spuckte zur Seite. Die Hupe des Wagens hinter ihm hörte er wohl. „Arschloch", maulte er, nahm Gas weg und fuhr zum Trotz provozierende Schlangenlinien. Wieder hupte der Hintermann.

Der Abstand zum Kühllaster betrug rasch mehrere Wagenlängen. Nach einem gehässigen Blick in den Rückspiegel drehte er den Gasgriff resolut auf, sodass die Maschine das Vorderrad anhob und einen Satz nach vorne machte.

Er befand sich noch in der Beschleunigungsphase, als der Laster vor ihm kräftig bremste. Gerade noch rechtzeitig erkannt, knallte auch er Hand- und Fußbremse rein, was aber nicht verhinderte, dass das Hinterrad ausbrach und er gerade noch den Fuß auf den Asphalt brachte und das Kippen des Motorrads verhindern konnte.

Hinter ihm quietschten Reifen, das Auto kam knapp vor seinem Hinterrad zu stehen, und der Fahrer drückte die Hupe auf Dauerton.

Wild fluchend warf Adrian aufgebracht die Arme in die Höhe und zeigte dem Rückwärtigen den Vogel.

Als der Kühllaster die Fahrt langsam wieder aufnahm, scherte Adrian weit nach rechts an den Straßenrand aus, um der Ursache des Stopps nachzugehen. Er passierte eine Straßeneinmündung. Ein gewagter Schlenker noch weiter an den Straßenrand, und er erhaschte einen kurzen Blick auf das Fahrzeug vor dem Laster. Ein rotes Mercedes-Cabrio Zweisitzer.

Unter dem Helm wurde ihm auf einmal heiß. Seit Wochen suchte er nach dem roten Mercedes. Vergebens. Denise, die dumme Kuh, hatte in ihrer Frühschicht die Video-Aufzeichnungen der Tankstelle von jenem besagten Abend bereits gelöscht gehabt, sodass er wegen des Kennzeichens völlig umsonst hingefahren war. Und heute, hier auf der B 3, fuhr er plötzlich vor ihm her, nur ein dämlicher Kühllaster zwischen ihnen.

Da. Der Kühllaster blinkte nach rechts.

Ja, verdammt, auch er sollte jetzt nach rechts blinken, denn vor ihm lag die Abzweigung nach *Magerbüchel*. Zur Tankstelle.

Scheiße, was mach' ich jetzt?

Der Kühllaster bog ab.

Der Mercedes fuhr geradeaus weiter. Er nun direkt dahinter.

Ist sie es? Sie trägt eine Baseballkappe.

Über den Rückspiegel des Cabrios sah er ihre Augenpartie.

Ja, das ist sie. Sie wird mich mit Helm und Sonnenbrille nicht erkennen. Bin gespannt, wo sie hinfährt.

Obwohl er große Lust verspürte, mit der Enduro überfallartig und rücksichtslos über den Kofferraum direkt auf ihren Beifahrersitz zu preschen, reduzierte er das Tempo etwas und hielt einen unauffälligen Abstand. Dass ein teuflisches Grinsen seine Gesichtszüge verzerrte, spürte er selber nicht.

Dann setzte auch sie den Blinker zum Abbiegen.

Wo, zum Teufel will sie hin?, fragte er sich und machte sich ebenfalls zum Abbiegen bereit. Es war die Straße ins Reusetal, die am Ende in die Schwarzwaldhochstraße mündete. Er spielte nervös mit dem Gasgriff. Eben war es achtzehn Uhr gewesen. Riehling, der Blödmann, würde ihm was vom Pferd erzählen. *Ach, scheiß drauf. Soll er mir halt kündigen*, dachte er.

Er hielt einen Abstand von circa hundert Metern. Als sie sich *Poggenau* näherte, fädelte sie auf die Abbiegespur in die Ortschaft hinein ein, ließ den Gegenverkehr vorbei und beschleunigte dann wieder. Er beeilte sich hinterherzukommen, denn innerorts konnte er sie leicht verlieren.

Aber sie durchquerte den Ort, blieb jedoch auf der Straße, die parallel des Flüsschens Reuse verlief. Die Bebauung wurde weniger und endete schließlich mit einem flachen, langgestreckten Bau. Sie fuhr einen der Parklätze an, die längs des Gebäudes angelegt waren.

Er entzifferte ein Schild: *Schützenverein Poggenau.*

Er sah sie aussteigen und eine längliche Packtasche aus dem Kofferraum holen. Dann strebte sie dem mittig gelegenen Eingang zu.

Hurtig bockte er das Motorrad auf, stülpte den Helm über den Rückspiegel und folgte ihr langsam.

Nach der Eingangstür geriet er direkt in die Kneipe des Vereins. Einige Anwesende an den Tischen bemerkten ihn zwar, schenkten ihm aber keine weitere Beachtung. Quer durch den Gastraum, Vis-à-vis des Eingangs, führte eine Glastür ins Freie. Vorsichtig spähte er durch die Scheibe. Zuerst entdeckte er in einiger Entfernung runde bunte Zielscheiben. Dann bemerkte er, dass ein paar Leute in einer Reihe standen und mit Pfeil und Bogen auf diese Scheiben schossen. Und dann sah er sie, wie sie lachend auf einen gut aussehenden Mann zutänzelte, der ihr in gleicher Manier entgegenkam – und wie sie sich dann umarmten.

Unauffällig schlenderte er zur entfernteren Ecke des Gebäudes und lehnte sich gegen die Hauswand. Von dort hatte er Sicht auf die insgesamt sechs Schießbahnen. Ihn interessierte jedoch nur eine einzige: Die, vor deren Schießlinie sie gerade Bogenteile aus der mitgebrachten Tasche holte und zu einem schussfertigen Bogen zusammenbaute.

Ihre Bahn verfügte zwar auch über eine runde Zielscheibe wie bei den anderen Bahnen. Aber neben dem Hauptziel gab es noch andere Zielobjekte, die sich nicht nur im Umfang, sondern auch in der angebrachten Höhe und der Entfernung unterschieden. Eines dieser Ziele hing gar an einer Schnur und pendelte in der Mitte der Bahn hin und her.

Er beobachtete jede ihrer Bewegungen. Sofort war ihm klar, dass sie nicht zum ersten Mal einen Bogen in den Händen hielt, denn sie schoss wirklich gut. Aber ihr Coach nutzte beinahe jede Gelegenheit, sie nach einem Schuss durch manuelle Hilfestellung zu korrigieren.

Der grabscht ganz schön an ihr herum, dachte er und spürte, wie Neid und Eifersucht wie schleimiger gelber Glibber in ihm hochkrochen und ins Gehirn quollen. *Und sie lässt es sich gefallen.*

Pünktlich um halb acht Uhr hörte sie mit dem Schießen auf und zerlegte den Bogen wieder. Der Coach reichte ihr ein Handtuch und eine Trinkflasche. Während sie trank, redeten oder fachsimpelten die beiden kurze Zeit miteinander, um sich dann mit Küsschen zu verabschieden. Sie eilte mit Packtasche und dem Handtuch ins Vereinsheim. *Vermutlich macht sie sich frisch,* dachte er.

Gleichzeitig war es für ihn das Zeichen, zum Motorrad zurückzugehen und auf ihre Abfahrt zu warten. Denn er hatte vor, ihr zu folgen und heute herauszukriegen wo sie wohnte.

Juni 2024

Es waren zehn Männer, die auf den angekündigten Transporter warteten wie die Sektenanhänger auf ihren Propheten.

Nach ständigen Verschiebungen von Monat zu Monat sollte es heute Abend endlich soweit sein. Die zehn *LMG Zastava M72*, serbische Sturmgewehre, sollten geliefert werden. Vorerst noch ohne Munition, doch bis in ein/zwei Monaten würde man das Geld dafür zusammenhaben. Für die Gewehre hatte *Sigurd* die erforderlichen sechzehntausend Euro an ein Konto auf der Kanalinsel *Guernsey* überwiesen.

Zehn Männer. *Sigurd* und die Mitläufer eins bis neun, mit Namen wie *Hermann, Heinrich, Rudolf, Bormann, Eichmann, Hagen, Bodo, ...*

Der Mann mit dem Aliasnamen *Joseph* war nicht darunter. *Joseph*, wie *Joseph Goebbels*. Er fehlte. *Sigurd* schüttelte darüber den Kopf. Er dachte: *Wie kann er nur so eine Chance verspielen? Hat er denn nicht bemerkt, dass wir ihn auffangen? Dass er in unserer Truppe Kameraden finden kann? Dass wir ihm eine Perspektive geben? Dass wir ihn nicht verurteilen? Oder was hab´ ich mit dem Kerl nur falsch gemacht?*

Die Uhr tickte auf halb neun abends Uhr zu. Während die neun Gefolgsleute unter den Bäumen zusammenstanden und derbe Witze darüber rissen, was sie mit all den Ausländern anstellen würden, hielt sich *Sigurd* bei der Einmündung des Graswegs an der Straße auf. Einer musste dem Fahrer des Transporters ja zeigen, wo er hinzufahren hatte. So langsam dürfte er nun wirklich auftauchen. *Oder hat sich der Idiot verfahren? Scheiße aber auch.*

Schließlich kam *Sigurd* zu der Einsicht, dass nicht er als Boss der Truppe sich hier die Beine in den Bauch zu stehen brauchte. Für was hatte er eigentlich seine Leute? Er, der Ortsgruppenleiter?

Missmutig stapfte er den Grasweg entlang. Es war noch taghell. Die Giebelseite der Scheune lag im vollen Licht der untergehenden Sonne. Seine Gruppe befand sich unter einem Apfelbaum. Einige von ihnen rauchten. „Hey, ihr sollt die Kippen nicht einfach ins Gras werfen", fauchte er sie an. „Los, einsammeln. Ich will nicht eine einzige Kippe hier mehr finden, damit das klar ist. Du, *Heinrich*, geh´ du nach vorne zur Straße und weise den Transporter ein." *Sigurd* schaute auf die Armbanduhr. „Müsste gleich kommen. Also beeil´ dich."

„Warum lässt du uns nicht in die Scheune?", fragte der, der Hagen genannt wurde.

„Eben deswegen", blökte *Sigurd* zurück, „weil ihr das Rauchen nicht lassen könnt."

Das Warten dauerte noch an, und als endlich die Scheinwerfer eines Transporters über die Grasnarbe gerumpelt kamen, war es nach neun Uhr.

„Sag mal spinnt der? Mach´ die Scheinwerfer aus, du Hornochse!", brüllte *Sigurd* und polterte auf das Fahrzeug zu. „Licht aus! Oder soll die ganze Welt erfahren, was hier los ist?" Er riss die Fahrertür auf.

Drinnen hockte ein Mann hinter dem Lenkrad, der ziemlich undeutsch aussah. „Nitz versteh´", sagte er in der Gemütsverfassung eines Bierkutschers. „Ich fahre, bringe Ware, fahre wieder, bin weg. Nitz mich interessier´, okee?"

Sigurd blähte sich auf wie ein Ochsenfrosch – und kriegte sich trotz Abscheu einigermaßen ein. „*Okee*, du

Sprachgenie. *Du aufmache Transporter, lade aus Ware, du fahre, du weg, nitz interessier´.* Aber dalli!" Dann rief er seinen Männern: „Antreten, die Herrn! Ausladen!" Er öffnete das Zahlenschloss am Scheunentor und stolzierte hinein.

Jedes der zehn Sturmgewehre war in eine dunkelgraue Wolldecke eingewickelt. *Sigurd* stand breitbeinig hinter dem vor ihm abgelegten Haufen. Die Männer gruppierten sich ehrfürchtig gegenüber.

„So, die Herren. Der große Tag", begann er. „Ich rufe euch einzeln zu mir und überreiche jedem seine eigene Waffe. Jeder ist verantwortlich dafür. Aber, und diese Entscheidung ist endgültig: Die Waffen bleiben hier in der Scheune. Die Scheune ist natürlich abgeschlossen. Ich will keinen erwischen, der sich hinterrücks hier Zutritt verschafft und sich bedienen will. Keiner betritt unser Waffenlager allein. Entweder alle, oder keiner. Schwört es!"

Dumpfes Genuschel.

„Was war das denn für eine Eumelei! **Schwört es!!!**"

„Wir schwören!"

„Na also. Geht doch. Fangen wir an: *Heinrich*, du bist der erste. Hol´ dir deine Braut."

Ungefähr fünf Minuten später waren die Waffen verteilt. Die neun Männer gebärdeten sich wie Kinder. *Sigurd* begann gerade die Funktionsweise der Waffen zu erklären, als der von ihm vermisste *Joseph* zum Tor hereinkam.

Sigurd musterte ihn lange und guckte dann mit enttäuschter Miene auf die Armbanduhr. „Das tut mir jetzt aber leid, *Joseph*. Du bist zu spät. Die Waffen sind alle verteilt."

Der junge Mann ging zwei Schritte auf *Sigurd* zu und baute sich breitbeinig mit vor der Brust verschränkten Armen vor ihm auf. „Dann gib mir doch deine Waffe", forderte er frech.

„Wärst du nicht zu spät gekommen, hättest du eine Waffe bekommen. So aber gehört sie mir."

Joseph empfing die Abweisung mit steinerner Miene. Die Männer eins bis neun um ihn herum, eben noch toll wie Hunde, waren auf einmal mucksmäuschenstill. Nach ein paar Sekunden sagte *Joseph*: „Weißt du was? Du bist so ein Riesenarschloch, Papa." Abrupt drehte er sich um und verließ die Scheune.

August 2024

Adrian.

Das Paket kam am siebten August. Den Postzusteller hatte er verschlafen, aber er fand einen Abholzettel im Briefkasten. Bereits eine Stunde später hielt er es in Händen.

Den Bogen sowie ein Sortiment Pfeile hatte er im Internet bestellt. Vorkasse natürlich. Ein Take-Down-Recurvebogen wie sie ihn hatte. Vierundsechzig Zoll. Ohne Beratung, einfach frei Schnauze. Das Gerät musste einfach passen, und falls nicht, dann passte er sich eben dem Gerät an. Man sollte Dinge nicht komplizierter machen als sie waren. Mit dieser Einstellung war er schon immer gut gefahren.

Er konnte es kaum erwarten, die Teile zusammenzubauen und die Sehne aufzuziehen.

Aber wow, das von ihm vorgesehene Zuggewicht, zweiunddreißig lbs, ließen ihn daran zweifeln, ob er mit dem Frei-Schnauze-Verfahren das Richtige gewählt hatte. Zweiunddreißig lbs entsprachen ungefähr vierzehneinhalb Kilogramm. Da musste selbst er, kein Schwächling an sich, beim ersten Zug die Backen aufblasen. Das Gefühl allerdings, das er empfand, war phänomenal. Nur zur Probe legte er einen der Pfeile auf die Sehne und jagte ihn vom Fenster aus quer durch die Wohnung in die gegenüberliegende Wand. Der Pfeil blieb stecken und das Federende vibrierte. Die Wirkung auf ihn war gewaltig. Er fühlte sich von jetzt auf nachher unbesiegbar, und hey, er besaß nun eine echte Waffe. Es war bezeichnend für ihn, dass er es aus dieser Perspektive sah.

Schon am nächsten Abend fuhr er, den Bogen im Futteral auf dem Rücken, mit dem Motorrad nach *Poggenau*. Er grunzte aus Vorfreude, als er Monas Mercedes auf dem Parkplatz vor dem Schützenhaus stehen sah. Es war Donnerstag und nach achtzehn Uhr.

Deren Gesicht will ich sehen, wenn ich mit meinem Bogen auftauche, dachte er. *Die wird Augen machen.*

Von der Glastür der Gaststätte aus stellte er mit Zufriedenheit fest, dass Mona und ihr Trainer bereits aktiv waren.

Forsch trat er hinaus und marschierte stramm auf die beiden zu.

„Hallo zusammen", rief er aus kurzer Entfernung, „ich bin Ihr neuer Schüler. Mit wem habe ich die Ehre?"

Mona, die soeben einen Pfeil auf die Sehne gelegt hatte und den Bogen spannte, brach vor Schreck die Schussvorbereitung ab. Mit dem Gefühl einer Eiswasserdusche drehte sie sich langsam um. Die Stimme kam ihr nur zu bekannt vor, und ja, da stand ihr Albtraum in Person und grinste sie herausfordernd an.

Jack, den Mona über ihre Vergangenheit ins Bild gesetzt hatte, deutete das Entsetzen und die Abscheu in ihrer Miene richtig. Instinktiv trat er neben sie und legte seinen Arm um ihre Schultern.

„Schön, dass Sie sich für das Bogenschießen interessieren, aber Sie müssen sich zuerst beim Schriftführer in der Gaststätte anmelden", sagte er freundlich und hoffte, dass dem Gegenüber das Zittern der Stimme verborgen blieb. „Außerdem ist das hier ein Privatunterricht und er dauert bis halb acht Uhr. Wenn Sie uns also ..."

„Nein, will ich nicht", unterbrach Adrian den Coach, „lass´ einfach deine Pfoten von ihr, dann seid ihr auch in der Hälfte der Zeit fertig. Und die Hälfte der Zeit ist exakt jetzt. Bringst du mir jetzt das Schießen bei, oder ...?"

„Oder?" Jacks Fassung war wieder hergestellt, und es lag jetzt eine unüberhörbare Schärfe in seiner Stimme.

„Sag´ mal, hast du was mit der Tante da? Du bist doch eine Schwuchtel, oder? Mona, der Kerl ist eine verdammte Schwuchtel. Sag´ ihm, dass er die Finger von dir lassen soll und dass du mir gehörst."

Monas Wangen bebten. „Lass´ es, Adrian", sagte sie ängstlich. „Bitte lass es einfach bleiben. Ich bin nicht dein Eigentum und bin es nie gewesen. Lass´ mich und meine Freunde einfach in Ruhe und verschwinde aus meinem Leben."

Jack war es gelungen, sein Handy aus der Hosentasche zu ziehen. Er wählte eine Nummer und hielt das Telefon ans Ohr.

„Hey, was machst du da?" Adrian reagierte alarmiert.

„Ich rufe Verstärkung", antwortete Jack. „Ich empfehle Ihnen, jetzt zu gehen. Noch haben Sie Zeit."

Unvermittelt machte Adrian einen Satz nach vorne und holte zu einem gemeinen Schlag nach Jacks Kopf aus. „Hier hast du meine Empfehlung!", wütete er. Doch Jack, Athlet und Sportler, blockte Adrians Faust mit der hohlen Hand ab, als würde er einen geworfenen Tennisball fangen, und hielt sie mit einem ins Gesicht geschraubten Lächeln fest. Adrian riss die Faust zurück, doch es gelang ihm nicht, und Jack grinste immer noch.

„Geh´n Sie jetzt", sagte Jack gefährlich leise, „bevor ich böse werde." Dann gab er Adrians Faust frei. Doch der meinte, das letzte Wort haben zu müssen. Mit zur Pistole geformtem Zeigefinger drohte er Mona und zischte: „Wir sehen uns noch. Versprochen."

Dann türmte er.

Teil III

Freitag, 20. September 2024

Walter sagte, dass es nicht mehr weit sei. Er deutete mit dem Arm irgendwohin nach vorne.

Wurde auch Zeit, dachte Clem, die vom langen Gehen Hüftschmerzen bekam. *Eine Nobelherberge wird es eh nicht sein.*

Der Weg war schlecht und es kostete Kraft, den beladenen Einkaufswagen über die Unebenheiten zu schieben. Dass Embenz sich am Gitter des Wagens festhielt und mehr bremste als schob, machte die Sache für Clem nicht einfacher.

Die Polizei hatte ihnen den Aufenthalt in der oberhalb *Magerbüchels* gelegenen Wanderhütte verboten. Mitten in der Nacht waren die Uniformierten aufgetaucht, hatten die *Penner* aus dem Schlaf gerissen und mit Taschenlampen geblendet. So, wie es immer und überall ablief: Ausweise kontrollieren und ein Platzverbot aussprechen, obwohl den Beamten die Namen hinlänglich bekannt waren. Aber es ergab halt zwei Zeilen mehr im Polizeibericht:

03.00 Uhr. P. o. f. W. (Personen ohne festen Wohnsitz), Namen bekannt, keine Adressen, auf Gemarkung Magerbüchel (Wanderhütte) kontrolliert und des Platzes verwiesen.

Zwei Zeilen, die man mit einem Wort ersetzen könnte: Schikane.

Wie kann einem die Staatsmacht den Aufenthalt an einem für die Öffentlichkeit frei zugänglichen Ort verbieten?, fragte sie sich. Schließlich machten sie nichts anderes als die Wanderer auch. Nämlich sich ausruhen. Ja, gut, manchmal ruhten sie sich die ganze Nacht dort aus. Oder sie suchten Schutz vor Regen und Sturm. Aber sie hielten den Platz stets sauber, was man von den

Wanderern nicht unbedingt behaupten konnte. Doch am Ende fiel es immer auf sie zurück. Sie, die *Penner*. Die Obdachlosen Walter, Embenz und sie, Clem. Clementine eigentlich, aber der voll ausgesprochene Namen war den anderen zu lang.

Der Platz an der Wanderhütte war nicht übel gewesen. Holzbohlenwände auf drei Seiten, nach einer Seite offen; ein stabiles Dach; Bänke, auf denen sie sitzen und schlafen konnten; ein Grillrost auf einem Dreibein über einer Feuerstelle. Nicht dass sie viel zu grillen gehabt hätten, nein, es war das Feuer, um das sie gerne saßen und Geschichten von ihrem früheren Leben erzählten, als sie noch selber ein eigenes Haus mit Garten und Grillplatz besaßen, oder einen Schrebergarten und Familie und Freunde. Ob das alles stimmte, was an Erinnerungen hin und her ausgetauscht wurden, ließ sich nicht mehr nachprüfen, und es war auch gleichgültig, solange die Unterhaltungen nicht verstummten. Was den normalen Leuten Kino und Fernseher, waren den Obdachlosen die Geschichten von früher. Erzählungen. Märchen, wenn man so wollte.

Also verboten. *Irgendwann wird es auch verboten zu leben*, dachte sie.

Aus der Ferne wehte der Glockenschlag einer Kirchturmuhr über die Felder. Clem hörte ihn zu spät, um die Anzahl der Schläge zählen zu können, denn es war ein bisschen windig und die Lautstärke schwankte. So wusste sie nicht, ob es zehn oder elf Uhr war. Eine Armbanduhr oder ein Handy besaß sie nicht, wie übrigens keiner ihrer Begleiter. Doch so wichtig war es für sie nicht, die genaue Zeit zu wissen. Sie hatte schon lange keine Termine mehr.

„War das die Uhr von *Ackermoos?*", fragte sie Walter, der vor ihr ging.

„Ja", antwortete der, „wir werden gleich im Ort sein. Dort gibt es einen kleinen Dorfladen, wo wir etwas kaufen können. Und dann ist es nicht mehr weit bis zu unserem nächsten Zuhause."

Typisch Walter, dachte Clem. *Für ihn ist jede noch so schäbige Unterkunft ein Zuhause.* „Entschuldigt", stöhnte sie und blieb auf den Griff ihres Einkaufswagens gestützt stehen, „aber ich muss mal eine kurze Pause einlegen. Meine Hüfte bringt mich um."

Clems altes Leiden. Sie spürte den Wetterwechsel. Spätestens morgen würde es regnen und kälter werden. Für diese Vorhersage brauchte sie keinen Meteorologen. Darum wäre es nicht von Übel, wenn sie bald eine feste Unterkunft finden würden. Oder zumindest die Hütte, zu der Walter, der selbsternannte Wort- und Wanderführer, sie bringen wollte.

Der Dorfladen in *Ackermoos* war ein Supermarkt in Kleinformat. Während Walter und Embenz zum Einkaufen hineingingen, blieb Clem draußen. Sie setzte sich auf den Rand eines Brunnentrogs und füllte bei der Gelegenheit die gemeinsamen Wasserflaschen auf. Sie bestand auf ein Mindestmaß an Reinlichkeit und nötigte auch die beiden Männer dazu, sich regelmäßig zu waschen.

Walter brachte ihr die Waren mit, die sie verlangt hatte: Roggenbrot in Scheiben; Dosenwurst; Nussaufstrich; ein Liter Rotwein und zwei Päckchen Zigaretten. Obst, hatte er gesagt, würden sie an Ort und Stelle finden. Äpfel, aller Voraussicht nach, denn die hatten Saison. Auch Nüsse gab es.

Allmählich ging Clems Geld zur Neige. Termin für den Bezug der nächsten Stütze war erst in zehn Tagen. Nicht mehr lange hin, und sie würde abwägen müssen, was ihr wichtiger war: Essen oder Zigaretten. Wie es bei Walter und Embenz mit den Moneten aussah, wusste sie nicht, aber auch die konnten vermutlich nicht mehr aus dem Vollen schöpfen.

Hinter *Ackermoos* führte die Straße zunächst über flaches Land Richtung *Grafenhardt*. Ein Stück weit blieben sie auf der asphaltierten Strecke, sodass Clems Einkaufswagen leichter zu schieben war. Bald jedoch bog Walter nach rechts auf eine Graspiste ab, die in einem weiten Bogen auf eine Art Stadel zulief. Ein scheunenähnlicher Bau aus verwittertem Holz, ohne sichtbare Fenster, aber mit einem breiten, zweiflügeligen Tor, inmitten einer Streuobstwiese. *Wie ich gedacht habe: Äpfel. Äpfel sind okay.*

„Jetzt hilf mir halt mal schieben, Embenz", maulte Clem. „Durch das Gras rollt die Karre nicht von allein. Wirf dein Bündel einfach obendrauf."

Benannter Embenz war in seinen Bewegungen ein bisschen plump und auch sonst nicht besonders schnell von Kapee, aber er verfügte über ein sonniges und schier unverwüstliches Gemüt. Sein richtiger Name lautete Martin Siegloch, doch wegen seines Talents, die Motorengeräusche aller *Mercedes Benz*-Modelle voneinander unterscheiden zu können, wurde er nur Embenz gerufen, was ihn nicht nur nicht störte, sondern er als Auszeichnung verstand. Er und Walter waren bereits als Duo zusammen gewesen, bevor Clem vor eineinhalb Jahren zu ihnen gestoßen war.

Mit Embenz´ Unterstützung erreichten sie gegen Mittag Walters angestrebtes Ziel.

Das Tor war mit einem simplen Schieberiegel verschlossen, an dem ein Vierfach-Zahlenschloss hing. Embenz, der ein feines Händchen für solche Mechaniken besaß, knackte es in einer Zeit von unter zwei Minuten. Ohne Umstände öffnete er die Torflügel und ließ Clem und Walter eintreten. Aus der Ferne kaum zu erkennen, befanden sich anstelle von Fenstern links und rechts des Tores je eine quadratische Luke, die von innen mit einer Seilzugklappe geöffnet oder verschlossen werden konnten.

An beiden Längsseiten des Innenraums lagerte loses, minderwertiges Heu, das dem Anschein nach schon seit Jahrzehnten hier vergammelte ohne wahrscheinlich jemals als Viehfutter verwendet zu werden. An der dem Tor gegenüberliegenden Wand waren einige altersgraue Strohballen aufeinandergestapelt. Außerdem lehnte an der linken Seite eine alte Egge an der Wand aus Heu. Davor stand ein Pflug mit nur einer Schneide, wie er früher von Pferden oder Ochsen gezogen wurde. In der Mitte war Raum frei geblieben und bot ausreichend Platz für drei Schlafsäcke. Der Gussbetonboden war zwar hammerhart, doch trocken, und das Dach schien intakt zu sein. Clem hatte schon an miserableren Plätzen geschlafen.

„So Herrschaften. Hier können wir eine oder zwei Nächte bleiben. Vielleicht auch länger. Das heißt, sofern uns der Besitzer nicht vorher rausschmeißt. Aber damit eins klar ist:“, sagte Walter. „Geraucht wird draußen. Ihr seht ja, wo die Gefahr liegt.“

„Du warst schon mal hier?“, fragte Clem.

„Früher", antwortete er. „Vor deiner Zeit. Und von daher weiß ich, dass es dort, wo heute die Strohballen gestapelt sind, betonierte Gruben im Boden gibt. Darin hat man früher über den Winter die Äpfel gelagert. Die Gruben sind mit Holzdeckeln verschlossen, aber ihr haltet euch besser von dort weg. Das Holz könnte morsch sein. Wir wollen ja nicht, dass sich einer von uns das Bein bricht." Mehr zu Clems Frage gab er nicht preis. Vielleicht gehörte es zu seinen Erinnerungen, die er irgendwann eines Abends als Geschichte erzählen würde.

Walter war ein hagerer, hoch aufgeschossener Mann mit kühner Adlernase im ebenfalls langen Gesicht. Zwei tiefe Falten links und rechts setzten Mund und Nase in Klammern. Er hatte einen leichten Silberblick, der das ohnehin schmale Gesicht zusätzlich verengte. Wie überhaupt alles an ihm irgendwie schmal zu sein schien. Sogar sein Gang war – schmalspurig.

Nach eigenen Schilderungen war er selbstständiger Gebrauchtwagenhändler gewesen, bis er sich einen windigen Dachs als Geschäftspartner hinzugeholt und sich von dem zu dubiosen Geschäften hatte überreden lassen. Und während er selber wegen einer Krebsbehandlung im Krankenhaus gelegen war, hatte der Kerl, mit dem Geschäft als Sicherheit, hohe Kredite aufgenommen und war mit dem Geld abgetaucht. So war Walter auf einen Schlag nicht nur die Gebrauchtwagen losgeworden, sondern als ständiges Andenken aufgrund der Chemotherapie auch die Kopfhaare. Seither trug er Platte.

Trotz ihrer Hüftschmerzen war Clem am Nachmittag mit Embenz über die Felder gezogen, um Äpfel und Nüsse zu sammeln. Während ihrer Abwesenheit

konstruierte Walter aus einigen Strohballen an der west-
lichen Außenwand einen Sitzplatz mit Tisch. Dort nahmen sie ihr Vesper ein und blieben sitzen, solange die
Sonnenstrahlen sie wärmten. Mit zunehmender Kühle
zogen sie sich in den Innenraum zurück.

Dass Alkohol ein Problem war, wussten sie alle. Er
war gleichermaßen Freund wie Feind. In dieser Beziehung machten sie sich nichts vor. Bei Embenz allerdings brauchte es ein wenig Kontrolle, damit er nicht
über sein Limit soff. Sowohl Clem als auch Walter war-
fen da ein Auge auf ihn. Doch auch selbst hatten sie fern
jeder Abstinenz einen Status erreicht, den man nur als
Sucht bezeichnen konnte. Nur zu wissen, wann genug
wirklich genug war, und dann die Flasche ruhen zu lassen, sagte lediglich aus, dass sie versierte Trinker waren. Mehr aber auch nicht.

Während Walter und Embenz des tiefen Schlafs wegen abends gerne dem Schnaps zusprachen, hielt sich
Clem ausschließlich an Rotwein. Sie hatte die Erfahrung gemacht, dass Schnaps bei ihr Kopfweh verursachte, sie hingegen mit Wein besser schlief. Der Nachteil dabei: Wein wirkte bei ihr harntreibend.

So war es auch in der anstehenden Nacht. Als der
Harndrang zu stark wurde, stahl sie sich aus dem Tor
und verrichtete das Geschäft auf der Rückseite der Hütte
hinter einem Baum. Und weil sie nun sowieso draußen
war, steckte sie eine Zigarette an. Ob es die letzte Kippe
des Abends oder die erste des neuen Tages war, konnte
sie nicht sagen. Sie besaß ja keine Uhr. Aber das war ihr
auch ziemlich egal.

Samstag, 21. September 2024

Gengenbach/Offenburg

In der mäandernden Phase zwischen Schlaf und Erwachen, des sensiblen Übergangs vom Traum in die Wirklichkeit, freute sich Rita Böhringer bereits über ein freies Wochenende. Sie hatte Saida versprochen, mit ihr in *Offenburg* zuerst shoppen und anschließend ins Kino zu gehen. Saida, das neueste und jüngste Mitglied der Patchworkfamilie im Türmchenhaus in *Gengenbach*.

Seit Saida bei ihnen lebte, spürte Rita eine allmählich greifende Veränderung in ihrer Trauerbewältigung um die große Liebe ihres Lebens: Ulf Thommen. Nicht dass sie vergaß, was er ihr bedeutete. Nein. Noch immer gehörten die Nächte ihm und ihr allein. Doch die Träume besaßen nicht mehr die Schwere, die so sehr auf Ritas Seele drückte. Die Stunden vor dem nahenden Morgen waren nicht länger vom Abschiednehmen geprägt, denn schon die nächste Nacht würde ihn ihr wiederbringen. Eine feste Größe, auf deren Zuverlässigkeit sie gelernt hatte zu vertrauen.

Sie mochte das kleine stille Mädchen mit dem dunkelbraunen Lockenkopf und den schwarzen Augen. Und umgekehrt schien es genauso. Spielte in der Beziehungsrangliste, falls es für das Kind so etwas überhaupt gab, zwar Melanie Köninger die absolute erste Geige, war es Rita, mit der sie das unbeschwerte Kindsein entdeckte. Rangierte Melanie sozusagen als ihre *Maman*, betrachtete sie Rita gewissermaßen als große Schwester. Oder als *Soeur*, um in Saidas Verständnisbereich zu bleiben. Für Rita zählte dieser Aspekt mehr als der Titel einer Kriminaloberkommissarin, die sie war.

In Vorfreude mit den Gedanken voraus, wälzte sie sich im Bett auf die andere Körperseite, um noch einige

Minuten zu dösen, und nahm das Vibrieren ihres Handys zunächst gar nicht wahr. Als sie endlich danach griff, war es zu spät. Doch als kurz danach eine SMS in ihr Gerät ploppte, ahnte sie, dass der Tag anders verlaufen würde als sie geplant hatte.

Absender Mika Laukonen: *Ruf' an, sobald du das gelesen hast!!!*

Ohne den einweisenden Polizeibeamten an der Straße nach *Grafenhardt* hätte sie die Abbiegung auf den Grasweg und somit zum Tatort nicht gefunden, obwohl von der mutmaßlichen Stelle blaue Signallichter über die weite Fläche zuckten. Feuerwehr, ein Streifenwagen und ein ziviler Wagen der Polizei.

Rita ließ ihren Dienstwagen vorausschauend am Straßenrand stehen und machte sich zu Fuß auf den Weg. Es machte keinen Sinn, den schmalen Weg mit einem weiteren Fahrzeug zu blockieren.

Das Gras war nieselfeucht und über Nacht war es empfindlich kalt geworden. Rita zog fröstelnd ihre Lederjacke enger um sich und steckte die Hände in die Seitentaschen. Sie erkannte Allgöwers Einsatzfahrzeug. Neben dem Feuerwehrauto der *Freiwilligen Feuerwehr Ackermoos* stand eine Gruppe Männer in Einsatzmontur beisammen. Mika Laukonen hob zu Ritas Begrüßung das Plastikband, das den Tatort umgab, in die Höhe.

„Tut mir leid, dass ich dir das Wochenende versaue", sagte er. „Am besten, wir gehen gleich zum Feuerwehrkommandanten. Der soll dich ins Bild setzen."

Immer noch missgelaunt schnupperte sie wie ein Suchhund. „Was stinkt denn hier wie in ein abgefackelter Coffeeshop in *Amsterdam*?"

Mit angewiderter Miene betrachtete Rita den schwarzen Haufen verkohlten Holzes, zersprungener Dachziegel und feiner Asche. Bläulichgraue Rauchschwaden stiegen in die Luft und legten sich auf die Bronchien. Sie rümpfte die Nase und wandte sich den Feuerwehrmännern zu. Laukonen ging ihr voraus und machte den Kommandanten auf die Kriminaloberkommissarin aufmerksam. Ein Mann in den Vierzigern mit breiter Brust wandte sich ihr zu.

„Guten Morgen", begrüßte er sie. „Thomas Wieshoff mein Name. Kurz Tommy. Sie bearbeiten den Fall, nehme ich an?" Er sprach die Feststellung wie eine Frage aus.

„Hallo, Rita Böhringer", stellte sie sich vor, nahm seine ausgestreckte Hand und lächelte müde. „Falls es einen Fall für die Kripo gibt – mein Kollege hat am Telefon bereits Dinge in dieser Richtung angedeutet."

Wieshoff nickte. „Kommen Sie", sagte er und forderte sie durch eine Handbewegung auf, ihn zu begleiten. Er ging auf die Brandstätte zu. „Der Notruf ging bei uns um zwei Uhr siebenunddreißig heute Nacht ein. Ein Autofahrer hatte das Feuer von der Straße aus gesehen und gemeldet. Siebzehn Minuten später erreichten wir die Brandstelle. Der Schober stand da bereits in Vollbrand. Das heißt, zu retten gab es für uns nichts mehr. Wir haben dann am Ende nur noch vereinzelte Glutnester gelöscht."

„Okay. Es wurde ein Fall für uns, weeeiiil …?" Rita zog die Frage in die Länge.

„Naja, es dauerte noch eine geraume Zeit, bis wir die Brandstätte betreten konnten. Unter der Asche war noch eine Menge Hitze gespeichert, verstehen Sie? Nachdem die Asche also einigermaßen abgekühlt war, ist uns im ehemaligen Eingangsbereich ein Gegenstand aufgefallen, der an diesem Ort eigentlich fehl am Platz war. Ein Einkaufswagen, wie es sie in den Supermärkten gibt. Sie wissen schon. Und bald darauf stießen wir auf die zwei Leichen. Oder das, was von ihnen übrig geblieben ist." Er zeigte mit der Hand auf eine leichte Erhebung in etwa der Mitte des Brandschutts, wo eine Person im Ganzkörper-Schutzanzug in gehockter Haltung mit einem Werkzeug vorsichtig herumstocherte und etwas in einen Folienbeutel steckte.

Die Person erhob sich und entpuppte sich als Allgöwer, der dienstälteste Polizist der Polizeidirektion *Offenburg*. Mit finsterer Miene kam er durch die knöchelhohe Asche auf Rita und Wieshoff zugestakst. Bei jedem seiner Schritte wirbelte er eine Aschewolke auf.

„So eine Sauerei", schimpfte der Techniker der KTU. „So eine verdammte Sauerei. Um die Toten zu bergen, brauchen wir einen Kran. Aber wie soll über diesen Grasweg ein Kran fahren können, hä? Kann mir das vielleicht mal einer verraten?"

„'n Morgen, Allgöwer", wagte Rita eine Begrüßung. „Was siehst du dort?" Ihre Kopfbewegung war unzweideutig.

„Scheißmorgen. Hallo, Rita. Einen Scheiß seh´ ich dort. Mist, verdammter."

Wieshoff fasste Allgöwer am Ellbogen an. „Wir legen dir einen Weg aus Schaltafeln bis hin. Sind bereits angefordert und unterwegs, okay?"

Allgöwer brummte missmutig. Dann fragte er: „Wo steckt eigentlich der Doc? Hier wird seine Anwesenheit gebraucht, verd …"

„Ich frag´ nach, wo er bleibt, Allgöwer", bot ihm Rita an und raunte zu seiner Besänftigung: „Ja, Scheiße, mich hat´s auch erwischt. Hätte heute frei gehabt."

Allgöwer schaute ihr schnell in die Augen und nickte kurz. Dann hatte er sich wieder gefangen.

Einer seiner Männer rief die Oberkommissarin vom hinteren Ende der Brandstätte zu einem der dort stehenden Bäume. „Hier", sagte er, als sie bei ihm eingetroffen war, „ein Zigarettenstummel. Noch ziemlich frisch. Und es muffelt an dieser Stelle ein bisschen nach Urin. Vielleicht war hier der Pinkelplatz von den Leuten dort drinnen."

„Möglich. Auf jeden Fall mitnehmen und auf DNS untersuchen. Die Kippe, meine ich. Suchen Sie bitte noch im Umkreis von hundert Metern nach weiteren Spuren. Danke."

Sie kehrte zu Allgöwer, Laukonen und den Feuerwehrleuten zurück. „Hier muffelts stark nach Marihuana", sagte sie. „Gibt´s schon eine Erklärung dafür?"

„Immer schön eins nach dem anderen", fühlte sich Allgöwer angesprochen. „Zuerst kommen die Opfer dran, und dann sehen wir weiter, gell?"

Rita hob abwehrend beide Hände. „Ja, ja, ist ja gut. Ich mein´ ja bloß. Nicht dass etwas übersehen wird."

Allgöwer schnaufte gewichtig. Doch dann waren die angekündigten Schaltafeln eingetroffen und man war dabei, bis zu den toten Körpern einen gangbaren Weg über die Asche auszulegen. Und dann traf auch, zu Allgöwers Zufriedenheit, Doktor Brenneis, der Gerichtsmediziner, ein.

*

Edgar Schaaf kam soeben von der Tour mit *Lydia* und *Müller* über den Kinzigdamm zurück, als er Ritas Notiz neben der Kaffeemaschine in der Küche bemerkte. *Edgar! Ich musste zu einem Einsatz. Bitte entschuldige mich bei Saida. Wir holen Shoppen und Kino nach. Rita.*

Er spitzte die Lippen zum Pfeifen, ohne einen Ton zu produzieren. *Dann ist es wohl so*, dachte er und erinnerte sich an die eigene aktive Zeit als Kriminalhauptkommissar. *Als Polizist bist du immer im Dienst*, lautete sein Credo und schaltete die Kaffeemaschine ein. Er ging zum Esstisch, auf dem die Samstagsausgabe der *Badischen Zeitung* auf ihn wartete. Die Schlagzeilen der Titelseite hatte er bereits in der Früh überflogen. Sobald der Kaffee fertig war, würde er Artikel für Artikel studieren.

Shoppen? Kino? Er hatte nichts davon mitbekommen, was die beiden Mädels für heute geplant hatten. Wie er überhaupt vermutete, dass er nicht mehr in alles, was zwischen Saida und Rita lief, eingeweiht wurde. Doch das bereitete ihm kein Kopfzerbrechen. Er fand es im Gegenteil als normalen, selbstverständlichen und begrüßenswerten Prozess. Irgendwie war er stolz darauf, dass sich die Jugend in seinem Haus gewisse Freiheiten nahm, ohne vor seiner ohne Frage optischen Dominanz in Ehrfurcht zu erstarren. Dafür sorgte vor allen Dingen Rita, die mit ihm einen beispielgebenden ungezwungenen Umgang pflegte.

Gleichwohl sah sich Edgar durch die Anwesenheit Saidas in eine neue Rolle versetzt. In Rekordzeit durchmaß er in einer Metamorphose die Stadien vom Alphatier Wolf zu einer Vaterfigur. Nein, nicht zu einem biologischen Vater nach des Wortes Bedeutung. Aber zu einem Papa. Ein Papa, der immer da und verfügbar war, dessen Ohren stets offen und erreichbar waren, und der sich für keinen Scherz und für keinen Unsinn zu schade war. Und nicht er selber führte bei der Wandlung Regie, sondern seine Frau Melanie, deren Freundin Gerti mit Adoptivtochter Janna, dann natürlich Rita, und nicht zuletzt Saida. Edgar musste es nur geschehen lassen und die Wahl annehmen. Er tat es mit ganzem Herzen.

Wenn Rita heute früh zu einem Einsatz gerufen worden war, konnte jetzt darüber freilich noch nichts in der Zeitung stehen. Manchmal bedauerte er es, in puncto Polizeiberichte nicht mehr in der ersten Reihe zu sitzen. Nachrichten aus der gedruckten Zeitung hatten leider eine sehr kurz bemessene Frischegarantie, weshalb er mit den Gedanken vorauseilend an den Computer im neuen Anbau schweifte. Obwohl es ihn in den Fingern kribbelte, erlaubte er sich den Zugriff auf den Onlinedienst *Baden-News* erst nach dem Frühstück. So viel Disziplin musste sein.

Gestern war Edgar zwecks Vorbesprechung des neuesten *Edgar-Schaaf-Krimis* bei Pit Ferman in *Grünweiler* gewesen. Vorbesprechung deswegen, weil der Fall juristisch noch nicht abgeschlossen war. Die Termine für den Strafprozess vor einem marokkanischen Gericht standen noch nicht fest. Ebenso wenig, inwiefern Edgar und Rita als Zeugen der Anklage an der Verhandlung teilnehmen mussten.

Rasch hatten sie sich auf einen Titel geeinigt: *Schaafskind*. Der zehnte Fall, der aus Pit Fermans Feder, beziehungsweise Computer entstehen sollte. Für den Rest, wie Ablauf, Aufteilung, Darstellung und Dramatik hatten sie den ganzen Nachmittag gebraucht. Eliza, Pits Ehefrau, hatte sie mit Kaffee und Kuchen versorgt.

„Mittlerweile gibt es einen Leserstamm", hatte Pit nicht ohne Stolz vermerkt. „Klein, aber treu. Wie ich in einem Internet-Forum gelesen habe, wartet man bereits auf dein nächstes Abenteuer."

„Und wie groß ist dieser Leserstamm, wenn man fragen darf?"

„Zehn", antwortete Pit und lächelte bescheiden.

Ach wie niedlich, durchfuhr es Edgar, *und dafür dieser ganze Aufwand?* „Ist doch super", ermutigte er seinen Freund. „Besser als neun."

Er hörte ein Geräusch auf der Treppe. In der Annahme, dass es Melanie sei, sagte er ohne sich zu vergewissern: „Nanu, mein Engel, bist du nicht ein bisschen zu früh fürs Frühstück?"

Doch es war Saida, die nun die letzten Stufen herunterhüpfte und unbekümmert unter seinem Arm hindurchschlüpfte. „Bin ich dein Engel?", fragte sie und kraxelte flink auf Edgars Oberschenkel. „Was machst du da?"

„Ich lese die Zeitung, und ja, du bist mein kleiner Engel", brummte er gutmütig.

Sie kicherte. „Hast du auch einen großen Engel? Pschscht, nichts verraten. Es ist Melanie, gell?"

„Ganz richtig. Melanie ist mein großer Engel."

„Und was ist dann Rita für ein Engel?"

Du bist ganz schön ausgefuchst, meine Kleine, dachte er und schmunzelte. „Weil Rita größer ist als du, ist sie mein mittelgroßer Engel."

Saida bohrte mit einem Finger im Ohr. „Aber sie ist auch größer als Melanie."

„Meine Güte, hast du scharfe Augen, und du hast beinahe recht. Außen ist Rita größter als Melanie. Aber innen …"

Saida fiel ihm ins Wort: „Innen ist sie kleiner. Hab´ ich mir schon so gedacht. Sonst würde es mit dem *mittelgroß* ja nicht stimmen, gell?"

Edgars Bauch bebte vor Vergnügen. „Genau. Sonst würde es nicht stimmen."

„Aber deine Engel sind wir alle drei, oder?"

„Natürlich. Und Gerti und Janna sind ebenfalls Engel."

Saida nickte. „Und meine *Maman*. Die ist sogar ein echter Engel."

Edgar drückte ihr einen Kuss ins Wuschelhaar. „Ja, das ist sie", sagte er leise. „Das ist sie ganz bestimmt."

Es war der Augenblick, in dem Melanie die Treppe herunterkam. „Hab´ ich doch richtig gehört", sagte sie. „Guten Morgen, ihr Plaudertaschen. Na, was besprecht ihr gerade?"

Saida sprang ihr entgegen und schlang die Arme um Melanies Hüfte. „Wir haben von Engeln geredet", rief sie, „und außer *Maman* wohnen alle hier im Haus."

Melanie lächelte und strich ihr übers Haar. „Deine *Maman* wohnt auch hier, ma chérie. Sie gehört zu uns, so wie du zu uns gehörst."

In Saidas Gesicht arbeitete es. „Indem wir über sie sprechen?", fragte sie.

„Zum Beispiel. Oder indem wir einfach an sie denken", erwiderte Melanie.

Plötzlich löste sich Saida von ihr und jagte polternd die Treppe hoch. „Ich muss Rita wecken!", rief sie. „Wir gehen heute nämlich in die Stadt."

Nach ungefähr einer Minute kam sie ratlos zurück. „Sie ist nicht da", sagte sie enttäuscht. „Rita ist gar nicht da."

Edgar räusperte sich: „Hrmh, ach ja, Saida, das habe ich dir noch gar nicht gesagt: Rita musste unvorhergesehen zur Arbeit." Er zeigte ihr den Zettel, den Rita hinterlassen hatte. „Es tut ihr sehr leid."

Saida schluckte.

Edgar faltete die Zeitung zusammen. „Aber ich mach´ dir einen Vorschlag: Was hältst du davon, wenn wir beide heute zum Einkaufen fahren?"

Saida horchte auf. Doch schien sie daran zu zweifeln, ob ein Stadtbummel mit Edgar ein adäquater Ersatz für Ritas Angebot sein würde. In ihren Augen glomm ein Hoffnungsschimmer. „Kommt Melanie auch mit?"

„Leider nein", schüttelte Edgar den Kopf, „Melanie muss ihr Geschäft öffnen."

Die Funken in Saidas Augen erloschen. Sie sah ihre Felle bereits davonschwimmen und blickte hilflos zu Melanie auf. „Und was ist mit Kino?"

Edgar tat, als müsse er überlegen, um einen Gedankenblitz zu verarbeiten, der ihm soeben den bevorstehenden Tag in einem breiten Licht erscheinen ließ. „Kino? Kino? Äääh - unbedingt. Kino ist absolute Pflichtsache", sagte er im Brustton der Überzeugung. Dann setzte er seinen Türöffner ein: „Und wenn du willst, statten wir Rita noch einen Besuch in ihrem Büro ab. Die wird staunen, oder was meinst du?"

Melanie, die ihren Schwerenöter und dessen Beweggründe nur zu gut kannte, stemmte die Hände in die Hüfte und formulierte mit den Lippen: *Edgar, du bist unverbesserlich.*

Er hielt schelmisch die hohle Hand hinters Ohr und sagte: „Ich weiß nicht, was du meinst, mein Engel."

*

Oberstaatsanwalt Bernd Landquart wanderte, die Hände auf dem Rücken verschränkt, in Ritas Büro hin und her. Jeweils vier Schritte zwischen Laukonens und Ritas Sitzplätzen. Die Gerüchte, dass er sich seit über einem Jahr mit Abwanderungsgedanken beschäftigte, köchelten immer wieder mal hoch, doch noch immer versah er seinen Dienst im Gerichtsbezirk *Offenburg* und es hatte nicht den Anschein, als würde er mit dem Kopf nicht voll und ganz bei der Sache sein. Allein, dass er an einem Samstagmorgen in der Polizeidirektion erschien, sprach für ihn, auch wenn er sich den Besuch der Brandstätte erspart hatte.

„So tragisch es auch sein mag", sagte er, „aber ich denke, dass es sich um einen dummen Unfall durch Selbstverschulden handelt. Zwei Männer, so viel wissen wir inzwischen, die in einer Feldscheune Unterschlupf gesucht hatten, haben Alkohol getrunken, dabei geraucht, sind eingeschlafen, und eine nicht ausgedrückte Zigarettenkippe hat das Stroh in Brand gesetzt. Oder das Heu. Oder was auch immer. Brauchen wir nur noch die Namen der bedauernswerten Männer, um den Fall abschließen zu können. Dürfte wohl nicht so schwierig sein. Die Namen der meisten Obdachlosen sind uns ja glücklicherweise bekannt. Setzen Sie sich diesbezüglich mit unseren Beamten des Streifendiensts in Verbindung. Anschließend Bericht an mich, und dann zu den Akten. Oder sind Sie anderer Ansicht, Frau Böhringer?"

Rita warf Mika Laukonen einen Blick zu. „Ich weiß Ihr Tempo zu schätzen, Herr Landquart, aber ich möchte zuerst noch die Ergebnisse von Allgöwers KTU abwarten. Außerdem haben wir in unmittelbarer Nähe der Brandstätte eine Zigarettenkippe gefunden. Also außerhalb. Demnach könnte doch sein, dass sich die Personen der Gefahr durch das Stroh bewusst waren und deswegen explizit **nicht in** der Scheune geraucht hatten. Das würde dann bedeuten, dass das Feuer einen anderen Grund gehabt haben müsste."

Landquart seufzte und wandte sich an Laukonen. „Und Sie?"

„Ich bin da völlig Ihrer Meinung, Herr Oberstaatsanwalt", antwortete der, und es kostete ihn einen enormen Aufwand, eine Kollision zwischen seiner und Ritas Blickachse zu vermeiden.

Oberstaatsanwalt Landquart fühlte sich bestätigt. „Meine Rede. Also dann. Es genügt, wenn ich Ihren Bericht am Montag auf dem Schreibtisch habe. Ein schönes ruhiges Wochenende wünsche ich Ihnen." Sprach's, und verließ schwungvoll das Büro.

Rita unterdrückte mit Mühe den Impuls, vom Stuhl aufzuspringen. Ihr Gesicht war rot angelaufen. Mit beiden Händen hielt sie die Tischplatte umklammert. Dann brach es aus ihr heraus.

„Sag' mal, spinnst du? Du fährst mir hier so dermaßen in die Parade, dass ich mir vorkomme wie eine Anfängerin. Wie kommst du darauf, dass …"

„Überleg' doch mal", unterbrach Laukonen sie. „Eine einzige Kippe außerhalb. Eine. Glaubst du im Ernst, dass zwei Obdachlose an einem Abend und in einer Nacht bloß eine einzige Zigarette rauchen?" Er schüttelte den Kopf. „Ich nicht. So wie Landquart es beschrieben hat, kommt es mir sehr logisch vor. Direkt nachvollziehbar. Und was hast du eigentlich gegen ein freies Wochenende?"

Rita lehnte sich zurück und wippte mit der Federung des Schreibtischstuhls. Für die Dauer von etwa zehn Sekunden schaute sie aus dem Fenster hinaus und fixierte einen imaginären Punkt in weiter Ferne. „Weißt du, warum ich Polizistin werden wollte?"

„Nein, sag's mir", gab Laukonen schnippischer zurück, als beabsichtigt.

„Ich sag's dir. Damit **das** nicht passiert. Nicht in **meinen** Ermittlungen. Die …"

„Es sind nicht **deine** Ermittlungen", unkte Laukonen. „Es sind Landquarts Ermittlungen."

„Unterbrich mich nicht, Mika! Es **sind** meine Ermittlungen, und **ich** entscheide, wann ich sie für beendet halte. Und solange nicht alle bestehenden Zweifel widerlegt sind, beende ich die Arbeit nicht. Nicht die Bequemlichkeit ist mein Arbeitsgeber. Nicht die Verlockung eines freien Wochenendes. Sondern die Wahrheit." Wie eine Filmeinspielung erschien Saidas enttäuschtes Gesicht vor ihrem inneren Auge und strafte sie Lügen. Schnell blinzelte sie es weg und legte nach:

„Meinetwegen kannst du deinen Bericht für Landquart schreiben. Aber nicht in meinem Büro. Und wenn du hierbleiben willst, dann arbeitest du gefälligst mit mir zusammen. Deine Wahl.

Ich gehe jetzt zu Allgöwer und frage nach, was er außer einer verdammten Kippe noch zu bieten hat. Also: Kommst du mit, oder bleibst du hier?"

Rita marschierte im Sturmschritt über den Flur, die Lauscher nach hinten gerichtet. Wie sie vermutete, folgte ihr Laukonen mit Respektabstand wie ein geprügelter Hund.

Es war das erste Mal, dass sie ihren Kollegen derart abgekanzelt hatte, und sie fühlte sich danach nicht wirklich besser. Das aufgesetzte Lächeln wirkte deshalb maskenhaft. Wäre es eine Bananenschale, würde sie unweigerlich drauftreten und ausrutschen. So aber sah sie ihr Heil in der Flucht nach vorne und erhöhte die Schrittfrequenz.

Allgöwer schielte über seine randlose Lesebrille, als Rita in sein Büro geschossen kam. Nur Sekunden später platzte Laukonen hinterdrein. Dem Techniker genügte ein Blick um festzustellen, dass zwischen den beiden der Haussegen schief hing. „Habt ihr Zoff, oder was ist los mit euch?" Eine rhetorische Frage, auf die er keine Antwort erwartete.

„Wir haben nur Hase und Igel gespielt", erwiderte Laukonen abgeklärt, „und ich war der Hase."

Allgöwer musterte den jungen Polizisten und erteilte ihm einen kostenlosen Rat: „Spiele, bei denen du nicht gewinnen kannst, solltest du von vornherein bleiben lassen."

„*Kuka tahansa voi puhua typerää*", murmelte Laukonen auf Finnisch, was ungefähr so viel hieß wie: *Dumm schwätzen kann jeder*, doch behielt er diese Weisheit für sich.

Allgöwers Blick schweifte indes zu Rita. Er ersparte ihr jedoch einen seiner geistreichen Kommentare. Stattdessen ergriff er ein Blatt Papier vom Schreibtisch und reichte es ihr.

„Das Ergebnis eines DNS-Schnelltests", erklärte er. „Du weißt, dass ein solcher Schnelltest keine hundertprozentige Sicherheit gewährleistet. Die Kippe, die außerhalb der Brandstätte gefunden wurde: Die Spuren am Zigarettenfilter stammen zu über neunzig Prozent von einer Frau."

Rita betrachtete das Ergebnis auf dem Blatt kritisch. „Die beiden verbrannten Körper aber waren Männer, wie Landquart schon sagte."

Allgöwer nickte. „Wobei interessant ist: An den beiden Körpern fanden sich Spuren von geschmolzenen synthetischen Geweben, wie man sie zum Beispiel bei Schlafsäcken oder Steppdecken verwendet. Die gleichen geschmorten Substanzen entdeckten wir in unmittelbarer Nähe, praktisch parallel zu den Leichen. Wie soll ich sagen? Ein Schlafsack ohne Inhalt?"

„Du meinst, es waren drei Personen in der Scheune?" Rita hielt das für einen wichtigen Punkt.

Allgöwer breitete die Arme aus. „Zwei Männer, eine Frau? Eine Frau, die zum Rauchen nach draußen ging?"

„Aber das Feuer", fragte Laukonen, „wie entstand dann das Feuer?"

„Das, verehrter Kollege, ist euer Job", antwortete Allgöwer.

„Hast du sonst noch etwas von Belang?", fragte Rita. „Etwas, das auf die Identität der Leute schließen lässt?"

„Das hätte ich dir gleich gesagt. Der Geruch, nach dem du gefragt hast: Es muss sich eine größere Menge Marihuana in der Scheune befunden haben. Alles verbrannt, aber dem Geruchsherd nach war sie vom Eingang aus gesehen im linken vorderen Teil der Scheune im Heu versteckt gewesen. Ich denke, dass die Egge davor gestanden hat. Ich habe Ascheproben von dort mitgenommen und lasse sie im Labor untersuchen. Das dauert übers Wochenende. Und sonst gab es außer drei Glasklumpen, die vor dem Höllenfeuer einmal Flaschen gewesen waren, nichts. Zweimal weißes, einmal grünes Glas."

„Ob das Marihuana den Toten gehört hat?", fragte sie.

„Kaum. Die Menge muss erheblich gewesen sein," antwortete Allgöwer. „Aber möglich ist alles."

Um Mika zum einen die Gelegenheit zu geben, ihr wenigstens für ein oder zwei Stunden aus dem Weg gehen zu können, zum anderen sich selber die Zeit nehmen wollte, um etwas Druck aus dem Dampfkessel zu lassen, schickte Rita ihn nach den rings um die abgebrannte Scheune gelegenen Dörfer.

„*Grafenhardt*, *Ackermoos*, *Schottbergen*, *Magerbüchel*, oder wie die Käffer alle heißen. Frag´ in den einschlägigen Geschäften nach, ob gestern jemand zwei Flaschen Schnaps und eine Flasche Wein gekauft hat. Lass´ dir, falls du fündig wirst, die Personenbeschreibungen geben. Aber das weißt du ja selber. Vielleicht schaffst du es, bevor mittags die Dorfläden schließen. Wir treffen uns dann spätestens nachmittags wieder hier."

Laukonen zog seine Lederjacke über und schnappte den Dienstwagenschlüssel. „Und was machst du?"

„Ich hab´ eine Verabredung mit Dr. Brenneis." Die Antwort kam ihr glatt wie ein Lutschbonbon über die Lippen. Dass sie im Anschluss daran einen Termin in einem bestimmten Café mit den besten Zimtschnecken der Stadt im Sinn hatte, wollte sie ihm nicht auf die Nase binden.

*

Noch immer stand Clem unter Schock. Der Schock des Feuers. Der Schock, dass Walter und Embenz dem Feuer zum Opfer gefallen waren. Ob nun mit geschlossenen oder mit offenen Augen – Clem sah die Flammen vor sich, eingebrannt in die Netzhaut. Dahinter spielten sich die dramatischen Szenen der Nacht ab, rücksichtslos auf den Sehnerv geworfen wie Würgereize nach einem verdorbenem Essen. Vielleicht würde sie später zu einer geordneten Erinnerung fähig sein. Tage, Wochen später. Vorerst versanken ihre Bemühungen jedoch in wirrer Konfusion.

Es war ja nicht ihre Absicht gewesen, länger, als man für Pippi und eine Zigarette brauchte, die Scheune zu verlassen. Und so hatte sie für den kurzen Aufenthalt im Freien darauf verzichtet, den wärmenden Parka anzuziehen.

Gut, ihre Geldbörse trug sie nach Männerart in der Gesäßtasche der Jeans. Das war aber auch das einzig Positive, das sie dieser Nacht abgewinnen konnte. So verfügte sie wenigstens noch über ein paar Euro und besaß ihre Identitätskarte, die in einem Seitenfach der Börse steckte. All ihr restlicher Besitz hatte sich unwiederbringlich in Asche verwandelt. Doch was zählte das schon angesichts der verlorenen Freunde.

Dem merkwürdigen Zischen, das der Feuersbrunst vorausgegangen war, hatte sie, während sie unter dem Pinkelbaum stand und rauchte, keine Beachtung geschenkt. Die Scheune war aus Holz, und Holz arbeitet nun mal. Es dehnt sich aus, zieht sich zusammen, je nach

Temperatur und/oder Luftfeuchtigkeit. Es knackt und ächzt, knarrt und stöhnt – wieso sollte es nicht auch zischen?

Erst als sie den hellen flackernden Lichtschein bemerkt hatte, der aus Tor und Luken in die Nacht drang, ahnte sie Schlimmes. Dann roch sie das Feuer, den Brand, und hetzte an der Westseite der Scheune entlang, wo sie noch vor wenigen Stunden gemeinsam Abendbrot gegessen hatten. Noch bevor sie die Ecke zum Tor erreichte, dröhnte der Feuersturm in ihren Ohren.

Dass sie nicht mehr rechtzeitig kam, erkannte sie wenige Sekunden später, denn die Flammen schlugen bereits lodernd aus den Fensterluken. Das Tor, das sie der frischen Luft wegen weit offenstehen gelassen hatte, war zugefallen. Als sie den Torflügel wieder aufzog, wälzte sich eine Glutwolke heraus, um, gierig nach Sauerstoff, sofort einen kräftigen Sog zu entwickeln und nach innen zu implodieren. Aus den Luken leckten entfesselte Flammenzungen an der Außenfassade. Die Scheune stand in Vollbrand. Die Hitze war unerträglich. Wie ein eruptierender Vulkan schleuderte der aufsteigende Glutstrom Dachziegel in den Nachthimmel und ließ sie in weitem Umkreis wie Lavageschosse herabstürzen.

Jetzt, selbst der Feuersbrunst entkommen, musste Clem sich in Sicherheit bringen. Sogar in einiger Entfernung spürte sie die Hitzewellen im Gesicht.

Als sie auf der Straße blitzende Blaulichter näherkommen sah, existierte von der Scheune nur noch das glühende Balkenskelett. Sie suchte einen Baumstamm als Deckung und beobachtete von dort aus die Ankunft der Feuerwehr. Wie sie feststellte, versuchten die Männer nicht den Brand zu löschen, sondern ließen ihn kontrolliert ab- und ausbrennen.

Am östlichen Himmel dämmerte der Morgen, als Clem den Unglücksort hinter sich ließ und querfeldein auf die fernen Lichter eines Dorfes zustrebte. Nicht sicher, wo genau sie sich befand, aber ihrer Meinung nach dürfte es sich um *Grafenhardt* handeln. Sie kannte sich in dieser Gegend nicht aus.

Obwohl sie mittlerweile schon eine geraume Zeit marschiert war, beschlich sie das Gefühl, dass die Lichter nicht näher kamen. Vielleicht, rätselte sie, hatte es mit dem heller werdenden Himmel in ihrem Rücken zu tun, der die Lichter kleiner erscheinen ließ, als es in der Dunkelheit der Fall war. Oder vielleicht war es einfach nur die mentale Erschöpfung, die ihr vorgaukelte, weiter gelaufen zu sein als tatsächlich zurückgelegt.

Hatte sie vor kurzem noch die Hitzewellen des Feuers im Gesicht gespürt, griff nun die Kälte nach ihr. Sie fror wie ein gerupftes Huhn, das sich in die Arktis verirrt hatte. Wenn sie geglaubt hatte, dass die Bewegung sie warm halten würde, sah sie sich getäuscht. Das, und ohne ihre Partner Walter und Embenz unterwegs zu sein, trieben ihr Schauerwellen über die Haut.

Vorher nur latent zu spüren, kehrten plötzlich die Hüftschmerzen mit Macht zurück, und Clem biss die Zähne zusammen. Als es anfing zu nieseln, verschwanden ihr Mut und die Energie. Quer vor ihr zog sich ein dunkelgrauer Strich durchs Gelände. Eine Mauer? Eine Bodenwelle? Irgendein Gebüsch? Erst als sie direkt davor stand, erkannte sie, dass es ein Graben war. Etwa eineinhalb Meter tief bis zur Wasseroberfläche, mit schrägen Böschungen beiderseits.

Sie stöhnte. Nicht, dass es ihr nicht gelingen würde, den Graben zu überqueren. So breit war er nicht und allzu tief dürfte er auch nicht sein. Doch es ärgerte sie maßlos, dass sie nasse Schuhe und Hosen davontragen würde. Missmutig und schlotternd vor Kälte suchten ihre Augen den Graben in beide Richtungen nach einer Brücke oder einem Wehr ab, doch da war nichts. Sie verlor die Körperspannung und ließ die Schultern sinken.

Das Letzte, was sie zu hören glaubte, war erneut dieses kurze, seltsame Zischen, als ob ein Nachtvogel dicht an ihr vorbeiflöge. Gleichzeitig spürte sie einen stechenden Schmerz im Rücken - und stürzte vornüber die Böschung hinunter.

*

Edgar war stolz wie Bolle. Saida und er allein unterwegs.

Schon bald, nachdem Melanie gegangen war, um in der Altstadt ihr Geschäft *Aquarelle und Poesie* zu öffnen, waren auch sie aufgebrochen. Zu Fuß und Hand in Hand zum Bahnhof, und weiter mit der S-Bahn nach *Offenburg*.

Saida trug ihren kleinen Rucksack mit einer Trinkflasche, die Gerti für sie gerichtet hatte. Edgar seine Umhängetasche.

Vom Bahnhof aus ging es praktisch nur in eine Richtung: Nach links, an der Bushaltestelle vorbei und dann nur noch geradeaus durch die Hauptstraße. Die *Forum Cinemas* lagen in relativer Nähe zum Markplatz, und bevor man dort ankam, hatte man so gut wie alle namhaften Geschäfte passiert, wie immer sie auch heißen mochten.

Edgar war seit gefühlten sechzig Jahren nicht mehr in einem Kino gewesen. Vom Hörensagen wusste er jedoch, dass bei einem Kinobesuch angeblich Popcorn und *Cola* zum Pflichtprogramm gehörten.

Wenn's weiter nichts ist, dachte er und fragte vorsichtshalber nach, welchen Film Saida anschauen wollte.

„Der kleine Maulwurf", antwortete Saida. „Rita hat gesagt, das wäre ein neuer Film."

Der kleine Maulwurf? Den hab' ich schon als Kind im Fernsehen gesehen, dachte er. „Fein, dann machen wir das", sagte er und guckte im Handy nach dem Programm. „Um halb drei Uhr müssen wir spätestens dort sein. Wird bestimmt rappelvoll, oder was meinst du?"

Saida strahlte. „Aber vorher gehen wir shoppen, gell?"

Er nickte: „Heute kaufen wir die Stadt leer."

Das Mädchen kicherte selig.

Für einen gemütlichen Stadtbummel war das Wetter ziemlich eklig. Es nieselte hauchdünn und für Ende September war es ungewohnt kühl, was für den Einkaufstourismus jedoch kein Hindernis zu sein schien. Im Gegenteil: Die Leute strömten rascher und zielstrebiger über die Gehwege und hielten sich dafür länger in den Geschäften auf.

Er hatte keine Ahnung gehabt, wie anstrengend Einkaufen sein konnte. Rein in den Laden, raus aus dem Laden. Saida war unermüdlich. *Sie muss über eine Kondition wie ein Zehnkämpfer verfügen*, dachte er, murrte aber nicht.

Meistens ging es ja nur ums Anschauen, Aussuchen und Anprobieren. Saida lernte dadurch auch, dass man

nicht unbedingt alles kaufen musste, das einem angeboten wurde, und man vergleichen und wählen, und nein
sagen durfte. Sie machte das ganz hervorragend. Über-
dies zeigte sich, dass sie über ein sicheres, von äußeren
Einflüssen verschontes Auge verfügte, was ihr zu Gesicht stand – und was nicht.

Während Edgar sich nach einer Weile auf einem end-
losen Shopping-Marathon wähnte, fühlte sich Saida kei-
nesfalls überfordert. Einer Bedienung, die Saida danach
gefragt hatte, ob Edgar ihr Großvater sei, hatte sie wie
selbstverständlich erwidert: „Nein, das ist mein Papa."
Seither fand Edgar das Shoppen überhaupt nicht mehr
ermüdend. Sein Gang wurde auf einmal federnd, und
urplötzlich strömte fast jugendlicher Elan durch seine
Adern. Derart überraschend geadelt, fand er nicht viele
Momente in seinem langen Leben, die ihn tiefer im Herzen berührt hatten. Zweifellos gehörte die Bekanntschaft und Heirat mit Melanie dazu. Die erste Begegnung mit *Müller*, seinem Hund. Und jeweils Ritas, Gertis und Jannas Einzug ins Türmchenhaus. Aber diese,
von einem Kind ausgesprochenen Worte, empfand er
als ganz besondere Ehre. Dabei war er sicher, dass Saida
es genauso meinte, wie sie gesagt hatte: Dass sie ihn als
ihren Papa betrachtete.

Rechtzeitig vor Mittag, behängt mit vier Einkaufstü-
ten, lotste Edgar das Mädchen ins Café am Marktplatz,
wo es die anerkannt besten Zimtschnecken der Stadt
gab. Was Saida essen wollte, ließ er ihr frei. Für sich
aber bestellte er eine Kanne Kaffee und die Teignudel.

Kaum hatten sie Platz genommen und die Taschen unter dem Tisch verstaut, spritzte Saida wieder auf, sprintete mit lautem „Riiitaaa!!!" durch die Tischreihen und
warf sich der gerade Angekommenen in die Arme.

Alsbald saßen sie zu dritt an einem Tisch. Das Café füllte sich nun rasch mit Mittagspausegästen.

Rita kam nicht darum herum, Saidas Einkäufe zu bewundern: Fünf T-Shirts; drei Leggins; eine Jeans; ein Paar Sneakers; ein Smartphone mit Kopfhörer und drei Bücher.

„Du kümmerst dich um das altersgerechte Einrichten des Smartphones", bestimmte Edgar. „Wie man telefoniert, Messengerdienste benutzt, Musik hört und so. Lernprogramme. Sicheres Surfen, okay?"

Rita lächelte weise und tätschelte beruhigend seine Hand. „Wird gemacht, Meister."

„Ich verlass´ mich in dieser Beziehung auf dich", setzte er einen Verstärker.

Rita hob die drei Schwurfinger und fragte: „War das eine deiner einsamen Entscheidungen?"

Edgar verneinte und schwindelte, ohne mit der Wimper zu zucken: „Melanie und ich sind der Meinung, dass Saida, was die digitale Welt betrifft, nicht abgehängt werden soll. Man kann dazu stehen wie man will – früher oder später führt kein Weg daran vorbei. Ergo beginnen wir jetzt damit. Unter Aufsicht natürlich."

„Natürlich", wiederholte Rita mit ironischem Unterton, der Edgar nicht verborgen blieb.

„Hast du ein Problem damit?", fragte er misstrauisch.

„Nein, nein, es ist okay", beeilte sich Rita zu sagen, ganz im Wissen, dass es eben nicht völlig okay war.

Solch ein Smartphone zur falschen Zeit in den falschen Händen konnte ein Menschenfresser sein. Es hatte das Potenzial, innerhalb kürzester Zeit alles zu zerstören, was einem Kind von Geburt an an Talenten und Fähigkeiten, an Möglichkeiten und Chancen auf natürliche Weise mitgegeben worden war. Wer ein

Smartphone in die Hände nahm, der sollte, neben der Bedienungstechnik und dem Nutzungsfaktor, stets auch die Gefahren im Hinterkopf haben. Gerade Kinder und Jugendliche gerieten durch exzessiven Gebrauch, meist schleichend und oft zu spät bemerkt, in die Vier-Buch-staben-Falle: A, E, F, M. Abhängigkeit, Entmündigung, Fehlinformation, Manipulation. Waren sie erst einmal hineingeraten, kamen sie ohne fremde Hilfe nicht mehr heraus.

Rita ging sogar soweit, dass sie für ein Unterrichtsfach *Smartphone* an den Schulen plädierte. Denn nirgendwo wurden die jungen Nutzer so sehr allein gelassen wie auf diesem Gebiet. Man schickte sie ohne Ausbildung, ohne Fahrplan und ohne Fallschirm mutterseelenallein in die dunklen Labyrinthe des World Wide-Web, wo es vor Rattenfängern nur so wimmelte.

Smartphone als Thema, kombiniert mit dem Schwer-punkt *Verantwortungsethik*. Für Aufklärung, welche negativen Auswirkungen zum Beispiel *Mobbing* auf Betroffene hatte.

Schon lange dachte sie über ein Programm in der Art von *Sicherheit im Internet* nach, das sie den Schulen als Vortragsreihe anbieten könnte. In ihrer Freizeit natür-lich und mit ausdrücklicher Genehmigung des Chefs und des Kultusministeriums. Schließlich durfte auch die Verkehrspolizei den Kindern die Regeln des Straßen-verkehrs auf dem Verkehrsübungsplatz beibringen. Wa-rum also nicht auch sie im weiteren Rahmen von Prä-vention? Ob sie mal mit Edgar darüber sprechen sollte?

„Und wie läuft der Einsatz?" Edgars Frage riss Rita aus ihren Gedanken. „Du bist doch noch im Einsatz, oder bist du für heute fertig?"

Sie guckte auf die Zeitanzeige auf dem Handydisplay. Dreizehn Uhr zehn. „Ich muss zurück ins Büro", sagte sie. „Mika Laukonen wird jeden Moment zurück sein. Ich hab´ ihn zu Feldermittlungen geschickt."

Edgar schaffte es, durch Gesichtsmimik ein Fragezeichen zu produzieren, das wie bei einer Comic-Denkblase über seinem Kopf hing. Rita ahnte, dass er sich mit ihrer Wischiwaschi-Auskunft über ihren Kollegen nicht zufriedengeben würde.

„Ein Feuer in einer Scheune bei *Ackermoos*. Zwei Tote. Vermutlich Obdachlose, die dort genächtigt haben. Mehr weiß ich noch nicht", gab sie preis.

„Ob Brandstiftung oder …"

„Wir stehen erst am Anfang der Ermittlungen, Edgar", würgte sie ihn mit dem Standardsatz der Ermittler ab und erhob sich vom Stuhl. Sie beugte sich zu Saida und raunte: „Erzählst du mir heute Abend vom Maulwurf?"

Saida nickte.

„Schön. Ich freu´ mich." Rita drückte dem Mädchen einen Kuss auf die Wange und eilte aus dem Café.

Edgars Augen hingen wie Kletten an Ritas Rücken, bis die Glastür des Cafés hinter ihr zugefallen war.

Wir stehen erst am Anfang der Ermittlungen.

Wie oft hatte Edgar diesen Spruch selber schon verwendet? Er könnte ihn praktisch aus dem tiefsten Schlaf heraus auf Anhieb rückwärts buchstabieren. Fehlerfrei, versteht sich. Aber immerhin gehörte er nun zu einem erlauchten Kreis von Leuten, die über eine wenn auch magere interne Information verfügten, während annähernd acht Milliarden Menschen dieses Privileg nicht hatten und auf die Montagszeitung warten mussten.

„So, mein Engelchen. Was machen wir beide jetzt? Wollen wir schon mal zum Kino schlendern? Gucken, wie es dort aussieht?"

„Kino!"

„Eine gute Wahl, wenn ich so sagen darf. Wenn nicht sogar eine sehr gute Wahl. So lass´ uns denn ins Horn brechen und aufstoßen", ulkte er …

… und Saida verstand den Scherz sogar. Sie kicherte: „Du bist lustig, Papa. Ins Horn brechen und Aufstoßen. Würg, urps."

Sie waren viel zu früh bei den *Forum Cinemas* und besorgten daher gleich mal die Eintrittskarten, weil Edgar mit einem starken Publikumsandrang rechnete. Da es weiterhin nieselte, lümmelten sie bis zum Einlass in den Zuschauerraum mit einer XXL-Packung Popcorn in den Wandelgängen des Kinopalastes herum.

Edgar hatte bewusst auf Logenplätze verzichtet und zwei Sitze im Parkett gewählt, um Saida das Erlebnis der dichten Atmosphäre einer Kindervorstellung zu gönnen. Und so erlebten sie auch gleich die volle Dröhnung. Der Saal füllte sich bis zur Berstgrenze. Das Geschrei aus hunderten Kindermündern war ohrenbetäubend, und Saida mittendrin. Edgar machte sich im Klappsitz so klein und unsichtbar wie möglich, um den hinter ihm sitzenden Kindern die Sicht auf die Leinwand nicht zu versperren. Dann ertönte der Gong, das Licht im Saal wurde heruntergedimmt, der Vorhang öffnete sich wie von Geisterhand, und dann flimmerte der Strahl des Filmprojektors durch die Luft. Schlagartig kehrte absolute Stille. Es ging los. *Der kleine Maulwurf.*

*

Es war Morgen geworden und dann Mittag, und es hatte ununterbrochen genieselt. Ein feiner Niederschlag, den man kaum sah und kaum spürte, von dem man jedoch auf Dauer so nass wurde wie ein Fisch beim Morgenschwummel.

Anders als bei einem Starkregenereignis, hatte dieser Dauerniesel auf den Wasserstand des Grabens keine Auswirkungen. Das Wasser floss träge und schwer dahin. Die winzigen Tropfen reichten nicht aus, um die Oberfläche zu kräuseln, Ringe zu bilden oder gar Blasen zu schlagen. Es roch nach Schlamm, Verwesung von Pflanzen und Kleingetier, und nach Fäulnis. Zum Trinken war es definitiv ungeeignet.

Ob es an der Kälte oder an dem Schmerz im Rücken lag, weshalb sie ihren Körper nicht spürte – Clem konnte es nicht sagen. Das Wärmste war der Hauch, der in Wolken aus ihrem Mund aufstieg, doch der nützte ihr nichts. Im Gegenteil. Sie verlor praktisch mit jedem Atemzug mehr an innerer Wärme. Aber sollte sie deswegen einfach aufhören zu atmen? Aufhören zu leben? Wegen dem bisschen Kälte?

Bisschen ist gut, dachte sie und versuchte erneut und zum x-ten Mal einen Befehl an ihre Beine zu geben. *Bewegt euch, verdammt nochmal, egal wie. Strampeln, Treten, was auch immer, aber bewegt euch endlich. Wieso erhalte ich keine Rückmeldung von da unten?*

Ab dem Bauchnabel abwärts lag Clems Körper im Wasser. Den Oberkörper hatte sie dank Kraft ihrer Arme so weit wie möglich auf die Böschung gezogen. Doch die mit den Händen erreichbaren und greifbaren Grassoden hatte sie inzwischen alle aus der Erde gerissen oder die Grasbüschel so sehr gekürzt, dass sie sich nicht mehr daran festkrallen konnte. Und die weiter oben waren zu weit oben. Es fehlte die nachschiebende Unterstützung von unten. Von den Beinen. *Bewegt euch!*

An das, was geschehen war, hatte Clem keine Erinnerung. Nur dass sie nach Luft ringend und hustend in diesem Graben zu sich gekommen war. Vollständig im Wasser liegend, nur Kopf und Gesicht irgendwie und halbwegs dem Ufer nah. Dann der Atemreflex, als Hirn und Körper nach Sauerstoff schrien. Da wusste sie noch nichts von den Beinen. Denn erstmal war atmen wichtiger; war leben wichtiger. Husten, keuchen, würgen, ja, ja, ja, Hauptsache Luft. Und dann raus aus der Brühe.

Aber sie war weder Molch noch Kröte, und so hing sie wie eine Nixe halb im Wasser, halb an Land, den beschuppten Unterleib mit der Schwanzflosse vor dem Anblick der Lebenden verborgen.

Sie startete einen neuen Versuch, im wahrsten Sinne des Wortes Land zu gewinnen. Sie stemmte die Hände in den aufgeweichten Grund, um den Oberkörper aufzurichten und sich wie eine Seehündin Stück für Stück fortzubewegen. Aber sie fand keinen Halt, die Hände rutschten auf der Schräge wie auf Schmierseite ab, und sie landete mit dem Kinn im Dreck. *Wie gut, dass das niemand gesehen hat*, dachte sie in einer Art Galgenhumor.

Insgesamt für Clem also nicht gerade eine Situation, um überbordend optimistisch zu sein, aber komischerweise dachte sie gerade nach dem letzten Fehlschlag an ihre ramponierte Hüfte. *Die Hüftschmerzen. Hoppla, sie sind weg. Hat der ganze Scheiß am Ende doch noch etwas Gutes?*

Von einer Minute auf die andere wurde sie auf einmal sehr müde und schlief mit einem Lächeln ein, das eine zufällig vorbeikommende Person womöglich als glücklich bezeichnet hätte.

*

Rita las den Polizeibericht des Reviers vom gestrigen Freitag im polizeiinternen Verteilernetz. Unter anderem den folgenden Eintrag der Streifenbeamten Polizeiobermeister Brasig und Polizeimeister Bialek: *03.00 Uhr. P. o. f. W. (Personen ohne festen Wohnsitz), Namen bekannt, keine Adressen, auf Gemarkung Magerbüchel (Wanderhütte) kontrolliert und des Platzes verwiesen.*

Da Rita die Polizisten flüchtig kannte, drückte sie rasch die Kurzwahltaste für den Leiter des Polizeireviers. Nach dem ersten Freizeichen wurde ihr Ruf angenommen. „Polizeirevier *Offenburg*, Polizeihauptmeister Oberländer."

„Rita Böhringer hier. Hallo Ferdinand. Na, hat´s dich auch erwischt? Samstagsschicht?"

„Rita, hallo, schön, dich zu hören. Bei uns ist das, wie du weißt, turnusmäßig so. Alle zwei Wochen. Einmal Früh-, das andere Mal Spätschicht. Ja, und alle drei Wochen die Nachtschicht. Was gibt´s?"

„Ja, weshalb ich anrufe: Haben die Kollegen Brasig und Bialek heute zufällig Dienst?"

„Nein, nicht zufällig, sondern planmäßig. Sie sind aber auf Streife. Warum? Haben sie etwas ausgefressen?"

Rita verneinte lachend. „Nein, es geht um den Bericht von gestern Morgen. Sie haben Personenkontrollen durchgeführt. Wanderhütte bei *Magerbüchel*. Du hast doch sicherlich von dem Brand mit zwei Toten bei *Ackermoos* gehört. Ich frage mich, ob die Toten vielleicht die Leute sein können, die von den Kollegen kontrolliert worden waren."

„Hab´ davon gelesen. Tragische Sache, das Ganze. Hör´ zu, ich schick´ sie zu dir hoch ins Büro, sobald sie von der Streife zurück sind. Und sonst, wie geht´s? Kommst du zurecht?"

Die Tür zum Büro flog auf und Mika Laukonen kam hereingestürmt.

„Äääh ... Alles bestens, Ferdinand, ja, wirklich. Also dann warte ich auf die beiden. Du, ich muss Schluss machen. Mein Kollege kommt soeben von Außenermittlungen zurück. Danke dir." Rita beendete das Gespräch und nahm ihren Kollegen ins Visier, der sich krachend auf seinen Schreibtischstuhl fallen ließ.

Mit den besänftigenden Substanzen einer Zimtschnecke im Bauch fiel es Rita leicht, den Disput des Morgens zu vergessen. Außerdem, und das war Rita klar, lohnten sich Machtspielchen zwischen den Gehaltsklassen eines Kriminalkommissars und einer Kriminaloberkommissarin nicht. Sie waren, wollten sie beruflichen Erfolg haben, aufeinander angewiesen. Und Erfolg haben hieß bei der Kripo, dass die ihr übertragenen Fälle aufgeklärt werden mussten.

„Sorry wegen heute Morgen", sagte sie und gab sich Mühe, eine glaubhaft zerknirscht wirkende Miene aufzusetzen, „mir war eine Laus über die Leber gelaufen. Als Wiedergutmachung hab´ ich dir auch eine der besten Zimtschnecken der Stadt mitgebracht." Sie wies mit dem Kinn auf eine fettdurchtränkte Papiertüte auf Mikas Schreibtisch. „Na? Wie war´s bei dir? Erfolg gehabt?"

„Kein Problem, ist schon okay", antwortete Laukonen. Er wühlte in seiner Jackentasche und zog dann eine kurze *mine* hervor, die er Rita über den Tisch zuschob. „Das Ergebnis meines Ausflugs. Die Aufzeichnungen der Videokamera vom Dorfladen in *Ackermoos*."

Rita klaubte den Datenträger mit den Fingerspitzen auf und schob ihn in die entsprechende Buchse ihres Computers. Während das erste Fenster auf dem Display aufploppte, umrundete Laukonen den Schreibtisch und nahm hinter ihr Aufstellung.

„Du kannst unten mit dem Cursor den Balken verschieben und vorspulen", erklärte er schlaumeierisch.

Rita linste über die Schulter. „Danke für den Tipp, Mika, aber ich weiß wie das geht."

Er fuhr unbeeindruckt fort: „Das Interessante beginnt ungefähr nach einem Viertel. Es ist immer die gleiche Einstellung auf die Kasse. Wenn man bedenkt, dass das ein Laden in einem Kaff ist …" Er überließ es Ritas grauen Zellen zu enträtseln, was er mit dem Stummelsatz meinen könnte.

„Ja, wenn man das bedenkt. Aber sie haben, oh Wunder, eine Videokamera installiert. Da sag´ einer, die Leute auf dem Lande seien rückständig."

Wie Mika gesagt hatte, verschob sie mit dem Cursor den zeitlichen Ablauf der gespeicherten Aufzeichnung, bis sie über die Elf-Uhr-Anzeige hinaus war.

„Halt!", intervenierte Laukonen. „Zu weit. Du musst zurück."

Rita folgte seinem Hinweis und arretierte den Cursor bei zehn Uhr fünfundzwanzig. Der Film setzte ein, und sie sah eine ältere Frau, die an der Kasse gerade ihre Waren bezahlte. Im Hintergrund waren zwei Männer zu erkennen, offensichtlich in Warteposition. Die ältere

Frau packte ihre Sachen ein und verschwand aus dem Blickfeld der Kamera. Die beiden Männer rückten an die Kasse vor und stellten die Einkäufe auf das Laufband.

„Das sind sie", sagte Laukonen, plötzlich mit heiserer Stimme.

„Und woher weißt du, dass sie es sind?", fragte Rita berechtigterweise.

„Schau dir ihre Einkäufe ein. Zwei Flaschen Schnaps, eine Flasche Rotwein, Zigaretten, abgepacktes Brot, Dosenwurst. Keine Frischwaren. Außerdem hat die Kassenbedienung erwähnt, dass zu den Männern eine Frau gehörte, die vor dem Geschäft gewartet hatte. Mit einem vollbeladenen Einkaufswagen. Die ist auf den Aufnahmen jedoch nicht zu sehen."

Rita betrachtete die Männer. Der eine lang und hager mit schmalem Gesicht, vom Gestus her der Dominante; der andere dagegen kleiner aber breiter mit rundem Gesicht und eigenartig kindlichem Ausdruck.

Die Flaschen könnten zu den Glasklumpen passen, die in der Asche gefunden worden waren, dachte Rita. *Aber wenn sie zu dritt waren, warum haben wir dann bloß zwei Leichen entdeckt? Hat sich das Trio eventuell vor dem Brand getrennt? Hat es Streit gegeben? Oder war es so, wie Allgöwer es beschreibt? Die Frau hat zum Rauchen die Scheune verlassen? Daher die Kippe außerhalb und die Überreste eines Schlafsacks ohne menschlichen Inhalt?*

Rita legte sich fest. „Allgöwer hat recht, und du hast gute Arbeit gemacht, Mika. Zwei Männer und eine Frau. Wenn es so ist, wie wir denken, dann hat die Frau das Feuer überlebt. Sie ist irgendwo dort draußen, und wir müssen sie finden. Sie ist vermutlich eine wichtige Zeugin.

Ich habe den Polizeibericht von gestern gelesen. Die Kollegen Brasig und Bialek vom Revier haben die drei in der Nacht auf gestern in der Wanderhütte bei *Magerbüchel* kontrolliert. Wir haben also die Namen der Leute. Sie scheinen für die Kollegen keine Unbekannten zu sein. Ergo bekommen wir auch eine Personenbeschreibung der Frau."

Wie auf Bestellung klopfte es an der Tür, die gleichzeitig geöffnet wurde. Zwei uniformierte Polizeibeamte betraten das Büro. Rita schaute den beiden erwartungsvoll entgegen. „Hallo, Wolfgang und Hajo. Gutes Timing", sagte sie.

*

Melanie reagierte auf Saidas Smartphone, als hätte man sie vor den Kopf gestoßen. Wobei sie unter *man* Edgar meinte. Die neuen Kleider, die Sneakers – alles okay. Aber ein Smartphone?

Sie konnte Edgars breitem Grinsen nichts abgewinnen. Es war nichts weiter als der krampfhafte Versuch, sein schlechtes Gewissen mit einer heiteren Fassade zu übertünchen. Dabei wusste er ganz genau, wie ablehnend sie diesem Teufelszeug gegenüberstand.

Na gut, vielleicht nicht generell ablehnend, aber doch ambivalent genug, sodass er ihre eindeutig kritische Einstellung dazu wahrgenommen haben dürfte.

Jedermann und jedefrau, inklusive sie selbst, besaßen heutzutage solch ein Gerät. Seine Vorteile waren so herausragend wie die Nachteile beängstigend. Da gab es keine zwei Meinungen. Smartphones waren so sehr zu einem unverzichtbaren Teil des Lebens geworden, dass man sich heute fragte, wie die Menschen vor Erfindung der Digitaltechnik hatten leben, ja, überleben können. Es gab Leute, die sich nach ihrem Tod mit einem Smartphone erdbestatten ließen. Aufgeladener Akku, versteht sich. Man wollte tatsächlich bis zuletzt erreichbar sein.

Aber ein Smartphone für ein neunjähriges Kind? Nein, nicht für irgendein Kind, sondern für **ihr** Kind.

Saida war klug, sie verfügte über ein großes künstlerisches Talent, das es zu fördern galt. Wie sollte sie sich in dieser Richtung weiterentwickeln, wenn ihr das Smartphone die Fantasie raubte? Wenn es leichter und bequemer war, per Fingerdruck hunderte billige TikTok-Filmchen anzuschauen, als über Stunden hinweg ein Bild zu malen?

Was hat er sich bloß dabei gedacht?

„Was hast du dir bloß dabei gedacht?", fragte Melanie ihn, als sich der Tag dem Ende zu neigte und sie zu Bett gingen. „Ein Smartphone, Edgar. Erklär´s mir, bitte."

Es war ihm nicht wohl in der Haut. Umständlicher als sonst drapierte er sein Hemd über die Stuhllehne und nestelte an der Gürtelschließe herum, obwohl es daran nichts zu beanstanden gab. Er kannte Melanies Haltung zu elektronischem vorprogrammiertem Spielzeug sehr wohl, und ein Smartphone zählte bei ihr dazu. Dass sie mit der Kopfwäsche bis zur Bettzeit gewartet und ihn nicht vor der versammelten Familie bloßgestellt und kritisiert hatte, rechnete er ihr hoch an. „Es war ein ganz spontaner Entschluss", gab er dann zu. „Sozusagen im Kaufrausch fremdgesteuert. Die Füße trugen mich ohne mein Zutun fast von allein in diesen Laden. Ich glaub´, ich war besoffen vor Glück."

„Vor Glück?", fragte sie misstrauisch und dachte mit dem gleichen Atemzug: *Komm´ mir jetzt nur nicht mit einer blöden Ausrede daher, mein Lieber.*

„Ja, vor Glück. Stell´ dir vor …" Er schwelgte ihr die Geschichte von der Verkäuferin und Saida vor und dass Saida ihn als ihren Papa bezeichnet hatte. *„Nein, das ist mein Papa*, hat Saida gesagt. Melanie – ich – ich war so glücklich. Geradezu euphorisch glücklich."

Mit solch einer Begründung hatte Melanie nun gar nicht gerechnet. Ad hoc fiel ihr jener Abend vor vier Jahren ein, als sie, damals einundsechzigjährig, einen gewissen Kriminalhauptkommissar a. D. Edgar Schaaf am ersten Abend ihres Kennenlernens in ihr Bett gelockt hatte. Im Grunde einen ganz und gar Fremden. Und warum? Weil sie auf ihre Menschenkenntnis vertraut hatte und – nicht zuletzt – weil sie glücklich gewesen war. Glücklich, ihm begegnet zu sein.

Vor diesem Hintergrund sah sie, wie sich die Rauchwölkchen über ihrem Kopf verflüchtigten und wie ein sanfter Wind die aufgewühlten Wellen ihrer Entrüstung beruhigte. Eine heiße Lohe von Zärtlichkeit überwältigte sie. *Mein Gott, dieser mein Mann*, dachte sie. *Was hat er in den vergangenen sechzehn Monaten nicht alles erleiden müssen? Hat er es nicht verdient, glücklich zu sein?*

Völlig ungescholten wollte sie ihn dann aber doch nicht davonkommen lassen. Schließlich hatte sie den ganzen Abend ihren Dampfkessel wegen unterdrückter Kritik unter Druck gehalten. Ein Ventil musste sie sich einfach gestatten dürfen. Bereits im Bett liegend, den Kopf auf den angewinkelten Arm gestützt, fragte sie: „Musste es denn unbedingt ein Smartphone sein, mein Edgar? Warum nicht zum Beispiel ein Fahrrad?"

Das ist ein starkes Argument, dachte Edgar, *und es wäre nicht Melanie, wenn es nicht von ihr käme.* „Weißt du", antwortete er, „wenn ich angefangen hätte zu überlegen, dann wäre am Ende wahrscheinlich gar nichts herausgekommen. Weder das eine, noch das andere. Wäre das nächstgelegene Geschäft ein Fahrradhändler gewesen", er schlüpfte unter die Bettdecke, „wäre Saida jetzt eine stolze Fahrradbesitzerin. Und hätte sie von mir ein Schloss oder eine Tonne Gold verlangt – ich hätte ihr alles geschenkt. Aber so war es nicht, meine Liebe."

Während er auf dem Rücken lag, betrachtete sie sein Profil. „Wir müssen ihr den Umgang mit dem Smartphone beibringen", sagte sie.

„Rita macht das schon", meinte er leichtfertig.

„Nein, nicht alles auf Rita abwimmeln. Du und ich sind genauso gefordert. Wir dürfen uns nicht aus der Verantwortung stehlen, verstehst du? Edgar, das ist wichtig. Jetzt kommt es darauf an, dass wir ein Vertrauensverhältnis aufbauen. Was wir heute versäumen, holen wir sonst nie wieder ein. Und überhaupt will ich, dass das Smartphone vorerst zu Hause bleibt. Saida muss nicht die Erste in der Klasse sein, die so ein Ding dabei hat."

Eine Viertelumdrehung nach links, und er schaute ihr direkt ins Gesicht. „Das sowieso!", sagte er. „Das unterschreib´ ich glatt."

Sonntag, 22. September 2024

Davon, dass in der Nähe einer seiner Obstwiesen eine Scheune abgebrannt war, hatte Lothar Kämmerich keine Ahnung. Er wohnte in *Schottbergen*, und was übers Wochenende außerhalb des Dorfes an Ereignissen stattfand, sofern es vorher nicht im Verkündigungsblatt bekanntgegeben worden war, bekam er in der Regel erst am Montag mit, wenn überhaupt. Und wer kündigte den Brand einer Scheune schon vorher an?

Auf dem Land zwischen *Ackermoos* und *Grafenhardt* gehörten ihm achtzehn Apfelbäume, alte Sorten wie Renette, Boskop, Gravensteiner, Prinz Albrecht von Preußen und Goldparmäne. Hochstammgewächse allesamt. Südlich von *Durlangen* gelegen besaß er noch weitere Apfelplantagen, doch wie die Bezeichnung verriet, handelte es sich bei jenen um auf ökonomische Mengen ausgerichtete Zuchtsorten, wie man sie in jedem Supermarkt finden konnte. Die Baumwiese hier bei *Grafenhardt* betrachtete er eher als Hobby. Als Leidenschaft. Die Früchte dieser Bäume lieferte er nur an ausgesuchte Stammkunden. Was nicht in den Verkauf gelangte, verwertete er selbst, beziehungsweise seine Frau.

In der Luft hing ein brandiger Geruch, dem er zunächst keine Beachtung schenkte. Erst als sein Hund *Jimmy*, ein Labrador/Collie-Mischling, winselnd und schweifwedelnd Richtung *Ackermoos* witterte, ließ auch er seine Blicke zwischen den Baumstämmen hindurch über die Wiese wandern. Und richtig: Dort, wo sonst die alte Scheune gestanden war, ragten nur noch vier schwarze Pfosten in die Höhe.

Wer Besitzer der Scheune gewesen war, wusste Kämmerich nicht. Sie hatte dort schon gestanden, so lange er sich erinnern konnte, und er hatte nie eine Bewegung oder eine Geschäftigkeit dort festgestellt. Deshalb war er nun doch etwas verdutzt, ausgerechnet sonntags in unmittelbarer Nähe der verkohlten Balken einen grauen Kombi zu sehen. Grau, mit getönten Fenstern, ohne irgendwelche Firmen- oder Reklameaufschrift. Personen entdeckte er keine. Unbewusst machte Kämmerich, den Hund bei Fuß, ein paar Schritte auf das fremde Fahrzeug zu. Entweder hatte man ihn seitens der Insassen bemerkt und wollte eine Begegnung vermeiden, oder was immer dort auch zu erledigen gewesen wäre, war erledigt, denn schon nach ein paar Metern wurde der Motor des Kombis gestartet und langsam von der Wiese gefahren. Welche Richtung er letztlich auf der Landstraße einschlug, war von Kämmerichs Standort nicht zu sehen.

Schade um die alte Hütte ist es nicht, dachte er, tätschelte *Jimmys* Flanke, zog ihn am Halsband herum und schickte ihn mit einem aufmunternden Klaps zum Stöbern unter die Bäume.

Die Äpfel sahen diese Saison gut aus, einer prächtiger als der andere. Es hatte im Frühjahr und Sommer keinen Hagel gegeben und der Wurmbefall hielt sich in Grenzen. Sollte morgen das Wetter günstig sein, würde er das Fallobst auflesen und seinen begehrten Cidre daraus herstellen. Er schnalzte in Vorfreude mit der Zunge.

Das Land, sein Land, wurde an der nördlichen, der Gemeinde *Grafenhardt* zugewandten Seite, von einem Graben begrenzt. Früher als lebendiger Bach aus dem Vorgebirge kommend, hatte man diesen, sobald er in die bewirtschaftete Ebene hinausfloss, rigoros zu einem künstlichen Graben begradigt und ihn der Natur beraubt. Ein Frevel, wie Lothar Kämmerich zu sagen pflegte.

Für heute hatte er genug gesehen und fingerte in der Jackentasche nach dem Schlüssel für den *SUV*, den er von der Landstraße herunter gelenkt und am Rand der Wiese geparkt hatte. Er schaute auf die Armbanduhr.

Zufrieden stellte er fest, dass es für einen Frühschoppen im *Schottbergener Ochsen* noch nicht zu spät war und pfiff nach dem Hund. Normalerweise brauchte er nur einmal zu pfeifen, um *Jimmy* zu sich zu befehlen, doch diesmal tauchte das Schlappohr nicht wie gewohnt auf. Ein zweiter, durchdringenderer Pfiff wurde nötig. *Jimmys* Kopf erschien über der Böschung, die den Graben einfasste, und schaute zu Kämmerich her. Ein trockenes *Wuff*, und der Kopf verschwand wieder.

Was hat er denn?, fragte sich Kämmerich, der durch *Jimmys* Versteckspiel seinen Frühschoppen gefährdet sah, und stapfte zu der Stelle hinüber. Als er nah genug an den Graben herangekommen war, sah er seinen Hund am jenseitigen Ufer mit gesenktem Kopf über der oberen Hälfte eines leblosen menschlichen Körpers stehen und ahnte sofort, dass er für heute den Besuch im *Ochsen* abschreiben musste.

*

Am Morgen war Janna, Gertis Adoptivtochter, mit dem Zug aus *Mannheim* zu Besuch gekommen. Aus diesem Anlass sollte es zu Mittag *Chinkali* geben, eine georgische Spezialität. Dabei handelte es sich um zum Beispiel mit Hackfleisch gefüllte Teigtaschen, wobei man in der Wahl des Fleisches recht flexibel sein konnte. Am ehesten war das Gericht mit den heimischen Maultaschen vergleichbar. Saida und Rita guckten den beiden Frauen bei der Zubereitung zu. Melanie und Edgar waren mit ihren Hunden *Lydia* und *Müller* zu einem sonntagmorgendlichen Spaziergang auf dem Kinzigdamm aufgebrochen.

Saida löcherte Janna mit allerlei Fragen, wie es ihr auf der Mode- und Designschule gefallen würde und wie Saida sich das vorstellen müsse. Ob die Schule nur für Frauen ist oder ob auch Männer zugelassen sind? Was machst du dort? Zeichnen? Oder auch nähen? Janna gab bereitwillig und gerne Auskunft.

Gerti war gerade dabei, die an der Oberseite zusammengezwirbelten Teigtaschen vorsichtig in heiße Gemüsebrühe zu geben, als Ritas Handy klingelte. Ein Blick auf das Display zeigte ihr den Polizeistern nebst Name des Anrufers an: Ferdinand Oberländer. Aus Rücksicht auf Saida unterdrückte sie einen lauten Fluch. Sich abwendend nahm sie den Anruf an: „Ferdinand!", protestierte sie, noch ehe der Revierleiter zu sprechen angesetzt hatte. „Es ist Sonntag, und ich war gestern schon außerplanmäßig im Einsatz gewesen. Such´ dir jemand anderen!" Würde ihr Nasenhauch gebrannt haben, hätte sie Flammen ausgeschnaubt. Zornig drückte sie das einseitige Gespräch weg.

Umsonst. Zehn Sekunden später rief er wieder an. Rita pumpte sich auf. „**Ferdinand! ...**"

„Hör´ bitte zu, Rita. Es ist **dein** Fall. Ich würde sonst nicht anrufen." Oberländers Stimme klang eindringlich und beschwichtigend gleichermaßen. „Es hat eine Entwicklung gegeben. Draußen bei der Brandstelle. Die Streife wartet auf dich."

„Was ist mit Laukonen?"

„Geht nicht ans Telefon. Tut mir leid, Rita."

Melanie und Edgar kamen vom Spaziergang zurück und bogen nach der Passerelle, die ihre Straße mit dem Kinzigdamm verband, zu ihrem Grundstück ein, *Lydia* und

Müller natürlich ein Stück voraus. Wie üblich warteten sie ungeduldig hechelnd am Gartentor.

„Es ist komisch mit den Hunden. Obwohl sie wissen, dass sie nicht früher in den Garten gelassen werden als bis wir bei ihnen sind, rennen sie die letzten Meter vorweg", meinte Edgar. „Jeden Morgen das gleiche."

„Ja, aber diesmal scheinen sie Glück zu haben", antwortete Melanie und wies mit einem Kopfnicken zum Haus hin. „Schau mal, wer dort förmlich zum Tor stürmt. Was ist der denn über die Leber gelaufen?" Sie meinte Rita, der buchstäblich der Ärger ins Gesicht geschrieben stand.

„Au ja", bestätigte Edgar Melanies Eindruck, „da ist irgendetwas schiefgelaufen."

Rita riss das Gartentor auf und ließ die Hunde im selben Augenblick hinein, in dem sie Melanie und Edgar bemerkte. Sie blieb stehen und wartete, den Autoschlüssel in der nervösen Hand, bis die beiden bei ihr waren.

„Schlechte Nachricht?", fragte Edgar teilnahmsvoll.

Rita verzog das Gesicht zu einer Grimasse. „Kann man wohl sagen. Das war's dann mit dem schönen Wochenende. 'tschuldigung, aber ich muss." Sie wandte sich abrupt ab und strebte ihrem Dienstwagen zu.

„Ach Mensch, das ist aber blöd", sagte Melanie mitfühlend.

Edgar drückte einmal kurz Melanies Hand und setzte Rita in einem leichten Trab nach. „Jetzt warte doch mal, Rita – äääh - kann man dir in irgendeiner Weise helfen? Bist du eventuell alleine? Soll ich vielleicht mitfahren? Nur so zur Gesellschaft?"

Ritas Miene hellte sich bei dem überraschenden Angebot auf. Nach rascher Überlegung fand sie, dass eigentlich nichts gegen eine Begleitung Edgars sprach. Im

Gegenteil. Sich vor Ort über das Gesehene auszutauschen konnte bestimmt nicht schaden. Vier Augen sahen immerhin mehr als zwei, und über seine Erfahrung brauchte man nicht zu diskutieren. Und ja, der versaute Sonntag ließ sich vielleicht doch noch retten, wenn auch nicht auf dem Gebiet, wie sie es sich vorgestellt hatte. Nebenbei und als Pluspunkt stellte sie fest, dass Edgars Kleidung und Schuhwerk für einen Einsatz in regennassem Gelände wie geschaffen waren, denn der Nieselregen hatte seit Samstag angehalten.

„Was ist jetzt?", fragte er nicht ganz uneigennützig, winkte ihm doch die unverhoffte Gelegenheit zu kriminalisieren praktisch mit beiden Armen. „Sprich oder kotz´ Buchstaben."

Ritas Blick schnellte für einen Sekundenbruchteil zu Melanie, die beim Gartentor stehengeblieben war. „Okay", sagte sie, „aber ich weiß nicht, wie lange es dauern wird."

Edgar nickte lächelnd. „Gut. Dann sag´ ich rasch Melanie Bescheid, und dann können wir."

Er ließ sich während der Fahrt Richtung *Grafenhardt* ins Bild setzen. Was der Onlinedienst der *Baden-News* an Kenntnissen veröffentlicht hatte, war aus seiner Sicht enttäuschend gewesen, und gestern Abend hatte er Rita nicht über Gebühr ausquetschen wollen. Dass sie ihren freien Tag hatte opfern müssen, war hart genug. Er kannte das Gefühl, nach einem unfreiwilligen Einsatz in ein tiefes Loch zu fallen, aus eigener Erfahrung. Oft war er danach wie ausgehöhlt gewesen.

„In der Scheune hat man zwei verkohlte Leichen gefunden. Laut Allgöwer müssen es aber drei Personen gewesen sein, die in der Scheune Schutz gesucht hatten.

Jedenfalls hat er Spuren eines dritten Schlafsacks oder einer Steppdecke gefunden. Und dass heute Morgen nicht weit von der Brandstätte entfernt eine hilflose Frau entdeckt wurde, mehr tot als lebendig, passt zu den Aussagen einer Streifenbesatzung. Die hat in der Nacht vom Donnerstag auf Freitag drei obdachlose Personen, zwei Männer und eine Frau, kontrolliert und für die Wanderhütte bei *Magerbüchel* ein Aufenthaltsverbot ausgesprochen. Zudem gibt es Videoaufzeichnungen eines Dorfladens in *Ackermoos*, auf denen zwei Männer zu sehen sind. Wolfgang und Hajo haben sie als diejenigen von der Wanderhütte identifiziert."

„Dann ist die Frau womöglich eine Zeugin?", fragte Edgar.

Ehe Rita antworten konnte, klingelte ihr Handy. Sie nutzte die Freisprecheinrichtung. „Ferdinand, was gibt´s?"

„Bist du unterwegs?"

„In zehn Minuten bin ich dort."

„Okay, hör´ zu. Die Frau befindet sich mit der Ambulanz auf dem Transport ins *Ortenauklinikum Offenburg*. Aber die Streife und der Finder der Frau warten auf dich. Soll ich Allgöwer verständigen?"

„Lass´ mal. Wenn ich ihn brauche, rufe ich ihn selber an." Rita beendete das Gespräch.

In *Ackermoos* bog sie auf die Straße nach *Grafenhardt* ab, die ein Stück weit neben einem Graben verlief. Nach etwa eineinhalb Kilometern verringerte sie das Tempo und hielt Ausschau nach einem Streifenwagen. Edgar entdeckte ihn dort, wo der Graben eine Biegung machte und sich im weiteren Verlauf zwischen den Wiesen in der Ferne verlor.

„Da, da vorne", sagte er. „Blöder kann man sich nicht verstecken." Womit er nicht ganz unrecht hatte, denn die uniformierten Kollegen hatten den Streifenwagen ungünstig hinter einem mächtigen *SUV* abgestellt.

Rita bremste, steuerte den Dienstwagen in den Feldweg auf die andere Seite des *SUVs* und stellte den Motor ab. Am Kofferraum wechselte sie ihre Sneakers gegen Gummistiefel. „Auf geht's", sagte sie. „Übrigens danke, dass du dabei bist."

Sie trampelten durch das regenschwere Gras am Graben entlang. In einer Entfernung von ungefähr dreihundert Metern sahen sie drei Personen beieinander stehen. Beim Näherkommen unterschieden sie zwei Männer, davon einer ein Polizist, und eine Polizistin. Etwa zur Hälfte des Weges kam ihnen ein Hund entgegen: Ein prächtiges Tier mit weißer Brust und schwarzbrauner Fellfärbung. Sowohl Rita als auch Edgar, beide den Umgang mit Hunden gewohnt, ließen sich vom Temperament des Vierbeiners nicht erschrecken. Edgar, der in seiner Outdoorjacke sowieso immer ein Hundeleckerli mitführte, erkaufte sich damit rasch die Sympathie des Tieres.

Schließlich trafen sie bei der kleinen Gruppe ein. Die gegenseitige Vorstellung verlief unkompliziert. Rita war den Polizisten ja persönlich bekannt. Nur bei Edgars Name spitzte die junge Beamtin aufmerksam die Ohren, und ihn beschlich das etwas peinliche Gefühl, als wäre sie allein von der Nennung seines Namens nachhaltig beeindruckt, was immer sie damit auch assoziieren mochte.

„Und Sie sind also Herr Kämmerich, der die Frau gefunden hat", eröffnete Rita den offiziellen Teil ihres

Hierseins. Dass sie trotz des missratenen Wochenendes durch und durch Kriminalbeamtin war, zeigte sich schon daran, dass sie nicht mal im Kern daran dachte, Herr Kämmerich hätte die Frau vorzugsweise erst am morgigen Montag aufgefunden. „Wann genau war das? Und wenn Sie mir bitte die Stelle zeigen würden."

Kämmerich fischte ein althergebrachtes Stofftaschentuch aus seiner Manchesterhose und betupfte die feuchte Nase. „Eigentlich war es *Jimmy*, der die Frau entdeckt hat. Wäre er nicht gewesen …" Er ging Rita zum Graben voraus und deutete hinunter. „Hier unten hat sie gelegen. Unterleib und Beine im Wasser, den Oberkörper, Arme und Kopf auf der schrägen Böschung drüben. Sie lag da wie tot."

„Was sie jedoch nicht war", stellte Rita fest. „Was haben Sie unternommen?"

Er packte die Hose an den Hosenbeinen und zog den groben Stoff von der Haut weg. „Schauen Sie mich an. Nass bis an den Arsch. Ins Wasser bin ich natürlich und hab´ sie geschüttelt. Als sie sich nicht regte, hab´ ich nach ihrem Puls gefühlt, was sonst? Und ja, als ich einen leichten Herzschlag gespürt hab´, hab´ ich den Polizeinotruf gewählt."

Jetzt war es Rita, die auf die Uferböschung vor ihren Füßen zeigte. „Sind das Ihre Spuren hier im Gras, oder waren die vorher schon da?"

Kämmerichs Augen folgten ihrem Finger und er schüttelte den Kopf. „Das weiß ich nicht. Sie meinen, ob vor mir schon jemand hier war? Das kann ich nicht sagen, tut mir leid. Hier bin ich jedenfalls in den Graben gestiegen."

Edgar, der sich dazugesellt hatte, fragte: „Und die genaue Uhrzeit?"

Erneut kam Kämmerichs Taschentuch zum Einsatz. „Entschuldigung, aber das nasskalte Wetter – in der Tat hab´ ich auf die Uhr gesehen. Ich wollte nämlich noch zum Frühschoppen. Es war dreiviertel elf Uhr.“

„Haben Sie die Frau früher schon mal gesehen? Oder ist Ihnen sonst noch etwas aufgefallen? Ein geparktes Auto in der Nähe? Leute? Spaziergänger?“

Das Taschentuch verschwand zurück in die Hosentasche. „Ja, das war vielleicht ein bisschen komisch. Ein Auto. Also ein Kombi. Drüben, wo´s gebrannt hat. Gerade als ich hier ankam ist er davongefahren. Leute habe ich nicht gesehen.“

„Können Sie das Fahrzeug näher beschreiben? Marke, Modell, Farbe, Kennzeichen?“

„Ein grauer Kombi war´s. Keine Aufschrift oder sowas. Für das Kennzeichen war es zu weit weg, tut mir leid.“

„Gut, Herr Kämmerich. Sonst noch etwas, das Ihnen aufgefallen ist?“

„Die Frau, sie hatte keine Jacke an“, sagte Kämmerich, „nur ein Hemd oder eine Bluse. Und sie muss geblutet haben. Mitten am Rücken war ein roter Fleck, der nach außen hin blasser wurde. Vom Regen, vom Wasser, was weiß ich. Ein roter Fleck. Blut, verstehen Sie? Ein Schuss, ein Stich, sowas.“

Rita und Edgar nickten und wandten sich den Polizisten zu, deren Hosenbeine ebenfalls bis zu den Knien durchnässt waren. „Habt ihr das auch so gesehen? Oder was wird zusätzlich in eurem Bericht stehen? Benno? Nancy?“, fragte Rita.

Die Beamten wechselten rasche Blicke. Dann übernahm die Polizistin die Antwort. „Was Herr Kämmerich gesagt hat, ist korrekt. Wobei ich nicht glaube, dass es sich bei der Verletzung um einen Schussverletzung handelt. Damit meine ich aus einer Pistole oder einem Gewehr. Das hätte die Frau nicht überlebt. Aber ich kann mich auch irren. Bin ja keine Medizinerin.

Wir trafen hier etwa eine Viertelstunde nach Eingang des Notrufs ein, kurz danach auch die Ambulanz. Die Lebenszeichen der Frau waren schwach, aber sie atmete regelmäßig, wenn auch sehr – wie soll ich mich ausdrücken – reduziert. Langsam und flach. Auf Ansprache reagierte sie nicht. Ausweispapiere oder eine Geldbörse haben wir bei der Verletzten nicht gefunden. Aber sie ist schätzungsweise zwischen vierzig und fünfzig Jahre alt. Verwertbare Spuren haben wir in unmittelbarer Nähe keine entdeckt. Aber wir haben auch nur einen begrenzten Raum abgesucht."

„Danke, Nancy, das war´s erstmal", sagte Rita und war jetzt ehrlich froh, dass Edgar mit von der Partie war. „Edgar, wie schätzt du die Spurenlage ein? Sollen wir Allgöwer den Sonntag verderben?"

Er rieb sich den Nacken. „Ja, würde ich", erwiderte er, „Allgöwer mit seiner ganzen Mannschaft. Es sieht schwer nach einem Kapitalverbrechen aus. Wir müssen das Gelände zwischen hier und der Brandruine absuchen, und zwar auf breiter Front. Und von Herrn Kämmerichs Stiefeln fotografieren wir die Sohlen, damit wir gegebenenfalls seine Spuren ausschließen können, sofern wir auf andere stoßen sollten."

Rita atmete auf. So, oder so ähnlich, hätte sie auch entschieden. „Danke, Edgar. Dann also mal hoch mit den Füßchen. Benno und Nancy, ihr auch." Sie zückte das Handy und fotografierte jede Schuhsohle ab, inklusive Edgars und ihre eigenen. „So, jetzt kann Allgöwer antanzen. Herr Kämmerich, Sie dürfen dann nach Hause

gehen. Halten Sie Stillschweigen über diese Begeben-
heit. Kein Wort zur Presse. Wenn ich davon etwas in der
Zeitung oder im Netz lese, haben Sie Schwierigkeiten
am Hals. Okay? Schönen Sonntag noch und – danke."

Gegen alle Erwartungen erschien Allgöwer bester
Laune am Tatort. Ja, Rita nannte es einen Tatort, auch
wenn sie nicht wusste, was genau an diesem Ort geschehen war. Aber das herauszufinden, war sie schließlich
hier.

Dass es Sonntag sein **musste**, war an Allgöwers Kleidung abzulesen. Es hatte sich im Kollegenkreis herum-
gesprochen, dass er an Sonn- und Feiertagen im *stone-
washed* Jeansanzug zur Arbeit erschien. Höchst authentisch im Auftreten und passend zu seinen scharfen Ge-
sichtsfalten und den stahlgrauen Haarstoppeln. In diesem Outfit war ihm eine gewisse Ähnlichkeit mit dem
kanadisch-US-amerikanischen Schauspieler Glenn
Ford (1916-2006) eigen.

In Abwandlung eines bekannten Volksmusiktitels
sang er unter Ausbreitung seiner Arme und Andeutung
einiger Tanzschritte als Begrüßung: „Es ist so schön, ein
Polizist zu sein."

Edgar nahm ihn auf die Schippe: „Wer an einem
Sonntag so irritierend fröhlich ist, dem ist grundsätzlich
nicht zu trauen. Grüß´ dich, Allgöwer."

„Ach, hallo, alter Mann. Kannst es wohl nicht lassen,
eh?", gab der mit gleicher Münze zurück. „Verstärkung
für Rita, was? Also was haben wir hier?"

Rita erklärte ihm die Sachlage und trat mit ihm an den
Graben heran, wo er sich allerdings rasch festlegte, dass
für ihn an der Böschung keine verwertbaren Spuren zu

finden seien. Hellhörig wurde er jedoch bei der Erwähnung der Verletzung des Opfers.

„Stich in den Rücken?" Allgöwer drehte sich um. Seine Augen bahnten sich einen Weg bis zum Balkengerippe der abgebrannten Scheune, wo er gestern erst den letzten Einsatz gehabt hatte. Er schätzte die Entfernung bis dorthin auf maximal eineinhalb Kilometer.

„Was denkst du?", fragte Edgar.

„Sag´ du´s mir", antwortete Allgöwer.

„Sie ist verfolgt worden", sprang Rita ein. „Als die Scheune zu brennen anfing, hielt sie sich außerhalb auf. Pinkeln und eine Zigarette."

„Ja. Und als die Feuerwehr anrückte, hat sie das Weite gesucht", ergänzte Edgar.

„Aber warum? Warum ist sie nicht auf die Feuerwehr zugegangen?", fragte Allgöwer, den Blick unverwandt zu den verkohlten Balken gerichtet.

„Schuldgefühle? Schock? Angst vor Bestrafung?", spann Edgar den Faden weiter. „Als sie sich davongeschlichen hat, ist sie beobachtet worden. Von demjenigen oder derjenigen, der oder die das Feuer in der Scheune entfacht hat."

„Es war deiner Meinung nach also noch eine vierte Person dort?" Allgöwer starrte weiterhin zu der Brandstätte.

„Anders kann ich es mir nicht erklären", sagte Edgar. „Die Frau war eine Zeugin und musste beseitigt werden. Das geschah dann hier an diesem Graben."

„Stich in den Rücken?", fragte Allgöwer.

Edgar zuckte mit den Schultern. „Den sie hoffentlich überleben wird." Er spürte eine Berührung am Ellbogen und drehte sich um. „Ja, Rita, was gibt´s?"

„Ich geh´ mal rüber zur Brandstelle. Möchte wissen, was der graue Kombi dort zu suchen gehabt hat."

„Okay, ich komme mit."

Die Spurensuche auf den Streuobstwiesen hatte nichts gebracht. Obwohl eine Verstärkung durch eine zusätzliche Streifenwagenbesatzung eingetroffen war und sie zuletzt mit neun Personen in breiter Front die gesamte Zone vom Graben bis zur Scheune abgeschritten hatten – die Mühe war ergebnislos geblieben. Seit dem Brand waren bis zur Stunde mehr als dreißig Stunden vergangen. Der andauernde Nieselregen hatte die Wiesen geplättet, und Spuren aus idealerweise niedergetretenem Gras waren nicht mehr zweifelsfrei bestimmbar. Ebenso negativ war die Besichtigung der Stelle, wo der graue Kombi gestanden haben musste, den Kämmerich gesehen hatte. Es wurde zwar eine frische Fahrspur im Gras ausfindig gemacht, doch keine brauchbaren Reifenabdrücke. Und auch an der Brandstätte selber, oberflächlich besehen, konnte Rita keine signifikanten Veränderungen oder Spuren irgendeiner Anwesenheit fremder Personen feststellen.

Edgar hatte gesagt, dass er vor der Klinik warten würde. Es sei nicht notwendig, dass zwei Personen den Stationsbetrieb stören, hatte er gemeint. Rita war deswegen allein hineingegangen.

Nach dem Weg zur Intensivstation brauchte sich Rita schon lange nicht mehr erkundigen. In ihrem Beruf gehörte der Gang sozusagen zur Tagesroutine, und sie kannte die meisten Krankenschwestern und Pfleger praktisch mit Namen.

Nun verhielt es sich jedoch so, dass man nicht einfach, mir nix, dir nix, in die Intensiv latschen durfte. Die Station war geschlossen, und wer Zutritt verlangte, musste neben dem Eingang eine Klingel drücken. Nur wer mit einem der Patienten nah verwandt war oder einen triftigen Grund angeben konnte, wurde nach Anhörung und Überprüfung hineingelassen, sofern der Gesundheitszustand des Patienten dies überhaupt zuließ. Nach diesen Gepflogenheiten mussten sich auch Polizeibeamte richten.

Haydeh, wie die sonst so quirlige Krankenschwester hieß, die ihr heute die Tür öffnete, wirkte heute müde. „Hallo Rita, lass´ mich raten. Du bist wegen der Stichverletzung hier, hab ich recht?"

„Ich grüße dich, Haydeh. Wenn es die Frau ist, die heute Morgen eingeliefert wurde – ja."

Haydeh, unter ein Meter sechzig groß, mit glatt nach hinten gebundenem langem Haar, warf die Stirn in Falten. „Sie ist leider noch nicht ansprechbar, meine Gute. Die Untersuchungen sind noch im Gange. Man weiß noch gar nicht exakt, wie schwer ihre Verletzung ist. Außerdem ist sie stark unterkühlt."

„Verstehe. Wahrscheinlich hat sie vierundzwanzig Stunden im Wasser gelegen, bis sie entdeckt wurde. Rufst du mich an, wenn du mehr weißt?"

Über Haydehs erschöpftes Gesicht huschte ein Lächeln. „Mach ich. Äää – du hast nicht zufällig ihren Namen und Adresse?"

Rita nickte und zückte das Handy. In Nullkommanix hatte sie ein Foto aufs Display geladen, das sie der Krankenschwester zeigte. „Wenn es sich um diese Frau handelt – tut mir leid, dass das Bild nicht besser ist. Es ist die Aufnahme einer Kopie vom Sozialdienst – heißt sie Clementine Pfeifer. Sie ist als Obdachlose gemeldet."

Als Haydeh das Foto studierte, bildete sich auf ihrer Stirn eine senkrechte Falte. „Das ist sie. Clementine Pfeifer sagst du?" Sie notierte den Namen auf einem kleinen Block, den sie aus einer ihrer Schürzentaschen zog. „Gut! Bis dann, Rita. Ich melde mich."

„Danke dir, Kleine. Angenehmen Dienst noch, wenn das nicht ein zu frommer Wunsch ist", verabschiedete sich Rita und ging hinaus.

Zu ihrer Verwunderung fragte Edgar gar nicht nach. Er lehnte rauchend an ihrem Dienstwagen, die Zigarette geschickt in der hohlen Hand verborgen.

„Du kannst mich am Bahnhof rauswerfen, falls du noch in der Direktion zu tun hast", schlug er vor.

Rita blies mit vorgestellter Unterlippe eine vorwitzige Haarsträhne aus dem Gesicht. „Für heute ist Schluss", sagte sie. „Fahren wir nach Hause und essen *Chinkali* aus dem wunderschönen Georgien. Ich hoffe, sie haben uns etwas übrig gelassen."

Teil IV

Das Leben, wie immer es auch ist, beginnt in den Zehen, war Clems erster Gedanke, als das komplizierte Räderwerk in ihrem Kopf knarzend mit der Arbeit begann. Alle Zahnräder mussten gleichzeitig anlaufen, um den erzwungenen Stillstand zu überwinden. Das konnte nur automatisch geschehen, denn wenn sich die Maschinerie auf den menschlichen Willen verlassen würde, wäre das Resultat gleich null. Gut zu beobachten bei der Autoschlange im Straßenverkehr, wenn die Ampel von Rot auf Grün wechselte: Im Prinzip könnten alle Autos gleichzeitig losfahren. Wäre so einfach, aber es klappte nicht. Klappte nie.

Gleichzeitig also, die Zahnräder. Schwere Mechanik, schlecht gewartet. Versaubeutelt, könnte man sagen. Zu viel Nikotin, zu viel Alkohol, zu viel Cholesterin, ergaben in der Summe dickflüssiges Blut.

Aber wer gab welchem Rädchen den Impuls sich zu drehen? Denn eine Reihenfolge, zum Beispiel der Größe nach oder nach der höchsten Anzahl von Zähnen, existierte nicht. War eventuell doch ein bis dato vernachlässigter Wille dafür verantwortlich? *Wenn ja, frag´ ich mich – wer hat hier eigentlich die Befehlsgewalt?*, dachte sie.

Irgendwann, sie hatte es nicht eilig, wenn alles wieder in Ordnung war, würde in ihrem Kopf, nach gelungener Renaturierung, aus dem roboterhaften Automat wieder ein präzise arbeitendes Hirn geworden sein. Organisch, flexibel und gesund, durchströmt von Lebensenergie und gespickt mit neuen Plänen für eine bessere Zukunft.

Aber erstmal hieß es, den hartnäckig schwierigen Prozess im Kopf zu optimieren. Verdammt, es konnte doch nicht angehen, dass sie mit achtunddreißig Jahren schon verkalkt war, oder dass ein Blutgerinnsel die fragile

Denkmaschine lahmlegte. *Das würde gerade noch fehlen*, dachte sie.

Noch lief der Apparat zu unrund, um bereits die Memory-Funktion anzukurbeln. Überhaupt war es für eine Erinnerung noch viel zu früh, denn Clem hatte genug damit zu tun, sich auf die Zehen zu konzentrieren. Auf das Kribbeln, das von dort kam und vorläufig das Einzige war, was sie spürte. Zu spüren glaubte.

Ohne Vorwarnung fiel plötzlich ein starker Lichtstrahl in die rechte Seite der Kommandozentrale. Und gleich darauf, erneut ohne Ankündigung, in die linke Seite. *Was soll das denn? Bin ich ein Kino, oder was?*, dachte Clem, und sofort entstand eine nervöse Unruhe in der Denkbox. Die Zahnräder legten an Beschleunigung zu und sendeten, an der Grenze der Leistungsfähigkeit, einen unangenehmen Brummton aus. *Gleich raucht's aus meinen Ohren. Abstellen! Abstellen! Das ist ja nicht auszuhalten!*

Noch nicht lange her, da hatten Walter, Embenz und sie in der Nähe eines Windrades übernachten wollen. Zweihundert Meter hoch, das Ding. Natürlich war es Walters Idee gewesen, dort zu nächtigen. Jemand aus seinem Bekanntenkreis hatte ihm erzählt, dass sich dort ein gedeckter Verschlag befinden würde. Das war auch zutreffend, und an und für sich wäre der Platz nicht schlecht gewesen. Aber Clem hatte die Geräusche der Rotoren – wusch, wusch, wusch – nicht ertragen. Die Schwingungen der sich drehenden Flügel hatten den Rhythmus ihres Herzens massiv beeinflusst, sodass sie sich geweigert hatte, dort zu bleiben. Walter, schwerhörig wie er war, hatte das nicht verstehen wollen und als eine Einbildung abgetan und sie lange damit aufgezogen. Für Clem jedoch war es absolut keine Einbildung gewesen.

Und jetzt dieses ätzende Brummen aus dem eigenen Kopf. Ein tiefer, dunkler, bebender Ton, geeignet, um Knorpel und Knochen zu zerbröseln.

Unbewusst verhielt sie den Atem und verkrampfte die Kiefer-, Nacken-, Schulter-, Arm- und Handmuskeln bis zum Zerreißen. Als die Anspannung am höchsten war und ihr Schädel zu bersten drohte, löste sich die Kompression in einem wilden befreienden Ausbruch. Sie presste einen gequälten Ton über die Lippen, bis die Lunge luftleer und platt wie eine Flunder war.

Schallwellen wie von einem sendergestörten Radio erreichten ihr Ohr: „F-au Pfei-er? -rau --eifer? -ör-n -ie mich? Könn - Sie -ich -öre-?"

Clem stöhnte. Lallte.

„Frau Pfeif--? -önnen Sie mi-- hör-n?"

Die Sprachfragmente drangen zu ihrem Verarbeitungszentrum vor. Clem wurde auf einmal ganz ruhig.

„Frau Pfeifer, können Sie mich hören?" Da war wieder diese Stimme, und Clem verstand jedes Wort.

„Ja – a – a, kann hö – ren", rieselten die Silben aus ihrer Kehle, und ihre Augen öffneten sich von ganz allein.

„Na gottseidank sind Sie wieder bei uns", antwortete die freundliche Stimme. „Ich bin Schwester Tanja, und ich werde mich um Sie kümmern. Ist das gut?"

„Ja – aaa, ist – gut."

Montag, 23. September 2024
Gengenbach/Offenburg/Grafenhardt-Zell

Es gab keine Besuchszeitpräferenzen für die Intensivstation. Besucher kamen dort nachvollziehbarerweise immer ungelegen. Es sei denn, man wurde vom diensthabenden Personal gebeten.

So geschah es auch am Montagmorgen, während Rita sich im Dienstwagen auf dem Weg von *Gengenbach* zur Polizeidirektion *Offenburg* befand. Sie erkannte die Rufnummer als eine der Klinik und die Durchwahlziffern als jene der Intensivstation. „Böhringer?", meldete sie sich umgehend, die Sinne im Nu auf Empfang gestellt.

Es knackte in der Leitung, als ihre Antwort registriert wurde. „Schwester Tanja, *Ortenauklinikum*. Frau Böhringer, die Patientin, nach der Sie gestern gefragt haben, ist ansprechbar. Wenn Sie wollen …"

„Danke, bin unterwegs", verkürzte Rita Angebot und Antwort aufs Notwendigste, „bis gleich." Ein Anruf ihrerseits in der Klinik hatte sich somit erübrigt. Sie überlegte rasch, ob sie ihren Kollegen Mika Laukonen verständigen sollte, entschied sich jedoch dagegen. Sollte er ruhig in der Pfanne schmoren und sich fragen, wo sie denn bliebe. Von ihm hatte sie den ganzen gestrigen Tag über, während sie im Einsatz gewesen war, nicht einen Piep gehört. Das bisschen Trotz wollte sie sich heute gönnen.

Rita kannte Schwester Tanja zwar vom Sehen, war aber nicht per Du mit ihr.

„Bevor Sie mit Frau Pfeifer sprechen", sagte Tanja und lenkte ihre Schritte ins Stationszimmer, „sollten Sie über einige Dinge Bescheid wissen. Nehmen Sie bitte einen Augenblick Platz. Kaffee?"

Rita ließ sich auf einem der Bürostühle nieder. „Gerne, ja."

Flugs goss Tanja zwei Tassen ein. „Milch? Zucker? Schwarz?"

„Schwarz, bitte."

Ein Lächeln, geschwind wie der Flügelschlag eines Kolibris, streifte Tanjas Gesicht. „Wie alle hier. Nun gut. Frau Pfeifer war stark unterkühlt. Das wissen Sie wahrscheinlich schon. Sie hat einen Stich ins Rückgrat abbekommen, exakt zwischen zwölftem und dreizehntem Brustwirbel. Dabei wurde das Rückenmark verletzt, aber gottlob nicht durchtrennt. Dennoch ist es so, dass sie momentan ihre Beine nicht bewegen kann. Ob diese Lähmung vorübergehend ist, können wir zum jetzigen Zeitpunkt noch nicht sagen. Das müssen genauere Untersuchungen ergeben. Wir hoffen natürlich, dass … ja. Was ich damit sagen will: Sprechen Sie Frau Pfeifer nicht auf die Lähmung an. Sie spürt nämlich ein Kribbeln in den Zehen, wie sie sagt. Das kann ein Phantomgefühl sein, aber auch ein Zeichen dafür, dass eine intakte Nervenbahnverbindung besteht."

Rita trank einen Schluck Kaffee. „Ein Stich, sagen Sie. Können Sie etwas über die Art der Stichwaffe sagen?"

„Ja, darauf wollte ich gerade zu sprechen kommen. Die Stichwaffe muss rund gewesen sein. Ein Schraubendreher, ein Stechbeitel, eine Schusterahle oder so etwas ähnliches."

„Das würde heißen, der Täter, oder die Täterin, muss aus nächster Nähe zugestochen haben?" Ritas Frage war mehr eine Feststellung.

Schwester Tanja hob bestätigend die Schultern. „Sollte man meinen", sagte sie, „aber Frau Pfeifer will niemanden bemerkt haben. Gehen Sie und reden Sie mit ihr. Zu uns hat sie gesagt, dass es gezischt hat."

Rita hob eine Augenbraue. „Gezischt? Wie gezischt? Kurz oder dauerhaft?"

„Gezischt, wie ich sage. Fragen Sie sie." Tanja trank die Tasse in einem langen Zug aus. „Vergessen Sie nicht, um was ich Sie gebeten habe."

Wenig später öffnete Schwester Tanja behutsam die Tür zu einem der Patientenzimmer und vergewisserte sich, dass Frau Pfeifer wach war. Dann erst bat sie Rita hinein. Zimmer dreihundertvierzehn, wie Rita nebenbei feststellte.

Jetzt, da Rita die Frau leibhaftig vor sich sah, stockte ihr vor Rührung der Atem. Von Frau Pfeifer waren nur der Kopf, Hals und Schultern zu sehen. Der Rest steckte unter der Bettdecke. Ihr kleines Gesicht wirkte so zerbrechlich wie zartes Porzellan. Der Blick legte die gesamte Bandbreite ihrer Gefühle offen. Da war Verschmitztheit anwesend, wie auch Zweifel. Angst und Hoffnung wechselten mit jedem Herzschlag. Frau Pfeifer hatte lange dunkelbraune Haare mit in die Stirn fallendem Pony. Ihr Antlitz erinnerte Rita an eine amerikanische Sängerin, die sie auf einer von Edgars Schallplattenhüllen gesehen hatte. Sie war berühmt gewesen, als Ritas Geburt noch gar nicht geplant war. Aktuell wollte ihr der Name nicht einfallen.

Sie zog einen Stuhl an die Seite des Bettes und setzte sich. „Hallo, Frau Pfeifer, ich bin Rita Böhringer von der Polizei *Offenburg*. Darf ich Ihnen ein paar Fragen stellen?"

Die Angesprochene drehte mühsam den Kopf etwas zur Seite, um den Augenkontakt zu halten. „Nennen Sie mich bitte Clem. Darf ich Sie zuerst etwas fragen?"

„Ja, natürlich. Fragen Sie ruhig."

Clem räusperte sich. „Walter und Embenz – was ist mit ihnen?"

„Embenz?" Ritas Körper nahm Fragezeichenhaltung an.

„Ja. So nannten wir Martin. Ich meine Martin Siegloch."

„Waren das Ihre Begleiter? Walter und – Embenz?"

Sie schloss und öffnete die Augenlider. „Ja."

„Sie erinnern sich an den Brand in der Scheune?"

Clem schluckte. „Ja, das Feuer."

„Clem, wir haben zwei menschliche Körper in der Asche gefunden. Wir nehmen an, dass es sich um Walter Knapproth und Martin Siegloch handelt. Eine zweifelsfreie Identifikation war bislang nicht möglich. Es tut mir sehr leid."

Clems Lippen gerieten in Wallung und ihre Augen schimmerten wie grüne Teiche. Für eine geraume Weile füllte ergriffenes Schweigen das Zimmer. Rita legte ihre linke Hand auf Clems Schulter.

„Sie waren meine Freunde", sagte Clem mit matter Stimme. „Bessere gab es nicht. Sie haben auf mich aufgepasst. Am Ende konnte ich ihnen nicht mal helfen. Das Feuer – es – es war – zu stark." Sie atmete gepresst und wandte verzweifelt den Kopf auf die andere Seite, als würde sie sich schämen.

Rita übte sanften Druck auf Clems Schulter aus und ließ ihr etwas Zeit, den Verlust zu verarbeiten. „Gibt es jemanden, den wir für Sie verständigen können? Kinder vielleicht? Oder Verwandte? Oder soll ich unsere Seelsorgerin zu Ihnen schicken?"

„Nein", krächzte Clem, „da ist niemand. Die, die mir hätten helfen können, sind jetzt tot."

Rita lächelte mitfühlend. „Ich kann Sie sehr gut verstehen, Clem. Es ist noch nicht lange her, dass ich selber meinen besten Freund verloren habe. Dafür gibt es keine Worte. Aber ich muss wissen, was mit Ihnen passiert ist, Clem. Ich muss es aus Ihrem Munde hören."

„Wie haben Sie Ihren Freund verloren?", fragte Clem. „Hat er Sie einfach verlassen?"

Ritas Mundhöhle fiel schlagartig trocken, wie ein Wadi in der Wüste nach einem seltenen Regenguss. „Er ist gestorben, Clem. Er ist ermordet worden."

Clem begann ihre Schilderung bei der Nacht, in der sie und ihre beiden Freunde den Platzverweis bei der Wanderhütte erhalten hatten und anschließend talwärts weitergezogen waren. Sie äußerte sich mit keinem Wort negativ über die Polizisten, sondern nahm die Begegnungen mit den Streifenbeamten eher wie ein kontinuierliches Versteckspiel. Gewissermaßen sportlich.

Als ihre Erzählung bei der Scheune angelangt war, wurde sie von Rita unterbrochen. „Weißt du zufällig, wem die Scheune gehört?"

„Keine Ahnung", antwortete Clem. „Vielleicht dass es Walter wusste – aber nein, ich war zum ersten Mal dort."

Rita machte im Geiste eine Notiz, dass sie Laukonen den Eigentümer der Scheune ermitteln lassen wollte.

„War die Scheune eigentlich abgeschlossen, oder sind Sie …?"

„Abgeschlossen. Ein Zahlenschloss. Aber für Embenz war das kein Problem", antwortete Clem mit einem Anflug von Stolz.

Rita fragte weiter. „Ist Ihnen an oder in der Scheune irgendetwas aufgefallen?", forderte sie Clem auf, ihren Bericht fortzusetzen. „Fällt Ihnen da etwas ein?"

Clems Versuch, den Kopf zu schütteln, wurde bereits im Ansatz von Schmerzen verhindert, wie Rita an ihrer Miene sah. „Da waren nur Heu und Stroh, ein alter Pflug und ich glaube eine Egge. Sonst gab´s da nichts. Tja, wir sind dann schlafen gegangen. Walter und Embenz in ihren Schlafsäcken, ich mit der Steppdecke. Die Kerle schnarchten im Nu. Ich musste nochmal pinkeln gehen. Hab´ das Tor offengelassen, wegen frischer Luft und so, und bin hinter die Hütte an einen Baum. Hab´ bei der Gelegenheit eine Zigarette angezündet. Plötzlich hörte ich ein komisches Zischen. **Schschtt**. Hab´ mir nichts dabei gedacht; hab´ gemeint, es käme vom Holz. Aber dann hab´ ich den Feuerschein gesehen."

„Ging es so schnell, sodass Sie nichts mehr machen konnten?"

„Bis ich am Tor war, tobte drinnen schon die Hölle. Ziegel flogen vom Dach …" Die Katastrophe vor Augen und in Erinnerung an die Gefahr, stockte Clem der Atem. „Ich … ich bin dann weg." Die grünen Teiche liefen über.

Ritas Handy klingelte. Das Display verriet den Anrufer: Mika Laukonen. Kurzerhand schaltete sie den Ton auf stumm und ließ das Telefon in der Tasche vibrieren. Dann ließ sie abwartend einige Sekunden verstreichen. Vielleicht würde Clem noch etwas hinzufügen. Als aber nichts mehr von ihr kam, setzte Rita zu einer neuen Frage an: „Sie müssen nicht antworten, wenn Sie sich damit selbst belasten. Aber hattet ihr eine größere Menge Marihuana in eurem Besitz?"

Clem trocknete die Wangen und verneinte die Frage mit brüchiger Stimme. „Nein, mit Drogen hatten wir nichts zu tun."

Rita hatte nichts anderes erwartet. „Die Feuerwehr …"

„Ich hab´ sie gesehen, hab´ mich aber nicht hin getraut. Zu guter Letzt hätten sie mir Brandstiftung unterstellt, und ich hätte mich nicht zu wehren gewusst, und den Schaden an der Scheune hätte ich niemals bezahlen können. Hab´ ja keine Versicherung oder sowas."

„Okay, Clem, mit dieser Sorge brauchen Sie sich nun wirklich nicht belasten. Was geschah dann? Wie ist es gekommen, dass Sie heute hier in der Klinik liegen? Sind Sie verfolgt worden? Haben Sie, außer den Feuerwehrleuten, noch jemand anderen bemerkt? Wie kam es zu der Wunde an ihrem Rücken?"

Clem seufzte, ihre Augen flackerten. Sie wurde müde. Rita bemerkte das.

„Nur doch diese eine Frage, Clem, dann lass´ ich Sie in Ruhe. Wie kam es zu der Wunde?"

Clem rappelte sich nochmal auf. „Niemand war da. Beziehungsweise ich habe niemanden gesehen. Da war nur der Graben, über den ich wollte. Es war kalt, es nieselte. Ich hörte wieder ein Zischen. **Schscht**. Nicht laut, sondern ganz leise. Ganz kurz, ganz schnell. Ein Schlag, ein Schmerz. Dann warf es mich nach vorne und ich stürzte in den Graben hinunter. Wie lange ich dort gelegen habe, weiß ich nicht mehr. Etwas war mit meinen Beinen. Sie gehorchten mir nicht. Erst seit ich hier bin, spüre ich ein Kribbeln in den Zehen. Es ist etwa so, wie wenn man barfuß am Strand steht und die Brandung spült den Sand unter den Füßen weg. Das ist schön."

Rita lächelte und nickte ihr zu. „Danke, Frau Pfeifer. Ich wünsche Ihnen gute Besserung. Wenn ich noch Fragen haben sollte, darf ich doch bestimmt wiederkommen?"

„Natürlich", erwiderte Clem erschöpft.

Gerade als Rita auf den Parkplatz der Polizeidirektion kurvte, vibrierte ihr Handy in der Tasche. *Wenn es Laukonen ist, drücke ich ihn weg*, dachte sie. Doch es war das *Ortenauklinikum*, wie sie an der Nummer erkannte. „Böhringer?"

„Schwester Tanja am Telefon. Ich bin bei Frau Pfeifer im Zimmer. Sie möchte Ihnen noch etwas sagen, das ihr nachträglich eingefallen ist. Moment, ich gebe sie Ihnen."

Es gab ein paar Geräusche, die wohl durch die Übergabe des Telefons entstanden.

„Frau Böhringer?" Clems Stimme klang aufgeregt.

„Ja, am Apparat. Ist noch etwas, Frau Pfeifer?"

„Entschuldigen Sie, dass ich Sie nochmal störe. Ja, da ist noch was, von dem ich nicht weiß, ob es wichtig ist. Walter hat uns beim Betreten der Scheune davor gewarnt, zu weit hineinzugehen. Er meinte, es gäbe dort Gruben."

Rita stutzte. „Gruben? Wir haben dort keine Gruben gesehen."

„Doch, doch, wenn Walter etwas behauptete, dann stimmte es meistens. Man hat angeblich Äpfel dort gelagert. Früher. Äpfel, verstehen Sie? Wo die Strohballen gestapelt waren. Gruben im Boden."

„Gut, Frau Pfeifer. Sonst noch etwas? Sie wissen, dass Sie mich immer erreichen können."

„Nein, das ist alles."

„Danke, Frau Pfeifer. Das kann sehr wichtig sein. Ich werde das überprüfen. Machen Sie´s gut." Rita beendete das Gespräch.

„Warum nimmst du das Telefon nicht ab, wenn ich dich anrufe?", meckerte Laukonen los, kaum dass Rita ihr Büro betreten hatte. „Ich sitze hier und versuche Familienangehörige der toten Männer zu finden, die man verständigen könnte. Schon auch wegen der Bestattung und so. Und du meldest dich einfach nicht."

Rita ließ den Vorwurf an sich abprallen wie einen Tischtennisball auf der Platte. Mit aufreizender Umständlichkeit kramte sie das Handy aus der Tasche, studierte die Anrufliste und tat erstaunt: „Ach herrjeh, tatsächlich. Du hast angerufen. Entschuldige, ich muss aus Versehen den Ton stummgeschaltet haben. Hast du Verwandtschaft ausfindig machen können?"

„Bis jetzt leider …"

Rita hob ihre Hand als Stoppzeichen. Sie hatte Oberstaatsanwalt Landquarts Kurzwahlnummer gedrückt und lauschte in den Hörer. Als dieser sich meldete, flötete sie: „Herr Landquart, guten Morgen. Haben Sie den Polizeibericht von gestern schon gelesen? … Ja, genau, das meine ich. Die hilflose Person. … Ja. Ist gut, bis gleich." Sie beendete das Gespräch und wandte sich wieder Laukonen zu. „Sorry, dass ich dich unterbrochen habe, aber das war gerade wichtig. Wo stehst du mit den Angehörigen?"

Laukonen guckte ein bisschen doof und schien allmählich den Braten zur riechen, vor dessen Zubereitung er sich so erfolgreich gedrückt hatte. „Äääh – ich hörte Staatsanwalt? Und wieso gestern? Gestern war Sonntag. Hab´ ich eventuell etwas verpasst?"

Eine Zehntelsekunde lang dachte Rita daran, ihren Sonntagsfrust abzuladen, fand aber rechtzeitig einen Dreh, die Stimmung im Raum nicht unnötig aufzuheizen. Es wäre den Ermittlungen nicht zuträglich, wenn sie sich untereinander zofften. Außerdem hasste sie es, wenn sich in Fernsehkrimis die Kommissare arrogant verhielten. Also erwiderte sie: „Nicht der Rede wert. Klein Rita war ja da. Sperr´ einfach die Ohren auf, wenn Landquart gleich hier sein wird. Dann erfährst du den neuesten Stand der Dinge. Im Übrigen war ich schon fleißig und hab´ nachher eine interessante Aufgabe für dich. Allgöwer muss sich die Brandstätte noch einmal anschauen. Ich habe heute Morgen von der einzig Überlebenden des Brandanschlages den Hinweis auf Gruben erhalten, die sich an der Rückseite der Scheune im Boden befunden haben sollen. Ich möchte, dass du mit ihm dorthin fährst und der Sache nachgehst. Okay?"

*

Melanie hatte morgens früh gemeinsam mit Saida das Türmchenhaus verlassen. Saida für die Schule, Melanie zu ihrem Geschäft *Aquarelle und Poesie* in *Gengenbachs* Altstadt. Gerti arbeitete im Garten, und Janna war noch am Sonntagabend mit dem Zug zurück nach Mannheim gefahren.

Edgar Schaaf seinerseits erinnerte sich an einen Zeitungsartikel, den der Journalist Lothar Gieringer vor einiger Zeit über Obdachlosigkeit im Raum Mittelbaden in der *Badischen Zeitung* veröffentlicht hatte. Den

Fokus hatte er im Besonderen auf die Verhältnisse um und in *Offenburg* gerichtet. Soweit sich Edgar entsann, war es eine Doppelseite in der Wochenendbeilage gewesen.

Lothar Gieringer war für Edgar kein Unbekannter, allerdings lag der letzte Kontakt zu ihm schon über zwei Jahre zurück. Damals war es um den Tod zweier Geschäftsführerinnen von Spielcasinos und den sexuellen Missbrauch einer jungen Frau gegangen. Der viel zu jung gestorbene Kai Schuster war der ermittelnde Kommissar gewesen.

Edgar kannte Gieringer noch aus der aktiven Zeit als Kriminalhauptkommissar bei der Polizeidirektion *Offenburg*. Ein Journalist wie aus dem Bilderbuch. Einer, dem man gelegentlich auf die Finger klopfen musste, der sich jedoch einer gewissen Berufsethik verbunden fühlte. Er war neugierig, hellwach, kopfschnell und manchmal auch lästig wie eine Zecke.

Natürlich lag es auch in Gieringers Bestreben, die Schlagzeile des Tages, der Woche, des Jahres zu liefern, doch schoss er in der Regel bei laufenden Polizeiermittlungen nicht quer. Zumindest nicht, wenn Edgar Schaaf für sie verantwortlich gewesen war. Was sie zu Edgars aktiven Zeiten bei der Kriminalpolizei miteinander verbunden hatte, war ein für beide Seiten ausgehandelter Deal, der keinem zum Nachteil gereichte. Gieringer bekam von Edgar Schaaf die für die Presse wichtigen und für Edgar Schaaf verantwortbaren Erkenntnisse aus seinen Ermittlungen. Dadurch war sichergestellt, dass Gieringer nicht auf Spekulationen angewiesen war und ausnahmslos autorisierte Fakten an die Öffentlichkeit weitergab. Gieringer dankte es ihm mit gewissenhafter Arbeit. Ganz so loyal war Gieringer zu anderen

Kollegen der Polizei leider nicht, sodass er in Polizei-kreisen nicht immer einen guten Ruf zu verzeichnen hatte.

Da Edgar den Zeitungsartikel über die Obdachlosig-keit nicht in einem seiner Sammelordner für Polizeibe-richte abgeheftet hatte, schaltete er in seinem neuen Büro den Computer ein. Doch noch während er das Passwort eintippte, überlegte er es sich anders. Er öff-nete die oberste Schublade des Schreibtisches und ent-nahm ihr ein kleines rotes Notizbuch, in dem sich alle Adressen und Telefonnummern befanden, die er für wichtig hielt. Er würde Lothar Gieringer selber wegen besagtem Artikel ansprechen und bei der Gelegenheit vielleicht ein Treffen mit ihm arrangieren. Zum Beispiel würde Edgar zu einem Kaffee mit einer der anerkannt besten Zimtschnecken der Stadt im Café am Marktplatz in *Offenburg* nicht nein sagen. Bevor er zu Hause un-nütz Zeit am Computer verplemperte? Er wählte die Nummer.

„Gieringer?" Das kam so schnell, als wäre Gieringer noch immer auf der Hatz nach der besten Story seiner Karriere.

„Edgar Schaaf hier. Guten Morgen, Lothar. Störe ich?" Er hörte die Überraschung am jenseitigen Ende der Leitung förmlich in Gieringers Gehirnwindungen kriechen, denn es dauerte einige Sekunden, bis bei dem der Groschen fiel. Dann endlich schnallte er es.

„Herr Kriminalhauptkommissar, welch eine Ehre am hellen Morgen. Ich freue mich, dass der Herr Kriminal-hauptkommissar sich an mich erinnert. Ich grüße Sie."

„Hör´ auf mit dem Kriminalscheiß, Lothar. Wir waren beim Du, falls du das vergessen haben solltest. Hast du Lust auf einen Kaffee in der Stadt?"

Gieringer gluckste vor Seligkeit. „Für den Kriminal-
haupt … für dich doch immer, Edgar. Wann und wie?"

„Jetzt gleich. Sagen wir um zehn Uhr. Und bring bitte
deinen Artikel über die Obdachlosigkeit mit. Du weißt
schon, welchen ich meine."

„Ahaaa, daher weht der Wind", lärmte Gieringer
durchs Telefon. „Wie ich aus ungenannter Quelle erfahren habe, gab es einen Exitus in der Gemeinde der
Wohnsitzlosen. Und wenn der Kriminalhauptkommissar persönlich ermittelt, dann …"

„Halt´s Maul, Lothar, und komm´ einfach." Zufrieden
beendete er das Gespräch.

Obwohl er die geplante S-Bahn knapp verpasst hatte
und auf den nächsten Zug warten musste, erreichte Edgar das Café dank *Müller* und *Lydia*, die ihn wie Schlit-
tenhunde durch die Hauptstraße *Offenburgs* schleppten,
mit geringer Verspätung. Wie er mit einem Blick feststellte, war der Journalist bereits da. Er hatte einen Tisch
am Fenster zur Straße besetzt. Gieringer erhob sich mit
sichtlicher Freude und streckte Edgar die rechte Hand
entgegen. „Schön, dich zu sehen, alter Haudegen. Du
warst beim Friseur?"

Edgar nahm seine Pranke und drückte sie herzlich.
„Ebenfalls, Lothar. Das mit den Haaren ist eine längere
Geschichte. Aber wie du siehst, kann ich schon wieder
ein Pferdeschwänzchen vorzeigen. Von null Prozent auf
hundert quasi in zwölf Monaten."

Gieringers Miene wurde ernst. „War wohl etwas, das
man nicht jedem wünschen würde, was?"

Edgar seufzte. „Stimmt leider. Hirnblutung, Kahl-
schlag. Aber jetzt", er klopfte mit den Fingerknöcheln

gegen den Schädel, „alles wieder im Lot. Hast du den Artikel dabei?"

„Logisch. Aber setzen wir uns", antwortete Gieringer.

Edgar verbannte die Hunde unter den Tisch zu seinen Füßen, und zwei Minuten später biss er herzhaft in die Zimtschnecke.

Wie Edgar erfuhr, arbeitete Gieringer nicht mehr für die *Badische Zeitung*, sondern als freier Journalist. Ihm war der Horizont vorgegebenermaßen nicht mehr weit genug gewesen. Berichte über Politik und Wirtschaft stammten größtenteils und vorgekaut von überregionalen Redaktionen, und für investigativen Journalismus fehlte es dem Blatt an Größe, an Langatmigkeit und Publikum.

Zwar hatte Gieringer die Bequemlichkeit eines regelmäßigen Gehalts durchaus geschätzt. Die Einkünfte als freier Journalist waren ungleich unsicherer, und Haifische in diesem harten Gewerbe gab es noch und nöcher. Jedoch hatte er einiges an Geld gespart und würde es bis zu seiner Rente aushalten.

„Wann ist es soweit?", fragte Edgar.

„Nächstes Jahr höre ich auf", antwortete Gieringer. „Feiere im Januar den Sechzigsten. Dann werde ich ein Buch über meine Arbeit schreiben. So wie du, Edgar."

„Ich schreibe und ich arbeite nicht", protestierte der.

„Ich weiß. Du lässt schreiben."

Edgar grinste. „Pit Ferman. Du kennst ihn?"

Gieringer verneinte. „Aber was nicht ist, kann noch werden. Er könnte mir bestimmt wertvolle Tipps geben."

Edgar nahm sein Mobil zur Hand. „Ich geb' dir seine Nummer. Kannst du sofort einspeichern. Und jetzt erzähl' mal, wie du auf deinen Artikel über die Obdachlosen gekommen bist. War es eine Auftragsarbeit oder ist die Idee auf deinem eigenen Mist gewachsen?"

Gieringer bestellte ein Bier, bevor er zu reden anfing. „Wenn ich's mir recht überlege, war der ungewöhnliche Winter 2020/2021 ausschlaggebend. Der Winter, nach dem du deinen ersten Roman genannt hast: *Schaafswinter*. Im Januar noch bemerkenswert warm, im Februar dann extrem kalt. Viel Schnee, erinnerst du dich?"

Das Bier wurde gebracht und Gieringer trank einen Schluck. „Mir sind seinerzeit diese armen Leute auf der Straße aufgefallen. Auch schon vorher, aber damals war der Gedanke geboren worden, einen Bericht über diese Menschen zu schreiben. Vom *Kick-off* bis zur tatsächlichen Umsetzung vergingen jedoch nochmal zwei Jahre. Weil die Story so authentisch wie möglich sein sollte, habe ich mit einer Gruppe Obdachloser sechs Monate lang Platte gemacht. Vom Frühjahr bis Herbst 2022. Die härteste Zeit meines Lebens, kann ich dir sagen."

„Das glaub' ich dir. Hast du dich irgendwie darauf vorbereitet?"

„Hm, na klar, Herr Kommissar. Pardon, es reimt sich halt so schön." Gieringer lachte. „Ich hab' unbezahlten Urlaub genommen und mich bei einer Sozialarbeiterin erkundigt, was an Minimum man braucht, um draußen zu überleben, und was an Habe als Maximum gewissermaßen noch erlaubt ist, um ein Gleicher unter Gleichen zu sein. Du verstehst?"

„Jaja, verstehe. Authentizität", sagte Edgar.

„Genau. Es ist ein Tanz auf dem Rasiermesser. Am Ende ist das Gewicht das entscheidende Kriterium, denn du musst deinen Krempel tragen können. Nicht umsonst heißt es *Personen ohne festen Wohnsitz*. Du bist ständig auf Schusters Rappen unterwegs, immer auf der Suche nach einem Schlafplatz. Mal wirst du geduldet, mal wirst du vertrieben. Hast du zu viel Besitz, weckt er den Neid der anderen. Langfinger gibt es nämlich auch bei den Tippelbrüdern und -schwestern. Also von wegen Solidarität, von wegen *große Familie*. Unter den Obdachlosen existieren Hierarchien und Clans. Die besten Plätze in der Stadt sind mehr oder weniger vergeben und werden kompromisslos verteidigt. Wer nicht Teil eines der Clans ist und nicht mit den Wölfen heulen will, muss zwangsläufig an andere, außerhalb gelegene Orte ausweichen. Und wer das nicht kann, warum auch immer, muss dem Clan für einen Schlafplatz bezahlen. Nicht wenig, sag' ich dir. *Offenburg* ist für Obdachlose kein gutes Pflaster."

Edgar ließ das Gehörte erst einmal sacken und bestellte einen nächsten Kaffee. „Sagen dir die Namen Walter Knapproth, Martin Siegloch und Clementine Pfeifer etwas?"

Gieringer wirkte auf einmal sehr konzentriert. „Walter und Martin kenn' ich von damals. Mein Gott, sind das die Toten?"

Ohne zu überlegen, ob er eventuell Polizeiwissen veruntreute, antwortete Edgar: „Wie's aussieht, ja."

„Scheiße, ich war mit ihnen das halbe Jahr zusammen. Mit Walter und Embenz, wie Martin genannt wurde. Den Namen der Frau hab' ich noch nie gehört. Weder früher noch heute. Sie muss nach mir zu den zweien gestoßen sein. Hat sie überlebt?"

„Sie wurde am Sonntagmorgen in der Nähe der Brandstelle verletzt aufgefunden", sagte Edgar. „Aktuell liegt sie im Krankenhaus."

Gieringers gekrümmte Augenbrauen warteten auf zusätzliche Informationen zu der Frau.

„Mehr kann ich dir nicht sagen, Lothar", beschied ihm Edgar.

„Aus verständlichen Gründen?"

„Mensch, Lothar, du weißt doch, wie das ist."

In der Folge schilderte Gieringer ausführlich von seinem Leben als Obdachloser, und Edgar hörte gebannt und ohne Einwürfe zu. Als Gieringer den Bericht schloss, fügte er hinzu: „Nicht, dass du falsche Schlüsse ziehst. Meine Auszeit war freiwillig. Ein befristeter Ausstieg aus einer gesicherten Existenz. Nach diesem halben Jahr bin ich zurückgekehrt in meine Wohlfühloase. Die Leute, die wirklich auf der Straße leben, können das nicht. Sie können nicht einfach das System wechseln. Sie haben keine Perspektive. Ihre Zukunft ist ungewiss. Sie sind fast alle krank und bräuchten medizinische Versorgung. Aber sie haben keine Krankenversicherung und auch kein Geld, um sich gesund zu ernähren. Mangelerscheinungen mit all ihren Konsequenzen sind die Regel. Und es geht so verdammt schnell, dass du auf der Straße landest. Dir brauche ich über die Abläufe nichts zu erzählen, Edgar.

Ich glaube nicht, dass mein Zeitungsartikel ein Umdenken in der Politik bewirkt hat. So gesehen war er umsonst, wenn du verstehst, was ich meine."

„Von was hast du während deines halben Jahres eigentlich gelebt? Ich nehme nicht an, dass du dich beim Sozialamt als Leistungsempfänger hast registrieren lassen."

„Gott bewahre, nein. Wie ich anfangs schon erwähnt habe, hab´ ich mit einer Sozialarbeiterin gesprochen.

Die hat mir gesagt, wieviel ein Obdachloser an Stütze erhält. Rate mal, wie hoch sie ist."

„Da verlangst du was. Keine Ahnung. Fünfhundert?"

„Schön wär's. Als ich ein Tippelbruder war, lag sie bei vierhundertneunundvierzig. Die musst du aber beantragen. Ich habe mir jeden Monat diesen Betrag von meinem Konto abgehoben und versucht, damit über die Runden zu kommen. Ist nicht leicht, wenn man starker Raucher ist und die Schachtel Zigaretten siebeneinhalb Euro kostet. Es gibt jedoch auch Leute, die gar nichts erhalten, weil sie sich nicht registrieren lassen **wollen**. Die Leben dann vom Betteln oder anderen fragwürdigen Einkünften."

Edgar linste betrübt in seine Kaffeetasse, deren Inhalt ein zweites Mal zur Neige ging. „Der Grund, weshalb ich dich eigentlich zu diesem Treffen gebeten habe: Hatten Walter Knapproth und Martin Siegloch Feinde in der Szene? Vor deiner Zeit oder während deiner Zeit mit ihnen? Haben sie mal irgendetwas in dieser Richtung erwähnt? Denn als alter Kriminaler stellt sich mir die Frage, wer ein Motiv gehabt haben könnte, sie umzubringen?"

Gieringer bestellte für Edgar noch einen Kaffee. „Nicht dass ich wüsste. Davon hat Walter nie was verlauten lassen. Wir waren überwiegend um die Stadt herum unterwegs. Da waren wir meistens unter uns. Womit ich nicht behaupten will, dass es unter den Obdachlosen keinen Streit gab. In der Stadt, wo sich viele aufhielten, gärte es schon manches Mal unter den Leuten. Du weißt ja: Wo Menschen sind, da menschelt's."

„Warst du jemals in der Scheune zwischen *Ackermoos* und *Grafenhardt*?"

„Am Tatort, meinst du? Wir wollten. Walter hatte uns dorthin geführt. Aber es war nicht dazu gekommen. Der Bauer, dem die Scheune wohl gehörte, hatte uns den Aufenthalt dort untersagt. Ziemlich lautstark, wie ich mich erinnere."

„Aha, das ist ja interessant. Aber ob dieses Aufenthaltsverbot zu einem Motiv für einen Doppelmord reicht? Da hab´ ich meine Zweifel. Aber wir werden den Bauern sicher unter die Lupe nehmen. Bist du danach, ich meine nach dem halben Jahr, noch in Kontakt mit Walter und Embenz geblieben?", fragte Edgar.

Gieringer schüttelte den Kopf. „Leider nicht. Erstens gehörten die beiden zu denjenigen, die das Stadtgebiet mieden. Die Mühe, herauszufinden, wo sie jeweils gerade steckten, habe ich mir nie gemacht. Zweitens haben wir uns in Unfrieden getrennt. Walter hat mir zum Schluss unterstellt, die Aktion aus purer Geltungssucht durchgezogen zu haben."

„Tut´s weh?"

„Ach, weißt du, irgendwie hatte er schon recht. Da kommt ein reicher Schnösel und verbringt ein halbes Jahr Abenteuerurlaub bei den Pennern oder Berbern oder wie man sie auch heißen mag, und verdient damit auch noch eine goldene Nase. Ja doch, es tut schon ein bisschen weh, dass wir uns so unausgesprochen getrennt haben. Es waren feine Menschen, Edgar."

„Die goldene Nase hast du mit dem Artikel aber nicht verdient, oder?"

„Das war nie die Absicht. Doch wenn ich ein Buch darüber schreibe, dann will ich schon, dass es gelesen wird."

„Klar. Ein kleiner Tipp von mir. Wenn du ein Herz für diese Leute hast – kümmere dich um Clementine

Pfeifer. Ich glaube, bezüglich deines Buches kann sie dich in mancherlei Hinsicht unterstützen. Und umgekehrt kannst du eine Hilfe für sie sein."

*

Es war Mittagszeit, und Rita war wieder mit dem Dienstwagen unterwegs. Mika Laukonen hatte über die Gemeindeverwaltung *Grafenhardt* den Besitzer der Scheune ausfindig gemacht: Ein Landwirt namens Rubsamen, wohnhaft in *Grafenhardt-Zell*, ein eingemeindeter Weiler im Rebvorland.

Laukonen hatte mit dackelartigem Blick förmlich nach einem Lob gelechzt, doch sie ging nicht auf ihn ein. „Du sagst mir sofort Bescheid, wenn Allgöwer fündig geworden ist. Und wenn du vom Tatort wieder zurück bist, mach´ mit der Suche nach Angehörigen von Walter Knapproth und Martin Siegloch weiter. Clementine Pfeifer kannst du dir sparen. Sie hat keine. Und wenn du fertig bist, kannst du nach grauen Kombis forschen. Leider wissen wir die Marke nicht."

„Davon gibt es bestimmt Tausende!", protestierte er.

Wissend, dass er natürlich recht hatte, erwiderte sie scherzhaft kühl: „Sicher, wir brauchen aber nur einen. Pick ihn dir raus, Watson. *So long.*"

Sie war noch nie hier gewesen. *Grafenhardt-Zell*. Die wenigen Einwohner des Fleckens bevorzugten die Umkehrung der Schreibweise: *Zell-Grafenhardt*. Man hatte da seinen Stolz. Dreizehn Häuser, wenn man die Ökonomiegebäude dazuzählte. Das Dörfchen war auf drei Seiten von Rebhängen umringt. Nur nach Westen und zur Großgemeinde *Grafenhardt* hin war das kleine Tal offen. Im Grunde genommen hervorragende Anlagen für den Weinanbau. Die Sonnenstrahlen sammelten sich in dieser Lage wie in einem Parabolspiegel. Beste Bedingungen für hohe Öchslegrade, wenn nicht ein Hagelsturm oder ein später Frost zur Blütezeit der Reben alles zerstörte, wie es im Verlauf der letzten Jahre immer wieder mal geschehen war. Heuer hatte man jedoch Glück gehabt. Die Traubenlese war in dieser Region bereits abgeschlossen. In den Winzergenossenschaften und den wenigen Weingütern erwartete man die Qualität eines Jahrhundertweins.

So existierten in *Zell* nur noch vier hauptberufliche Weinbauern von ehedem sieben. Die drei anderen hatten den Beruf an den Nagel gehängt und dem Dorf den Rücken gekehrt. Zu unsicher die Erfolgsaussichten; zu häufig der Verdienstausfall. Vor allem die Jüngeren wollten sich den Frust nicht mehr antun. Darum lagen rund um *Zell* viele Rebflächen brach, was ein unschönes Landschaftsbild ergab und mittlerweile sogar die Lokalpolitik beschäftigte.

Eine Rekultivierung indes schien aussichtslos zu sein. Die einstigen Bauernhöfe waren entweder verkauft oder zu Ferienwohnungen umgebaut. Für alte Fachwerkhäuser fand man schnell solvente Interessenten, und der Tourismus sorgte, falls nicht gerade eine Pandemie das Land lähmte, für ein planbares Einkommen.

Rubsamen, Christof mit Vornamen, war einer der vier Aufrechten. Sein Hof lag am Ende der Straße, die von *Grafenhardt* kommend mitten durchs Tal verlief. Mehr oder weniger eine Sackgasse, für die ein entsprechendes Hinweisschild fehlte. Weiter kam man auf öffentlichen Straßen oder Wegen jedenfalls nicht, wenn man keinen

Schlüssel für die Schranken besaß, die die landwirtschaftlichen Wege absperrten.

Just in diesem Moment, als Rita den Dienstwagen auf dem Platz vor dem Haus zum Stehen brachte, wurde sie Zeugin einer Auseinandersetzung zwischen zwei Männern. Nicht handgreiflich, aber in Haltung und Gestik heftig. Der eine Jüngere drohte dem anderen Älteren mit der Faust. Sein im Zorn verzerrtes Gesicht sprach Bände.

Rita stieg aus. Zwischen den beiden flogen letzte hitzige Worte hin und her. Dann winkte der Jüngere abfällig ab, kletterte auf ein Enduro-Motorrad, schob den Helm über den geröteten Schädel, startete und preschte vehement an ihr vorbei.

Mannomann, dachte Rita und staunte dem Motorrad samt Fahrer hinterher, *der hat's aber eilig.*

Mit aufgesetztem Lächeln näherte sie sich dem älteren Mann, der im blauen Overall mit erzürnter Miene in erkennbarer Erregung stehengeblieben war. Er war ziemlich korpulent mit einem ansehnlichen Bauch. Doch zeugte sein Stiernacken von einer enormen physischen Kraft. Dafür war sein Schädel als Vorstufe zur Vollglatze nur von lichtem Haar bedeckt. „Guten Tag", sprach sie ihn an, „Herr Rubsamen?"

Der Angesprochene spie zur Seite aus und wandte sich ihr zu. „Rubsamen, ja. Und Sie? Wer sind Sie und was wollen Sie?"

Rita zückte ihren Dienstausweis und hielt ihn ihm mit ausgestrecktem Arm dicht vor die Nase. „Rita Böhringer, Kriminalpolizei *Offenburg*. Sie besitzen eine Scheune bei *Ackermoos*." Sie intonierte die Frage als Feststellung.

Rubsamens Augen rissen sich vom Dienstausweis los und holten den entschwundenen Streithammel auf dessen Motorrad ein, ehe dieser zwischen den Häusern von *Grafenhardt* verschwand. „Äääh … was haben Sie gesagt? Entschuldigen Sie, ich war gerade abgelenkt."

„Kein Problem", antwortete Rita, „meine Frage betraf Ihre Scheune bei ..."

„Ach, die, ja, so. Ich habe schon davon gehört. Eine Riesenschweinerei, das." Er stopfte die Hände in die Seitentaschen des Overalls. „Einer meiner Bekannten ist bei der Feuerwehr und war dabei. Ja, tragische Sache."

„Dann wissen Sie also von den Toten in der Scheune?"

„Ja, sicher, von ihm."

„Kannten Sie sie? Die Toten? Immerhin logierten Sie in Ihrer Scheune."

„Wie sie heißen … also wie sie hießen, weiß ich nicht. Hab´ mich nie darum gekümmert. Aber klar, ich kannte sie. Sie campierten dort mit meiner ausdrücklichen Erlaubnis. Es waren ja immer dieselben. Man ist ja Mensch, nicht wahr?" Es klang wie eine einstudierte Floskel.

„Heißt das, dass Sie vom regelmäßigen Besuch der Obdachlosen in Ihrer Scheune wussten?"

„Ob sie regelmäßig dort waren, weiß ich nicht, aber ich hatte gegen ihre Anwesenheit dort nichts einzuwenden. Ich hatte nie Grund zu klagen. Immer alles pieksauber hinterlassen."

„Wussten noch andere Leute davon? Kollegen, Familienangehörige zum Beispiel?"

„Möglich, aber ich hab´ nie was in dieser Richtung gehört, und sowieso geb´ ich nichts auf das Geschwätz anderer Leute."

Bevor Rita die nächste Frage stellte, ließ sie ihre Blicke über die den Hof umgebende, für den Weinanbau schlichtweg prädestinierte Landschaft streifen. Von ihrem Standpunkt aus waren die Hänge wie eine zum Betrachter hin offene Schüssel geformt. Wie zufällig hineingestreut und von Weitem fast nicht auszumachen, lugten versteckt die Dächer von kleinen Rebhäuschen aus dem herbstbunten Laub der Rebstöcke hervor. Im Geiste zählte sie deren drei. Oder waren es doch mehr? Egal. Rita räusperte sich.

„Andere Frage: Mit wem hatten Sie denn eben einen Streit?"

Rubsamen legte den Kopf schräg. „Tut das was zur Sache?", schnappte er plötzlich aggressiv.

„Nicht direkt, aber ..."

„Na also. Wenn Sie sonst keine Fragen mehr haben – ich hätte dann noch zu tun. Guten Tag, Frau ..." Rubsamen drehte sich um, stapfte breitbeinig in seinen Hof hinein und ließ Rita einfach stehen.

Kaum dass sie wieder im Dienstwagen saß, kappte eine unsichtbare höhere, aber weise Macht, die sah, dass es mit der Dauerdienstbelastung für Rita nun reichte, ihre Energiezufuhr. Die Kontrolllämpchen in ihrem Kopf wechselten vom grünen *Activ-* in den gelben *Stand-by-Modus*. Sie fühlte sich plötzlich müde und matt, und die Lust auf Büroarbeit in der Polizeidirektion dümpelte auf einer Skala von null bis zehn im unteren Bereich. Es war kein *Burnout*, aber für das verlorene freie Wochenende zahlte sie jetzt Tribut.

Die Finger bereits am Zündschlüssel, fehlte ihr doch der Impuls ihn zu drehen und den Motor zu starten. Erst als sie realisierte, dass Bauer Rubsamen sie vom Hauseingang über den Hof hinweg anstarrte und darauf zu warten schien, dass sie endlich wegführe, übernahm ihr innerer Autopilot das Heft des Handelns. Eine Minute später verschwand *Grafenhardt-Zell* im Rückspiegel.

Über die Freisprechanlage wählte sie Laukonens Nummer. Er meldete sich nach dem ersten Signal.

„Rita, was gibt´s?"

„Seid ihr draußen an der Brandstelle schon fertig?"

„Nein, wir sind noch gar nicht losgefahren. Allgöwer und sein Team haben noch einen anderen Einsatz."

Ein Fluch lag auf ihren Lippen, doch schluckte sie ihn hinunter. „Na gut, Mika, hör´ zu: Wenn nichts Besonderes vorliegt, nehme ich mir den Nachmittag frei. Sei bitte so gut und sag´ Landquart Bescheid. Dann hab´ ich noch eine kleine Aufgabe für dich: Erkundige dich bitte nach den Familienverhältnissen Rubsamens. Frau, Kinder. Vor allem aber, ob er einen Sohn hat. Und prüf´ nach, ob die Familie oder Angehörige schon mal strafrechtlich auffällig geworden sind."

„Mit Schwergewicht auf den Sohn?"

„Prima, Mika. Du weißt, was ich meine."

„Okay, Rita. Dann einen erholsamen Nachmittag."

„Danke. Wir sehen uns morgen. Ach so, wenn du einen Treffer gelandet hast, ruf´ mich bitte sofort an."

*

Edgar hatte sich den Wanst vollgeschlagen. Gertis Heidelbeerpfannkuchen *à discretion*. Was so viel hieß wie: *Keiner zählt nach, wie viele man isst.* Die Bauchdecke war gespannt wie eine Basstrommel. Mit vier vertilgten Pfannkuchen und der Zimtschnecke am Morgen wusste er, dass er in puncto Zucker kräftig gesündigt hatte. Hätte Gerti ihm nicht auf die Finger geklopft, würde er sich gar einen fünften einverleibt haben. „Pfoten weg, Edgar", hatte sie ihn getadelt, „du hast genug gefuttert. Rita hat angerufen, dass sie gleich nach Hause kommt. Lass´ ihr halt was übrig."

Eigentlich war die Süßspeise für Saida gedacht, denn sie hatte Peter Siefermanns Bärentrilogie gelesen, worin sich die Teddybären überwiegend von Heidelbeerpfannkuchen ernähren. Sie war in der Bibliothek des Türmchenhauses auf die Bücher gestoßen, wo alle Werke Peter Siefermanns und Pit Fermans in einem besonderen Regal standen. Mittlerweile wusste Saida, dass hinter den beiden Autorennamen ein und dieselbe Person steckte: Nämlich Pit Ferman, der beste Freund der Familie. Auf Saidas Wunsch hin gab es also Heidelbeerpfannkuchen am heutigen Tag, und sie hatte immerhin zwei Stück geschafft.

Mit blauem Mund und blauer Zunge sagte sie nach dem Essen, ganz im Stile von *Horatius*, einem der schrulligen Bärentypen: „Gerti, die *Beidelheerkannpfuchen* haben *bunderwar schmegeckt*."

„Das kannst du laut *gasen*", schloss sich Edgar in gleicher Manier dem Lob an, worauf Saida in fröhliches Gelächter ausbrach.

„Du bist lustig, *Papa*", kicherte sie. „Ups, mit Papa funktioniert *Horatius´* Sprache nicht. Aber wenn ich sage: Du bist *stulig*, Papa, dann funktioniert´s, gell?"

„Ja, dann funktioniert´s. Findest du Peters Bücher gut?", fragte er.

„Ja, ´s geht so. Am besten finde ich die Zeichnungen", antwortete sie. „Besonders die im dritten Buch. *Zwölfeinhalb Bären auf Weltreise.*"

„Aha, dann ist dir das also aufgefallen? Die Zeichnungen stammen nämlich von Eliza. Eliza ist Pits Frau. Die beiden ersten Bücher hat Pit selber illustriert. Merkt man, gell?"

Saida nickte.

„Wenn du magst, fahren wir am kommenden Wochenende zu ihnen hin. Eliza und Pit wohnen in einem sehr schönen Haus mit eigenem See vor der Haustür. Eliza hat ein eigenes Zeichenatelier."

„Kann ich da meine Buntstifte mitnehmen?"

„Du nimmst die Buntstifte mit, und ich nehme Melanie mit, okay?"

„Ja. Und ich nehme *Lydia* mit und du *Müller.*"

Saidas Lächeln wärmte Edgars Herz.

Er schickte sich an, im Büro liegend die Pfannkuchen zu verdauen, als Rita nach Hause kam. Der Duft, der im Hause hing, ließ sie selig die Augen rollen. „Zimt, ich rieche Zimt. Ich hoffe, ihr habt mir nicht bloß den Duft hinterlassen."

„Wenn´s nach Edgar gegangen wäre, dann schon", verriet Gerti. „Aber es ist noch reichlich für dich da, Süße. Setz´ dich. Der erste kommt gleich."

Während Rita Platz nahm, beobachtete Edgar sie aufmerksam, aber diskret. *Sie sieht erschöpft aus*, dachte er und verschob sein geplantes Nickerchen auf später.

„Hast du gehört, Rita? Du hast es mir zu verdanken, dass überhaupt noch Pfannkuchen da sind", begann er eine Annäherung.

„Haha", entgegnete sie. „Ich kann mir bildlich vorstellen, wie die Sache abgelaufen ist. Aber trotzdem danke,
Edgar."

Er streckte beide Arme in die Höhe und verschränkte
die Hände am Hinterkopf. „Du bist früh da. Fall gelöst?"

Gerti brachte den Teller mit einem Pfannkuchen und
dem Zimtstreuer. „Lass´ es dir schmecken, Süße", sagte
sie und guckte dabei Edgar provokant an. Doch der ließ
sich auf kein Wortgefecht mit ihr ein.

Rita nahm den ersten Bissen, kaute und schluckte.
„Sagenhaft, die Dinger, nicht wahr? Um auf deine Frage
zurückzukommen. Ich habe mir heute Nachmittag eine
Auszeit genommen. Der Fall ist leider nicht gelöst. Aber
wir arbeiten dran."

Edgar nahm die Hände herunter und legte sie auf den
Tisch. „Achte auf dich, Rita. Lass´ dich von der Dienst-
mühle nicht kaputt machen", sagte er ernst. „Ich habe
heute übrigens einen Bekannten getroffen. Den Journalist Lothar Gieringer. Er dürfte dir ebenfalls ein Begriff
sein."

Rita kaute. „Ja, aus meinem ersten Fall mit Kai Schuster. Der hat mich damals in sein Team geholt. Und? Was
ist mit ihm? Mit diesem Journalisten."

„Er hatte vor einiger Zeit einen Artikel über Obdachlosigkeit in der Zeitung veröffentlicht. Durch das Gespräch mit ihm habe ich erfahren, dass er vor zwei Jahren mit Obdachlosen zusammen gewesen ist. Er ist mit
ihnen ein halbes Jahr lang durch die Gegend gezogen
und hat seine Eindrücke später zu dem Artikel verarbeitet. Und jetzt kommt´s. Die Leute, mit denen er zusammen war, hießen Walter Knapproth und Martin Siegloch."

Rita ließ Messer und Gabel sinken. „Und Clem Pfeifer? Hat er den Namen auch genannt?"

Edgar seufzte. „Die ist laut Gieringer erst später zu dem Duo gestoßen."

„Schade. Aber erzähl´. Was wusste Gieringer zu berichten? Vielleicht ergeben sich ja neue Erkenntnisse."

Edgar erhob sich vom Tisch. „Jetzt mach erst mal Pause und iss deine Pfannkuchen. Wir reden nachher miteinander. Komm einfach in mein Büro, wenn du fertig bist."

Edgars Gesicht wies einige Bremsspuren auf, als Rita ihn weckte. Schwerfällig erhob er sich von der klappbaren Liege, die ihm für den schnellen Mittagsschlaf als Ruhestatt diente und erreichte gerade noch unfallfrei den Schreibtischstuhl.

„Wer rüstig alt werden will, ist nicht übel beraten, wenn er Mut, Geduld, Ausdauer und Geschicklichkeit besitzt", stöhnte er und wischte sich mit der Hand übers Gesicht.

„Wenn das so ist, dann habe ich noch ein paar Jahre Zeit, mir diese Eigenschaften anzueignen", kommentierte Rita seine Erfolgsformel.

Edgar glotzte sie an als sei sie das Mondkalb. Dann schüttelte er den Kopf und kam zum Thema: „Also Lothar Gieringer. Er war im Jahr 2022 mit Knapproth und Siegloch auf Platte und hat darüber einen Artikel verfasst. Unter anderem ist er damals mit seinen Begleitern bei der Scheune gewesen, in deren Nähe wir gestern waren. Er erzählte, dass der Besitzer der Scheune ihnen vor zwei Jahren den Zugang zur Scheune verwehrt hatte, und zwar recht unzweideutig, um nicht zu sagen massiv. Ergibt sich daraus für deine Ermittlungen möglicherweise ein Tatmotiv?"

Rita ließ einen Hauch Zimtduft durch die Nase entweichen. „Pardon, Edgar, aber Gertis Pfannkuchen sind wirklich zu gut. Nun, zwischen einem Zutrittsverbot und einem Mordanschlag besteht doch ein gravierender Unterschied, will mir scheinen. Aber wenn es so war, wie du sagst, oder Gieringer, dann hat mich der Besitzer heute Morgen angelogen. Er hat auf meine Frage nämlich geantwortet, dass er den Obdachlosen den Zugang zu seiner Scheune ausdrücklich gestattet hatte. *Man ist ja Mensch*, hat er gesagt. Und als ich heute Morgen auf seinen Hof gefahren bin, hatte er Streit mit einem jüngeren Mann. Auf meine Nachfrage hat er sehr abweisend reagiert."

Edgars Körperhaltung straffte sich. „Soso. Und was tut die erfahrene Kriminalistin in solch einem Fall der offensichtlichen Lüge?"

„Das lässt sich die Kriminalistin nicht bieten und hakt umgehend nach?"

„Meine Rede", sagte Edgar. „Um der Kriminaloberkommissarin ein Angebot zu machen: Morgen früh hätte ich Zeit und Lust zu einem Ausflug aufs Land. Denn wenn man andere Leute der Lüge bezichtigt, sollte man nicht allein sein. Auch nicht als erfahrene Kriminalistin."

Rita grinste. „Ich werde über das Angebot nachdenken."

„Könnte nicht schaden, wenn es wohlwollend wäre", legte er nach.

Rita lag mit offenen Augen rücklings auf ihrem Bett und verdaute, als Mikas Anruf kam. Hätte sie im Vorfeld nicht nach umgehender Verständigung verlangt, hätte sie das Klingeln des Handys ignoriert. Zu wertvoll und zu paradiesisch empfand sie die Stunden unter dem Dach des Türmchenhauses, als dass sie den Kokon der Behaglichkeit durch einen ungewollten Anruf würde zerstören lassen. Aber es war, wie es war, und was sie von anderen verlangte, musste konsequenterweise erst recht für sie gelten. Mit einem ergebenen Seufzer meldete sie sich: „Okay, Mika, was gibt´s?"

„Damit du es gleich weißt: Allgöwer wird dir die Rechnung der Kleiderreinigung präsentieren. Er sah aus wie ein Kumpel im Steinkohlebergbau nach der Schicht. Zur Sache, was die Gruben betrifft: Allgöwer meint, dass in der Nacht von Sonntag auf Montag jemand dort gewesen sein und gearbeitet haben muss. Denn bei unserer Ankunft war bereits eine Grube freigelegt, und was immer sich darin befunden haben mag, war bis auf ein merkwürdiges Stück Holz weg. Nicht größer als ein Daumen. Außerdem befanden sich Spuren von Asche im Gras, die am Sonntag noch nicht dort gewesen waren, wie Allgöwer versicherte. Punkt. Allgöwer hat dann noch zwei weitere Gruben entdeckt und mühselig freigeschaufelt. Erfolg gleich null. Die Gruben müssen durch Holzdeckel verschlossen gewesen sein, wobei das Holz wahrscheinlich verbrannt ist, denn an den Grubenrändern befanden sich Scharniere aus Eisen zum Auf- und Zuklappen."

„Es war also gar nichts in den Gruben?", fragte Rita sicherheitshalber nach.

„Nicht in denen, die Allgöwer ausgegraben hat. Bei der anderen wissen wir es nicht. Da muss jemand vor uns dort gewesen sein. Bis auf dieses Stück Holz, wie gesagt. Allgöwer lässt es untersuchen."

„Der graue Kombi", murmelte Rita, „am Sonntagmorgen."

„Was meinst du?", hakte Laukonen nach, der sie nicht verstanden hatte.

„Der graue Kombi, nach dem du suchen sollst. Am Sonntagmorgen ist ein grauer Kombi bei der Brandstelle gesehen worden."

„Einer von den Tausenden?"

„Du sagst es."

Adrian.

Dass zwei Leute in der Scheune gewesen waren, hatte Adrian nicht gewusst. Hatte es nicht wissen können. Sein Vater hatte gesagt, dass sie immer abgeschlossen sei und nur er den Zahlencode für das Torschloss kannte.

Jetzt, nach drei Tagen ununterbrochener Stimmungswechselbäder, klangen die Schockwellen allmählich ab. Drei Tage Achterbahnfahrt der Gefühle. Immer wieder Adrenalinschübe, immer wieder Abstürze in Angst und Verzweiflung. Nun waren sie vorbei. Waren Geschichte. Die monströsen Bilder im Kopf erreichten ihn nur noch wie eine sanfte Dünung, die er nüchtern zu verwalten wusste. Er driftete in einem Zustand dahin, der einem süßen Rausch ähnlich war. Das Schaukeln auf den Wogen der Erinnerung hatte beinahe etwas Erotisches an sich. So in etwa stellte er sich einen guten Fick vor. Immer kurz vor der Explosion innezuhalten, um somit den Höhepunkt hinauszuzögern. Vollendeterweise auf einem Wasserbett. Er lächelte bei der Vorstellung, es genau so mit ihr zu tun. Mit Mona.

Aber das Lächeln gefror zu einer Fratze. Wie eine Detonation brach ein wilder Schrei aus ihm heraus. Er ballte die Hände zu Fäusten, dass sich die Fingernägel in die Handballen gruben bis es blutete. Sie wollte ihn ja nicht. Er würde nie Sex mit ihr haben. Nie.

Der Bogen mit den Pfeilen lag unter dem Bett. Er hatte ihn seither nicht wieder angerührt. Bis zur nächsten Abrechnung wollte er ein paar Tage verstreichen lassen. Die Sache mit den drei Toten hatte eine Menge Staub aufgewirbelt, und Vater traute ihm nicht mehr. Ob er etwas ahnte?

Drei Tote, ja. Denn da war auch noch die Frau gewesen. Woher sie plötzlich gekommen war, hatte er nicht mitgekriegt. Er hatte sich wie in einem Tunnel befunden. Nur, dass sie auf einmal vor der brennenden Scheune gestanden war. Natürlich hatte er sie nicht entkommen lassen dürfen. Sie hatte ihn vielleicht gesehen gehabt. Also war er ihr gefolgt, nachdem sie ihren Beobachtungsposten unter dem Baum aufgegeben hatte. Als sie an den Graben gekommen war, hatte er gehandelt. Er hatte noch nie auf einen Menschen geschossen, aber im Grunde war es nicht anders, als auf eine

Zielscheibe zu schießen. Er hatte nur noch den Pfeil aus ihrem Rücken zu ziehen brauchen und dabei ihre Geldbörse mitgenommen. Tödlich getroffen war sie ja schon. Doch außer ein paar mickrigen Euro hatte die Geldbörse nichts gebracht, weshalb er sie unterwegs in einen Straßengraben geworfen hatte. Wer die Frau war – daran verschwendete er keinen Gedanken.

Im Nachhinein durfte er behaupten, dass es in Anbetracht der Verhältnisse ein Meisterschuss gewesen war. Und dann, nach beendeter Mission, außerhalb des Lichtscheins der Feuerwehrautos, weg von dem Gelände, aufs Motorrad und ohne Licht nach Hause.

Es wäre ein Leichtes gewesen, einfach ein brennendes Streichholz oder ein brennendes Blatt Papier durch die offene Luke der Scheune zu werfen. Aber nein, er hatte seinen Stolz. Wenn er schon eine Waffe besaß, sollte sie auch zum Einsatz kommen. Wofür sonst hatte er stunden- und tagelang trainiert? Er hatte einen stinknormalen Holzanzünder aus imprägnierter Holzwolle auf einen Pfeil gespießt, angezündet, gezielt und abgeschossen. Perfekter Flug.

Zum Üben war er immer in den Wald gegangen. *Learning by doing.* Er kannte eine Lichtung; draußen zwischen dem Burgerwaldsee und der *A5.*

Wenn Geduld nicht gerade eine seiner ausgezeichneten Charakterstärken war, so zeigte er beim Bogenschießen eine von ihm kaum erwartete Ausdauer. Er hatte eine Stelle gefunden, an der er zeit- und wegsparend einmal hin-, und dann wieder her schießen konnte. Das war praktischer, als jedes Mal erst die Pfeile holen und dann wieder zurück zum Schießstand laufen zu müssen.

Mit der Zeit hatte er kapiert, dass es schwierig war, sich immer und immer wieder auf die gleichen Bewegungsabläufe zu konzentrieren. Bei jedem verdammten einzelnen Schuss. So hatte er ziemlich lange gebraucht, bis er eine gewisse Grundsicherheit erreichte.

Ursache für die anfänglichen Misserfolge war seine Annahme, dass Wut, Hass und Rache allein genügten, um die erforderliche Treffsicherheit zu erlangen. Was sich jedoch als Trugschluss erwiesen hatte, denn positiv hatten sie sich lediglich auf die Beharrlichkeit ausgewirkt. Erst als es ihm gelang, die negativen Antriebskomponenten auszublenden und sich in innerer Versammlung auf die notwendige Technik des Schießens zu konzentrieren, stellte sich nach und nach der Erfolg ein, mit dem er zufrieden sein konnte. Darüber hinaus vergaß er jedoch keineswegs, was seine ursprünglichen Beweggründe für das waren, was er tat.

Die Bewegungen waren ihm mittlerweile in Fleisch und Blut übergegangen. Von hundert

Schüssen pro Übungssequenz fanden gut fünfundneunzig Pfeile ihr Ziel. Gut, er schoss meistens
auf kürzere Distanzen als diejenigen, die er beim
Schützenverein *Poggenau* gesehen hatte. Maximal
zwanzig, dreißig Meter. Doch er war nicht erpicht,
sportliche Vorgaben zu bedienen. Er wollte treffen.
Und weil er auch bei Dunkelheit treffen wollte, ver-
legte er das Training nach der Nachmittagsschicht
an der Tankstelle in die Abendstunden. Riehling,
die Urlaubsvertretung für den Chef, hatte ihn für
das Zuspätkommen doch nicht entlassen.

Schon beim ersten Besuch der Versammlung im
November vergangenen Jahres hatte er gemerkt,
dass die Leute, die sich um seinen Vater geschart
hatten, nicht die klügsten Köpfe des Volkes waren,
das sie vorgaben zu vertreten und zu schützen.
Aber um Naziparolen zu grölen war noch nie viel
Grips vonnöten gewesen. Und Chef der Gruppe war
sein Vater wahrscheinlich nur, weil er den dicksten
Bauch von allen hatte.

Geradezu lächerlich fand er das Theater mit den
Aliasnamen, die sie führenden Nazigrößen des
Dritten Reiches entliehen hatten. Kinder taten das,
wenn sie zum Beispiel Indianer spielten; dann legten sie sich entsprechende Namen zu. Er selber hatte
sich früher *Listiger Fuchs* genannt. Aber erwach-
sene Männer?

und dann verweigerte der Vater ihm das Gewehr. *Das tut mir jetzt aber leid, Joseph. Du bist zu spät. Die Waffen sind alle verteilt.*

War das der Dank dafür gewesen, dass er das Marihuana an der Tankstelle verkauft hatte? Nachtschicht für Nachtschicht? Monat für Monat? Immer mit der Angst im Nacken, dass der Handel hätte auffliegen können? Und dass er mit dem eingenommenen Geld mit dafür gesorgt hatte, dass die Sturmgewehre hatten bezahlt werden können?

Es waren zwar stets Kleinmengen gewesen, die er in der Tankstelle vorrätig gehalten hatte. Das Gros der Ware lagerte an einem Platz in der Scheune, den nur Vater wusste. Doch Kleinvieh macht auch Mist, und er hatte über die Dauer gesehen bestimmt einige tausend Euro umgesetzt.

Du bist zu spät. Die Waffen sind alle verteilt.

Scheiß auf deine Gewehre, Papa. Oder *Sigurd.* Scheiß auf deine Nazitruppe. Scheiß auf dich.

Teil V

Dienstag, 24. September 2024
Gengenbach/Grafenhardt/Offenburg

„Endlich näherst du dich allmählich deinem früheren Aussehen an, Edgar. So ganz ohne Pferdeschwanz kamst du mir irgendwie unvollkommen vor. Jetzt also wieder immer mit?" Für ihn völlig ungewohnt drückte Rita ihm einen feuchten Schmutz auf die Wange.

„Eine etwas ausgefallene Art, jemandem einen guten Morgen zu wünschen, wenn ich das in aller Bescheidenheit so sagen darf. Guten Morgen, Rita. Bist du bereit?" Edgar stand gespornt und gestiefelt parat.

„So bereit wie man ohne Kaffee und ohne Frühstück nur sein kann, Edgar."

„Ihr seid schon komisch, ihr jungen Leute, und ich hatte gedacht, dass es eilt", murrte er und setzte sich an den Esstisch.

„Fünf Minuten, Edgar. Gib mir fünf Minuten."

„Ääh, sollen wir *Müller* und *Lydia* mitnehmen? Als Begleitschutz und Knurrfaktor?"

„Nicht in meinem Dienstwagen!"

Während Rita lenkte, kaute sie mit vollen Backen. Edgar auf dem Beifahrersitz, ohne stinkende Hunde, war zum Thermoskannenhalter degradiert und reichte ihr, wenn sie die rechte Hand ausstreckte, einen vollen Becher Kaffee – oder nahm den leeren Becher zurück. Je nachdem. Über die Freisprechanlage des Wagens lauschten sie Mika Laukonens Bericht, was er über die Familie Rubsamen recherchiert hatte.

„Christof Rubsamen, achtundfünfzig, Vollerwerbslandwirt, wohnhaft in *Grafenhardt-Zell*.

Ehefrau Anita, achtundfünfzig, gelernte Einzelhandelskauffrau, jetzt krankheitsbedingt in Frührente.

Sohn Adrian, ledig, achtundzwanzig, abgebrochenes Studium, ohne Beruf. Vorbestraft wegen zweifacher schwerer Körperverletzung. Davon vier Jahre im Strafvollzug verbüßt, anschließend zweijährige Bewährungszeit. Zurzeit als Aushilfskraft in der Tankstelle *Magerbüchel* tätig. Er wohnt in *Offenburg* zur Miete, Immanuel-Kant-Straße vierzehn. Mehr hab´ ich nicht."

„Okay, Mika. Besorge bitte die Akte über diesen Adrian, plus seine Handynummer. Die kriegst du wahrscheinlich bei seinem Arbeitgeber. Ich bin mit Edgar Schaaf unterwegs nach *Grafenhardt-Zell*. Der Rubsamen hat mich gestern nämlich angelogen, und das hab´ ich nicht so gern." Rita meinte, Mika eine Kröte schlucken zu hören, als sie Edgar Schaafs Name erwähnte. Und prompt folgte schon die Frage danach.

„Wieso Edgar Schaaf? Was hat der damit zu tun?"

Rita antwortete souverän: „Nun, Edgar Schaaf ist groß und stark …"

„… und pensioniert", warf Mika ein.

„… und pensioniert", fuhr Rita ungerührt fort, „und wenn er dabei ist, wird sich Rubsamen hüten, Klein Rita weitere Lügen aufzutischen."

„Und wann kann ich mit dir zurück auf der Dienststelle rechnen?"

„Wir treffen uns mittags im Café am Marktplatz", entschied sie und beendete das Gespräch. Ein Seitenblick zu Edgar, der natürlich mitgehört hatte, vermittelte ihr den Eindruck, als befände er sich momentan in weiter Ferne. „Ist was?", fragte sie.

Doch er schüttelte stumm den Kopf. Irgendeine Erwähnung in Laukonens Bericht hatte irgendwo in seinem Kopf irgendetwas angestoßen, das er nicht formulieren konnte. Vielleicht weil es zu unbedeutend oder zu klein war, um nachvollziehbar sein zu können. Oder zu unwichtig, um einer Erinnerung wert zu sein. Und dennoch schien ihm, dass etwas in Bewegung geraten war, dessen Auswirkung er heute noch nicht erahnen konnte. Wie ein Sandkorn am Strand; wie ein Regentropfen in der Wolke; wie ein Atom im Reaktor.

Rita musterte ihn sekundenlang. Sie kannte ihn und wusste: Irgendwann wird er es gebären.

Völlig unsentimental kehrte er ins wahre Leben zurück. „Schau´, wohin du fährst.“

Rita lenkte den Dienstwagen auf den gleichen Platz vor Rubsamens Haus wie am Tag zuvor. Edgar und sie stiegen aus. Hätte Rita nach ihrem gestrigen Besuch die Örtlichkeit beschreiben sollen, wäre ihr eine Blamage sicher gewesen, denn die im rechten Winkel zum Haupt- und Wohnhaus stehende Scheune hätte sie glatt unterschlagen. Heute nun stellte sie fest, dass diese Scheune hauptsächlich als Garage für den landwirtschaftlichen Maschinenpark diente. Diverse Traktoren, mal Normal- mal Schmalspur; Vollerntemaschine für die Traubenlese und andere, deren Zweck ihr fremd war.

Eine getigerte Katze lag quer auf einer Stufe der Haustürtreppe; die Haustür selbst stand offen. Außer der Katze war auf dem Hof kein Lebewesen zu sehen.

Edgar ging Rita voraus. Er schaute sich um, blieb stehen und rief: „Hallo?“

In Haus und Hof blieb es still.

Er nickte zur Haustür hin. „Die Tür steht offen. Gehen wir rein?“

Sie schickte ihm einen Blick, den er als *Muss das sein?*-Frage übersetzte.

„Ich geh´ voraus", sagte er. Die faule Katze nötigte ihn zu einem Schritt über sie hinweg.

Im Flur war es kühl und schummrig. Er rief: „Hallo? Ist jemand zu Hause?"

Keine Rückmeldung.

Er klopfte an die erste Wohnungstür links, wartete eine Sekunde auf Antwort und drückte die Klinke. Es handelte sich um das Wohnzimmer, aber es hielt sich niemand darin auf. Er rief nochmal: „Hallo? Jemand im Haus?"

Rita machte: „Pschscht", und legte den Zeigefinger auf die Lippen. „Da hat jemand gerufen. Ich glaube es kam von oben."

Sie blieben beide ruhig stehen und lauschten. Da war es wieder. Eine schwache Stimme. „Adrian?"

„Das ist oben", sagte Edgar. „Die Treppe rauf."

„Ui, Edgar, das ist mir zu prekär", moserte Rita und schielte sehnsüchtig nach dem Ausgang.

„Seit wann machst du auf Etikette? Komm´ schon, was soll schon passieren? Wir statten jemandem einen Besuch ab. Also ich fühle mich eingeladen. Hat die Stimme, ich meine es war eine Frau, nicht *Edgar* gerufen?"

„Diese Ausrede kauft dir keiner ab, wenn´s drauf ankommt", antwortete sie warnend.

„Ich traue mir inzwischen alles zu", zog er blödelnd eine Grimasse und nahm die Treppe nach oben in Angriff.

Im oberen Flur stand eine Zimmertür offen. „Hallo?", rief Edgar gedämpft.

„Adrian, bist du das?", kam die hoffnungsvolle Stimme aus dem Zimmer.

Edgar trat ein. Mit seiner wuchtigen Gestalt füllte er beinahe den gesamten Türrahmen aus. Der Situation geschuldet lag es vielleicht an seiner finsteren Erscheinung, – die Kleider in Schwarz und Dunkelgrau, den Bart grau meliert und die langen Haare weiß – dass die Frau, die er vorfand, fast zu Tode erschrak.

Frau Rubsamen, Edgar nahm an, dass es sich um niemand anderen handelte, saß in einem Polstersessel mit einer Decke über den Beinen und starrte ihn fassungslos an. In einer Ecke des Zimmers lief ein Fernsehgerät ohne Ton. Frau Rubsamens Augen waren gerötet, ihre kurzen braunen Haare stumpf und ohne Glanz.

Herrjeh, was tu´ ich, wenn sie jetzt schreit, dachte er. *Entweder sind die Augen rot vom vielen Fernsehen oder vom Weinen.*

Da sagte sie mit schwacher und enttäuschter Stimme: „Aber Sie sind ja gar nicht Adrian. Haben Sie meinen Adrian gesehen?"

Rita quetschte sich an Edgar vorbei und ging vor Frau Rubsamen in die Hocke. „Guten Tag, Frau Rubsamen. Ich heiße Rita Böhringer. Es tut uns leid, aber Adrian haben wir nicht gesehen. Wir suchen eigentlich Ihren Mann. Wissen Sie, wo wir ihn finden können?"

Es schien Frau Rubsamen eine große Willensanstrengung zu kosten, ob sie erstens über ihren Mann nachdenken, oder zweitens über ihn reden wollte. Sie entschied sich für das zweite. „Wenn er nicht in den Reben ist", antwortete sie farblos, „dann ist er in der *Linde.*"

„Linde?", fragte Rita.

„Gasthaus *Linde* in *Grafenhardt*", ergänzte Frau Rubsamen.

Edgar guckte demonstrativ auf seine *Breitling*-Armbanduhr. „So früh am Morgen schon in der Kneipe?"

Die Frau im Sessel reagierte unerwartet heftig: „Es ist mir egal, wo er ist!", sagte sie schroff. „Suchen Sie lieber meinen Sohn. Ich muss unbedingt mit ihm reden."

„Hm, darf man wissen, wieso Sie dringend mit ihm reden müssen?"

Es war, als würde der Schatten einer Jalousie sich über Frau Rubsamens Gesicht senken. Sie wandte sich brüsk ab und krallte eine Hand in die Beindecke. Mit der anderen ergriff sie eine Fernbedienung, die neben ihr im Sessel lag und schaltete den Fernsehton auf laut.

Rita setzte erneut zu einer Frage an, doch Edgar raunte: „Komm´, Rita. Sie wird nicht mehr sprechen. Lass´ uns gehen."

Zunächst unwillig, zog Rita dann eine Visitenkarte aus ihrer Jackentasche und legte sie auf Frau Rubsamens Sessellehne. „Wenn Ihr Mann zurückkommt, soll er sich bei mir melden", sagte sie und erhob sich.

Zurück an der frischen Luft, scannte Edgar mit den Augen das weite Halbrund der Rebenhänge ab, das wie die Ränge eines überdimensionalen Amphitheaters vor ihnen lag.

„Es macht in etwa so viel Sinn, in diesem Gelände den Bauern zu suchen, wie ein Krokodil um Gnade zu bitten, wenn man zwischen seinen Zähnen steckt", sagte Rita resigniert. „Da bräuchten wir eine Hundertschaft von Polizisten."

Edgar deutete mit dem Daumen über die Schulter und meinte: „Wir sind vorhin auf dem Weg durch *Grafenhardt* an einem Gasthaus *Linde* vorbeigefahren. Versuchen wir unser Glück dort."

Der Parkplatz vor dem Gasthaus *Linde* wirkte verwaist. Rita entdeckte das Schild an der Eingangstür: geschlossen. Dennoch stiegen sie und Edgar aus.

Rechter Hand grenzte eine Hecke den Biergarten von der Straße ab. Zwischen Tischen und Bänken hindurch gelangten sie auf die Rückseite des Hauses. Dort im gepflasterten Hof stand ein Lieferwagen mit offenem Laderaum. Ein Mann im blauen Arbeitskittel lud dort Kunststoffbehälter aus und stapelte sie auf eine Transportkarre.

Mit dem Rücken zu den Besuchern, maulte er abweisend: „Wir haben noch geschlossen."

„Wir haben nur eine Frage nach einem Ihrer Kunden", sagte Edgar. „Sie sind doch der Wirt?"

„Wir haben keine Kunden, wir haben Gäste", erwiderte der Mann.

Rita ging das zu harzig. „Kriminalpolizei *Offenburg*. Mein Name ist Rita Böhringer. Mein Kollege Edgar Schaaf. Wir hätten da ein paar Fragen zu Ihrem Gast Herrn Christof Rubsamen."

Falls der Mann von einer inneren Spannkraft aufrecht gehalten worden war, sackte er auf einmal in sich zusammen, als hätte man einer aufblasbarer Puppe den Stöpsel gezogen. Sichtlich belämmert zwang er sich zu einer Kehrtwende: „Ich hab´ es gewusst", sagte er niedergeschlagen. „Ich hab´ es immer gewusst, dass mir diese Scheiße einmal um die Ohren fliegen wird."

*

Die Physiotherapeutin war gerade gegangen. Beugen, Strecken, Beugen, Strecken der Beine; Zehenmassage. Und wieder Beugen, Strecken, Beugen; Zehenmassage.

Obwohl Frau Birkenhain, so hieß die Frau, pflichtschul-
dig gelächelt und Optimismus verbreitet hatte, war
Clems Gefühl ein anderes, denn deren Augen waren kalt
geblieben. Kein Feuer drin, das die Hoffnung genährt
hätte.

Sie spürte ja selbst, dass sie keinen Zugriff auf die
Motorik hatte. Dass die Befehle von oben nach unten
irgendwo dazwischen boykottiert wurden. Das Kribbeln
in den Zehen blieb der einzige helle Streifen am Horizont. Hoffnung.

„Das wird schon werden", lautete das Credo der Physiotherapeutin. „Es braucht Geduld. Zeit, verstehen Sie?
Und Zeit haben Sie jetzt ja jede Menge."

Verarschen kann ich mich selber, hatte Clem gedacht,
leistete Frau Birkenhain aber umgehend wieder Abbitte.
*Sie meint es ja nur gut, auch wenn ihre Güte in meinen
Ohren zynisch klingt.*

Dienstag. Der dritte Tag in der Klinik.

*Kleine Wünsche erfüllt der liebe Gott sofort. Wunder
dauern etwas länger.*

Dieser von Hand geschriebene Spruch hing in einer
Dokumentenfolie an der Wand neben dem Schrank, in
dem das Pflegepersonal die medizinischen Hilfsmittel
wie Klinikhemden, Einweghandschuhe, Kompressen
und anderes Verbandsmaterial aufbewahrte. Wahrscheinlich hatte ihn einst eine der Krankenschwestern
für passend befunden und dort hingehängt.

Clem war noch nie so lange am Stück in einem Bett
gelegen, und die Phasen, in denen sie versuchte die Lie-
geposition zu ändern, reihten sich in kürzer werdenden
Abständen aneinander. Dabei waren ihre Möglichkeiten
begrenzt. Unter Einsatz der Ellbogen konnte sie nur mit

dem Oberkörper die Lage verändern. Diese Kranken-
hausbetten waren für bequemes Liegen einfach nicht
geeignet. Die Matratzen viel zu hart, die Bettdecken zu
warm.

In den Nächten war an Schlaf kaum zu denken, denn
die Geräuschkulisse auf den Fluren vor den Patienten-
zimmern ebbte so gut wie nie ab. Selbst quietschende
Schuhsohlen wurden zum Störfaktor. Dazu kamen die
Kontroll- und Pflichtbesuche der Krankenpfleger und -
pflegerinnen zu allerlei nötigen Handlungen am Patienten, wie zum Beispiel Fieber- und Blutdruckmessen.
Oder Flüssigkeitstropf einstellen oder erneuern. Oder
Druckverbände prüfen. Oder zu so etwas Profanem wie
die Bettpfanne bringen oder die Urinflasche wechseln.
Und nicht alle der fleißigen Leute gingen auf Zehenspit-
zen, was man bei dem Stress und der Last der Verantwortung auch nicht unbedingt erwarten durfte.

Obgleich unendlich müde, dachte Clem über den Tag
hinaus. Wohin sollte sie gehen, wenn die Klinik ihr
nicht mehr helfen konnte und das Bett gebraucht wurde?
Wobei: Wenn sie würde gehen **können**, sie wenigstens
ein bisschen mobil wäre. Nicht zur Gänze auf fremder
Menschen Hilfe angewiesen wäre. Aber was, falls
nicht? Wenn sie einen Rollstuhl brauchen würde? Was
dann? Wo würde sie enden?

Sie besaß nichts, rein gar nichts. Das bisschen Zeug,
das ihr gehört hatte, ohnehin nichts von Wert, war im
Feuer verbrannt. Wenn also je ein Start in ein Leben danach stattfinden würde, dann vom absoluten Nullpunkt
aus. Aber was sollte oder konnte sie tun? Sie hatte keine
Ahnung.

Mit diesen Fragen drängte sich auch eine Bilanz ihres
bisherigen Lebens in den Vordergrund. Wenn ihr schon

keine Zukunft gewährt zu sein schien, wie sah es dann mit der Vergangenheit aus?

Wie naiv sie 1996 wirklich gewesen war, hatte sie erst vier Jahre später erfahren, als nämlich im April des Jahres 2000 tatsächlich Deutschlands erste Babyklappe in *Hamburg* eingerichtet worden war. Vier ganze Jahre nachdem sie mit dem dicken Babybauch genau deswegen nach *Hamburg* hatte fahren wollen. Wie hatte sie nur auf das dumme unreflektierte Geschwätz sogenannter Freundinnen hören können? Aber irgendwoher musste dieses Gerücht damals entstanden sein, denn von alleine wären die doofen Hühner nie auf solch eine Idee gekommen. Vielleicht dass es mal eine entsprechende Forderung nach solch einer Einrichtung gegeben hatte. Vielleicht hatte sich in den Neunzigern Klinikpersonal in dieser Richtung öffentlich geäußert. Wahr geworden indes war es erst vier Jahre später, so wie viele Entscheidungen in Deutschland lange Zeit in Anspruch nehmen.

Und die Clem war prompt darauf hereingefallen.

Nach der Kaiserschnittentbindung in *Heidelberg* und ihrer Flucht aus der Klinik war sie dennoch nach *Hamburg* gefahren, hatte das Businnessoutfit jedoch wieder gegen die Punkklamotten gewechselt.

Eine Zeit lang war sie in einer WG der linken Szene in der Nähe des Bahnhofes *Altona* untergekommen. Versuche, feste Engagements als Sängerin in diversen einschlägigen Kneipen und Bars zu ergattern, hatten sich als schwierig bis unmöglich erwiesen. Auf schlüpfrige Angebote, bei denen sie sich neben den Auftritten als Sängerin auch im Sexgewerbe betätigen sollte, ließ sie sich nicht ein. So erhielt sie nur sporadisch

Gelegenheiten für Auftritte, unter anderem als Ersatzsängerin für Chorensembles bei den zahlreichen Musicals, die in der Stadt aufgeführt wurden. Immerhin war zu diesem Zweck ihr Name in die Liste eines Managers aufgenommen worden.

Eines Tages, im fünften Jahr ihres Aufenthalts in *Hamburg*, wurde sie spätabends nach einem Auftritt in einem der weniger bekannten Szeneclubs von einer jungen Frau angesprochen. Nach Wuchs und Figur eher noch ein Mädchen, war sie der Kleidung, Frisur und Piercings nach unzweideutig dem Punkmilieu zuzuordnen. Sie, Bassistin in einer Punkrockband namens *Rag Dolls*, sagte, dass die Band auf der Suche nach einer Sängerin sei. Ob sie, Clem, dazu Lust hätte, bei den *Rag Dolls* einzusteigen.

Clem ließ sich da nicht zweimal bitten. Nach einem Testsingen und anschließender gemeinsamen Probe wurde sie in die Band aufgenommen. Eine reine Frauenband, bestehend aus Leadgitarre, Bassgitarre, Schlagzeug und Gesang. Die Texte waren teilweise in Englisch, was die Coverversionen betraf, aber die überwiegende Zahl als Eigenkompositionen in Deutsch.

Die anderen Mädels waren *Speedy* (Schlagzeug), *Jimmy* (Gitarre) und *Duffy* (Bass). Clem brauchte fast ein Jahr, um die zivilen Namen ihrer Bandkolleginnen zu erfahren.

Als Sprecherin und Managerin der Band fungierte in Personalunion *Duffy*. Sie sorgte für die Auftritte, wie unter anderem Teilnahmen am *Wacken Open Air* in den Jahren 2001 und 2002. Zwar nur auf Nebenbühnen, aber immerhin vor großem Publikum.

Drei Jahre lang tingelte Clem im bandeigenen Tourneebus mit den *Rag Dolls* durch Norddeutschland.

Niedersachsen, Schleswig Holstein, Mecklenburg-Vorpommern. Die Küsten rauf und runter. Ein hartes, ruheloses Leben, wie sie es sich in diesem Ausmaß nicht vorgestellt hatte, und sie es doch nicht missen wollte, weil es ihrem Traum, eine Sängerin zu sein, so nahe kam. Drei Jahre, dann brach die Band auseinander. Es war nicht Clems Schuld gewesen. Aber die Hatz von Termin zu Termin, von einem Ort zum andern, hatte an den Kräften der Frauen gezehrt. Eine auf Dauer ungesunde Ernährung, zu viel Alkohol und andere Drogen in der Summe, und zunehmende Reibereien untereinander wegen Geringfügigkeiten, hatten den Zusammenhalt der Musikerinnen untergraben. Schließlich bestimmte *Duffy*, dass Schluss sei. Von heute auf morgen. Und Clem zog sich wieder nach *Hamburg* zurück. Sie hatte später nie wieder vor Publikum gesungen.

Über all die Jahre, die sie im Großraum *Hamburg* verbrachte, führte sie ein unstetes Leben. An einem festen Wohnsitz war sie nie gemeldet, und sie ließ sich auch nie als Obdachlose registrieren. Sommersüber zog sie es vor, auf der Straße zu bleiben, und nur im Winter akzeptierte sie Notunterkünfte. Wenn sie einmal einen Job ergatterte, zum Beispiel als Reinigungskraft bei dubiosen Firmen, dann war es Schwarzarbeit.

Um über die Runden zu kommen, spendete sie in den Krankenhäusern der Stadt regelmäßig Blut gegen Bezahlung. Sooft es ging, verdingte sie sich als Probandin für wissenschaftliche Test mit diversen Arzneimitteln, und verdiente damit gutes Geld. Man drückte dabei, sowohl in den Krankenhäusern als auch in den Pharmabetrieben, jeweils ein Auge zu, wenn sie zur Legitimierung einen abgelaufenen Personalausweis vorzeige.

Die angenehmsten Erfahrungen machte sie jedoch als Erntehelferin bei der Apfelernte auf dem *Alten Land* südwestlich von *Hamburg*. Sie war über ein Zeitungsinserat darauf gestoßen, und da Kost und Logis frei waren, konnte sie den gesamten Lohn sparen. Und da der Apfelbauer mit ihrer Arbeit zufrieden war, lud er sie Jahr für Jahr zur Erntezeit ein. Zuletzt behielt er sie auch dann noch auf dem Hof, wenn es darum ging, die enorm vielen Apfelbestellungen von Kunden aus ganz Deutschland zu bearbeiten und auf den Weg zu bringen. Also Lieferungen zusammenstellen, einpacken und versenden.

Woran Clem zu knabbern hatte, und wovon die Apfelbauernfamilie gleich mehrere produziert hatte, waren Kinder. Mit Kindern konnte Clem nicht umgehen, denn Kinder erinnerten sie schmerzlich daran, dass sie eine Mutter war. Beziehungsweise dass sie keine Mutter war. Biologisch ja, im Sein aber nicht.

Ob dieses Versäumnis, keine Mutter zu sein, sie dazu bewogen hatte, ihrer Lebensweise in *Hamburg* den Rücken zu kehren, wollte Clem nicht ausgeklügelt dargelegt wissen. Doch als sie zweiundvierzig Jahre alt geworden war, zog es sie plötzlich mit Macht in den Süden Deutschlands zurück, wo sie eines Tages eher zufällig als gewollt auf die Herren Walter Knapproth und Martin Siegloch traf. Von ihnen ließ sie sich endlich dazu überreden, sich wegen des Anspruchs auf Stütze beim Sozialamt registrieren zu lassen. Und wie sie die Sache und die vergangenen Jahre in *Hamburg* auch drehte und wendete – die Zeit mit Walter und Embenz war die glücklichste ihres ganzen Lebens.

Clem drückte den roten Rufknopf an der Bettsteuerung. Kaum eine halbe Minute später guckte Krankenschwester Haydeh zur Tür herein.

„Frau Pfeifer, was kann ich für Sie tun?"

Clem atmete tief ein und aus. „Würde es Ihnen etwas ausmachen, jemanden für mich anzurufen? Ich glaube, ich brauche einen Rat."

*

„Was für eine Scheiße meinen Sie?", hakte Rita sofort nach und tackerte die Augen des Wirts an ihrer Blickachse fest.

Der Wirt, ausgestattet mit einem badischen Rundkopf, und der geröteten Nase nach selber einer seiner besten Kunden, begann zu schwitzen. Er kramte in den Kitteltaschen, Edgar dachte: *vielleicht nach einem Schweißtuch*, aber die Hände kamen mit einer Zigarettenpackung und Feuerzeug zurück. Tausendmal schon angezündet, geriet es ihm heute besonders umständlich. Als die Zigarette endlich qualmte, hatte er sich offenbar zu einem Entschluss durchgerungen.

„Ich bin Wirt", begann er, „und muss schauen, dass ich auf meinen Schnitt komme. Soll heißen, dass ich nicht drauflegen muss. Es ist schwierig, die richtige Balance zu halten. Die Schere zwischen Einkäufen und Einkünften darf nicht zu weit auseinanderklaffen, sonst laufen mir die Gäste weg. Und doch muss ich am Ende des Monats einen Gewinn aufweisen, um erstens die Rechnungen bezahlen zu können, und zweitens einen eigenen Verdienst zu haben. Sonst müsste ich den Laden zu machen.

Mein wichtigstes Kapital fürs Geschäft sind die Gäste. Und Rubsamen ist nicht nur ein Stammgast, sondern er bringt mir einmal im Monat mit seiner Gruppe ein veritables Einkommen."

„Und wo liegt nun der Hund begraben?", fragte Rita. „Versammlungen abzuhalten ist ja grundsätzlich nicht verboten. Es sei denn ..."

„Ja, genau. Es sei denn, nicht wahr, und das ist die Scheiße", unterbrach der Wirt. „Rubsamen ist ein rechtsextremer Fanatiker. Ein Nazi, wenn Sie so wollen, und bei mir im Nebenzimmer hält er seine Sitzungen ab. Die Herren singen das *Horst-Wessel-Lied*, und meiner Meinung nach verfolgt Rubsamen mit seinen Anhängern umstürzlerische Absichten." Der Wirt suchte nun mit den Augen das Heil in der Ferne.

„Von welcher Anzahl reden Sie da? Wie mir scheint, ist Ihr Nebenzimmer nicht so groß, dass hundert Leute hineinpassen", sagte Edgar.

„Meistens sind es um die zehn Männer. Alle aus der hiesigen Umgebung. Ich hatte den Eindruck gewonnen, dass sie irgendeine Aktion planten. Leider weiß ich nicht, was."

„Dass Sie sich vorher schon mal mit der Polizei in Verbindung setzen könnten, ist Ihnen nie in den Sinn gekommen?", fragte Rita.

Der Wirt zuckte mit den Schultern. „Wie gesagt – ich bin Wirt und ..."

„Wie ist Ihr Name?"

„Ja, Mist, verdammter", fluchte er. „Jetzt dreht ihr mir einen Strick draus. Franz Ganther."

Ritas Gesichtsausdruck drückte sowohl Bedauern als auch Tadel aus, als sie antwortete: „Tut uns leid, Herr Ganther, aber es ist nun mal so. Wir müssen die Sache an unsere politische Abteilung melden. Gut möglich, dass Sie dann einen Stammgast weniger haben werden."

„Ach, leckt mich doch kreuzweise", bellte der Wirt, griff nach den Holmen der Transportkarre und schob seine Ware zum Hintereingang.

Rita lenkte den Dienstwagen routiniert aus *Grafenhardt* hinaus. Edgar an ihrer Seite verhielt sich merkwürdig still.

Sie kannte ihn gut genug um zu wissen, dass es in ihm rumorte und es aus ihm herausplatzen würde, wenn sie ihn jetzt ansprach, ganz gleich zu welchem Thema. Edgar und Rechtsextremismus vertrugen sich nämlich nicht und Rita spürte, dass er im Geiste an einem Monolog dagegen arbeitete. Also schwieg auch sie und überlegte, ob sie als nächstes nach *Magerbüchel* zur Tankstelle oder zu Adrian Rubsamens Adresse in *Offenburg* fahren sollte.

Als ihr Telefon klingelte dachte sie zuerst, es sei Mika Laukonen, doch auf dem Handydisplay erschien eine Nummer des *Ortenau Klinikums*. Sie meldete sich über die Freisprecheinrichtung. „Rita Böhringer?"

„Ich bin's, Haydeh. Hallo Rita. Du, Frau Pfeifer hat mich gebeten, dich anzurufen. Sie sagte, sie bräuchte deinen Rat. Was soll ich ihr sagen? Dass du kommst? Aber wenn es dir nicht passt, dann …"

Rita überschlug in Windeseile ihre Möglichkeiten und kam zum Entschluss, dass *Magerbüchel* warten konnte. „Hat sie irgendwelche Andeutungen gemacht, wozu?"

„Nein, hat sie nicht. Kommst du?"

Ein rascher Blick zu Edgar. Er hatte die Antennen wieder auf Empfang gestellt. An der Tankstelle konnte sie auch anrufen, und sowohl die Klinik als auch

Adrians Adresse befanden sich beide in der Stadt. „Sag´ ihr, ich komme. Bin unterwegs. Tschüss, Haydeh."

„Äääh stopp. Sie liegt jetzt auf der Normalstation."

„Danke, bis gleich."

„Diesmal begleite ich dich", sagte Edgar, als sie auf dem Parkplatz der Klinik eintrafen. „Wenn es dir recht ist", schob er hinterher.

Rita grinste schelmisch. „Kann es sein, dass du auf die besten Zimtschnecken der Stadt spekulierst?"

„Gegen einen Kaffee hätte ich auch nichts einzuwenden", antwortete er. „Jedoch nur, wenn ich das junge Ermittlerteam bei seiner Besprechung nicht störe."

„Da sagst du was. Ich glaube, Mika Laukonen ist etwas eifersüchtig, weil ich ihm Bürodienst verordnet habe und mit dir anstatt ihm unterwegs bin."

„Huch, da krieg ich glatt eine Gänsehaut. Kannst du den Satz nochmal wiederholen, hechel hechel?"

„Spinner, zack boing."

Normalstation bedeutete für Clem ein Drei-Bett-Zimmer. Zimmer dreihundertvierzehn, in dem zurzeit nur ein Bett, nämlich ihres, belegt war. Mit ihrem Obdachlosenstatus hatte sie überhaupt keine andere Wahl. Doch das war kein Kriterium, mit dem sie haderte. Ganz im Gegenteil empfand sie den Aufwand, den man um sie trieb, für sehr verwunderlich.

Sie belegte, von der Zimmertür aus betrachtet, das Bett am Fenster, und ihre Freude war aufrichtig, als sie Rita das Zimmer betreten sah. Den schwarzgekleideten Mann in Ritas Begleitung kannte sie nicht.

„Clem, ich grüße Sie. Es freut mich, dass Sie den Sprung von der Intensiv- auf die Normalstation geschafft haben. Darf ich meinen Kollegen vorstellen? Edgar Schaaf. Ich hoffe, Sie haben nichts dagegen, dass ich ihn mitgenommen habe."

„Hallo, Frau Pfeifer", sagte Edgar brav und blieb mit Abstand am Fußende des Bettes stehen. Er versuchte, die Frau nicht wie ein Mondkalb anzuglotzen, denn ihm war sofort aufgefallen, dass sie eine erstaunliche Ähnlichkeit mit der amerikanischen Folksängerin *Melanie Safka* besaß, die bei ihm zu Hause von einem Schallplattencover prangte.

Clem nickte ihm stumm zu und beließ es dabei. „Danke, dass Sie sich die Zeit nehmen, Frau Böhringer …"

„Rita. Nennen Sie mich bitte Rita. Das ist doch selbstverständlich, Clem. Am Telefon sagte Schwester Haydeh, dass Sie einen Rat brauchen?" Rita sprach das letzte Wort als Frage aus.

Clems Augen huschten zwischen Rita und Edgar hin und her.

Rita verstand und lächelte. „Sie können ihm vertrauen. Er ist nicht nur mein Kollege, sondern im wahren Leben auch mein Freund und Zimmervermieter."

Clem taxierte Edgar daraufhin, ob er äußerlich auch wirklich dem entsprach, für den Rita eine Lanze zu brechen bereit war. Als sie ihn schließlich für würdig hielt, sagte sie: „Jaaa, also gut, es ist nämlich so …"

„Du hast es gesehen, nicht wahr?", fragte Edgar im Dienstwagen, als sie vom *Ortenau Klinikum* zu Adrian Bertrams Adresse fuhren.

„Gesehen? Ich? Was?" Rita wusste nicht, worauf er hinauswollte.

„Die Ähnlichkeit." Er dachte, dieser Brocken müsste ihr reichen, um sie auf den Pfad seiner Frage zu lenken. Und er hatte richtig gedacht.

„Ja", antwortete sie, „das war auch gleich mein erster Gedanke gewesen. Melanie. Danke übrigens, dass du mir deine Schätze aus Vinyl gezeigt hast."

„Mhm, aber nur gucken. Nicht anfassen, gell?"

„Oh Gott, nein, niemals", beteuerte sie, schwenkte dann aber zu Clems Anliegen zurück. „Echt schwierig, findest du nicht?"

Edgar nickte zustimmend. Sobald er geahnt hatte, in welche Richtung Clems Sorgen zielten, war er von einer Welle starken Mitgefühls ergriffen worden. Und noch ehe er sich seiner Haltung bewusst gewesen war, hatte sich sein Herz bereits auf die Seite der Frau geschlagen und ihn zum Anwalt ihrer Sache gestempelt.

Wobei Clems Fall genau genommen aus zwei Komplexen bestand, von denen der erstere zwischen der Klinik und dem zuständigen Sozialamt geklärt werden musste: Nämlich die Kostenübernahme für Clems Behandlung in der Klinik. Aus diesem rein wirtschaftlichen Grund war man bemüht, ihren Aufenthalt so kurz wie möglich zu halten. Was wiederum Clem, eine baldige Entlassung vor Augen, unter Zugzwang setzte.

Womit der zweite Komplex in den Vordergrund trat: Wohin mit Clem? Sie, mehr oder weniger bewegungsunfähig und auf einen Rollstuhl angewiesen, wäre ohne fremde Hilfe aufgeschmissen. Und obwohl Clem mit ihren Fragen hauptsächlich Rita angesprochen hatte, war Edgar in diesen Prozess eingestiegen. Er hätte sagen können, das alles geht mich nichts an. Aber so war Edgar nicht. Da Clems prekäre Situation offensichtlich war, gab es auch keine haarspalterischen Fragen zu stellen. Wo Brotlaibe gebacken werden musste, durfte man nicht mit kleinen Brötchen daherkommen.

Noch während des Gesprächs im Patientenzimmer hatten sich in seinem Kopf bereits mögliche und unmögliche Szenarien gebildet, die ihm Anlass genug waren, Clem mit ruhigen Worten die Zukunftsängste zu nehmen. Er hatte Clem keine konkreten Versprechen gegeben. Aber er hatte gesagt, dass er sich um ihr Anliegen kümmern würde.

„Schwierig, aber nicht unmöglich", erwiderte Edgar ihre Frage. „Wie ich es sehe, bedarf es einer konzertierten Aktion. Und es wäre doch gelacht, wenn wir mit allen unseren Freunden dazu nicht in der Lage wären."

Sie näherten sich Adrian Rubsamens Adresse in der Immanuel-Kant-Straße, wo sich ein ockerfarbener Häuserblock an den anderen reihte. Zeugnisse ehemaligen Sozialwohnungsbaus. Zwischen den Blocks hing Wäsche an fest installierten Wäscheständern.

Rita stellte den Dienstwagen am Straßenrand ab. Es war kurz vor Mittag. Es lagen unterschiedlichste Essensdüfte in der Luft. Es roch international.

„Hier weiß man noch, dass um zwölf Uhr gegessen wird", sagte Edgar schnuppernd.

„Jetzt, wo du´s sagst, krieg ich auch Hunger. Schauen wir, ob Adrian zu Hause ist. Da vorne ist die Nummer vierzehn."

Sein Name stand auf dem obersten Klingelschild. Edgar presste den Daumen auf den Knopf, doch der Türsummer blieb stumm. Er wiederholte den Vorgang mit dem gleichen Ergebnis. Rita wurde das zu bunt. Sie drückte gleich die ganze Handfläche auf das Tableau.

„Irgendeiner wird schon aufmachen", murmelte sie und hatte recht. Der Summer blökte wie ein Schaf, und Edgar stieß die Tür nach innen auf.

Natürlich war die Hoffnung auf einen Fahrstuhl vergebens, weshalb sie vier Stockwerke nach oben trampeln mussten, vorbei an Schuhen mit und ohne Schrank, an Kinderfahrzeugen aller Art, an stiefmütterlich behandelten Pflanzen und an selbstgebastelten, mehr oder minder gelungenen Türschmucken.

Adrians Treppenhausflur und Wohnungstür war bar all dessen. Wieder war es Edgar, der den Klingelknopf betätigte, während Rita in die Stille lauschte, ob aus der Wohnung Geräusche zu hören waren. Aber der Vogel schien ausgeflogen zu sein.

Rita blickte auf die Displayuhr des Handys. „Okay", sagte sie emotionslos, „versucht haben wir's." Sie nestelte eine Visitenkarte aus der Jacke, schrieb *Sobald wie möglich bei uns melden!!!* auf die Rückseite und schob sie unter der Tür hindurch. „So. Dann schlage ich vor, treffen wir uns mit Mika Laukonen im Café am Marktplatz. Irgendwie habe ich das erfreuliche Gefühl, dass ich heute eingeladen werde."

Adrian.

Wäre es ein normaler Tag, müsste er zu dieser Stunde bereits auf dem Weg zur Tankstelle sein. Und bis vor einer halben Stunde war es auch ein normaler Tag gewesen. Wenn auch seiner Planung nach der letzte. Doch jetzt sah er sich gezwungen umzudisponieren.

Es war der pure Zufall gewesen, dass er just in dem Moment aus dem Fenster geguckt hatte, als die junge Frau und der alte Mann aus dem Auto stiegen. Den Mann hatte er nicht zuordnen können. Aber die Frau war ihm irgendwie bekannt vorgekommen. Und da seine Synapsen noch gut in Schuss waren, hatte er sich daran erinnert, wo er sie gesehen hatte. Gestern nämlich. Auf dem Hof seines Vaters.

Eine Bullin, ohne Zweifel.

Sie hatten an seiner Tür geklingelt, doch er hatte sich ruhig verhalten. Dann war die Visitenkarte unter der Tür durchgeschoben worden. *Rita Böhringer, Kriminaloberkommissarin, Polizeidirektion Offenburg. Sobald wie möglich bei uns melden!!!*

Kriminalpolizei!

Der letzte normale Tag.

Er wäre wie immer, wenn er zur Spätschicht eingeteilt war und er das Motorrad des Chefs nutzen konnte, gegen halb zwölf Uhr nach *Magerbüchel* gefahren. Hätte, wie jeden anderen Tag auch, die ganz normale Arbeit gemacht. So weit, so gut.

Danach wäre aber Ende Gelände mit normalem Tag gewesen. Denn anschließend wäre er wieder nach Hause gefahren und hätte mit den Vorbereitungen für eine ultimative Aktion begonnen. Ultimativ, jawohl, denn hinterher wäre er verschwunden. Untergetaucht.

Aber jetzt?

Er war unschlüssig und spürte eine anrollende Panikattacke. Wie lange würde er noch ungeschoren in der Wohnung bleiben können?

Stopp, stopp, stopp, zügelte er sich und zwang sich zur Ruhe. *Gehört es nicht zur Routine der Polizei, alle Leute zu befragen, die auch nur im Entferntesten in einen Kriminalfall involviert sind? Und bin ich das nicht? Im Entferntesten? Hähähä. Die Bullen waren nur bei mir, weil meinem Vater die Scheune gehört. Die bringen mich mit dem Brand nicht in Verbindung. Und falls doch, dann wären sie nicht bloß zu zweit angerückt, eine Frau und ein alter Mann, sondern mit mindestens ein paar Uniformierten. Also war es ein normaler Vorgang. Ergo bin ich hier vorläufig noch sicher. Dann könnte ich im Prinzip auch jetzt noch zur Tankstelle fahren und meinen Dienst antreten. Zwar mit Verspätung, aber was soll's?*

Oder doch nicht?

Mist verdammter, was soll ich nur tun?

Aus dem buchstäblichen Nichts tauchte der grobe Entwurf eines Entschlusses auf, und Adrian griff zu und fasste ihn. In wenigen Minuten hatte er einen Rucksack mit den nötigsten Dingen gepackt, die er für ein Verschwinden brauchen würde, inklusive des Geldes, das er vom Verkaufserlös des Marihuanas abgezweigt und für sich behalten hatte, plus circa ein halbes Pfund Marihuana, das er an der Tankstelle nicht mehr hatte an den Mann bringen können. *Wenn Vater das wüsste, hihihi.* Damit sollte er ein paar Tage über die Runden kommen.

Praktisch unvermeidlich war, dass er das Motorrad des Chefs längerfristig entführen müsste. Zum Ausgleich dafür verzichtete er aber auch auf den ihm zustehenden Septemberlohn. Adrian sah die Sache nicht so eng.

Als er soeben die Wohnung verließ, vibrierte das Handy in der Hosentasche. Ein rascher Blick aufs Display verriet ihm, dass es Denise von der Frühschicht war, die bestimmt schon auf Ablösung wartete.

„Ciao Denise", sagte er ohne Weh und sprang die Treppe hinunter. Mit Rucksack, Schlafsack, Recurvebogen und Pfeilen relativ sperrig beladen, stieg Adrian auf das Motorrad und fuhr, alle Geschwindigkeitsvorschriften einhaltend, aus der Stadt hinaus Richtung *Grafenhardt-Zell.*

Edgar hatte sich nach Kaffee und Zimtschnecke von Rita und Mika Laukonen verabschiedet und lief zu Fuß zum Bahnhof. Weil er den Weg auch mit verbundenen Augen finden würde, leistete er sich den Luxus, *Melanie Safkas* Konterfei des LP-Covers *Photograph* von 1976 auf seine Netzhaut zu projizieren. Er wusste genau, wo in seiner Plattensammlung er die Scheibe finden würde. Die Ähnlichkeit mit Clem war wirklich frappant. Oder war es umgekehrt?

Etwa auf halber Strecke nahm er das Telefon zur Hand und wählte Lothar Gieringers Nummer. „Edgar, du? Was gibt´s?"

„Hör´ zu, Lothar, und keine Widerrede. Ich brauche dich. Heute Abend um zwanzig Uhr bei mir daheim."

„Aber …"

„Nix da. Zwanzig Uhr. Bis dann." Er wollte gerade das rote Hörersymbol drücken.

„Stopp, Edgar. Ich hab´ heute Abend gar keine Zeit. Geht´s auch morgen?"

Edgar, aus seinem Konzept gerissen, brauchte einige Atemzüge, um das Für und Wider einer Verschiebung zu überdenken. „Also gut, Herr Journalist, dann morgen Abend um zwanzig Uhr." Er beendete das Gespräch und wählte sofort Pit Fermans Nummer.

„Hallo, Eliza Wohlbrecht."

„Ja, Edgar hier. Grüß´ dich Eliza. Wir halten morgen Abend eine Konferenz bei uns ab. Zwanzig Uhr. Erscheinen ist Pflicht. Und bring Pit mit. Es ist wichtig."

„Um was geht´s, dass es so wichtig ist?", fragte sie.

Er durfte die Frau seines Freundes nicht so abschmettern, wie er es mit Gieringer getan hatte. „Eine Frage des Lebens und der Zukunft eines Menschen."

„Okay, das klingt ja spannend. Dann bis morgen. Danke, Edgar."

Er brummte ein Abschiedswort und drückte das rote Hörersymbol.

Das wäre doch gelacht, dachte er. Wenn er sich ein wenig beeilte, würde er die Halb-zwei-Uhr-S-Bahn noch schaffen.

Mika und Rita waren nur kurze Zeit später aufgebrochen. Während Mika ins Büro zurückging, stattete Rita der KTU, in Persona Allgöwer, in dessen Büro einen Besuch ab.

Der schaute über den Rand seiner Lesebrille und sagte: „Gut, dass du kommst, Rita. Ich hab´ da etwas für dich." Er schob ihr einen Asservatenbeutel mit einem darin befindlichen Objekt zu.

Rita nahm den Beutel an sich. „Was ist das?"

„Das ist das, was wir gestern in einer der Gruben von der Brandstätte gefunden haben. Ein Stück Holz."

Rita erinnerte sich, dass Laukonen von einem Stückchen Holz gesprochen hatte. „Und?"

„Das glaubst du nicht", frohlockte er überlegen. „Ich habe von diesem Stückchen Nussbaumholz einen 3-D-Scan angefertigt und diesen durch ein spezielles Suchprogramm laufen lassen." Er kostete seinen Triumph weidlich aus.

„Ja, gut, und weiter? Mensch Allgöwer, ich krieg´ noch ´n Kind, wenn du den Mund nicht aufmachst."

„Es handelt sich bei dem Stück um das Teil eines hölzernen Griffstücks eines serbischen Sturmgewehrs. Genauer gesagt des Modells *LMG Zastava M72*. Da bist du platt, was?"

Rita stand da und nickte. „Da bin ich platt", wiederholte sie. „Da bin ich wirklich platt, Allgöwer. Da wird mir der Herr Rubsamen aber einiges zur erklären haben."

Oberstaatsanwalt Bernd Landquart reagierte auf die Nachricht zunächst mit einiger Verwunderung.

„Wer versteckt denn bloß ein serbisches Sturmgewehr in der Apfelgrube einer Scheune?"

Aber als Rita ihm danach von den Bestrebungen einer rechtsextrem einzuschätzenden Gruppe um Christof Rubsamen schilderte, erkannte er im Zusammenhang die Brisanz beider Fakten.

„Ein verdammter Naziverein in unserer Gegend? Wie glaubhaft ist dieser Wirt?"

„Nun, zumindest so glaubhaft, dass ihm der Arsch auf Grundeis ging", antwortete Rita.

„Mit diesem Rubsamen haben Sie jedoch noch nicht gesprochen?"

„Doch, gestern. Ich hab´ ihn nach den Obdachlosen befragt. Ob er sie kennt und so weiter. Aber er hat mich angelogen. Als ich ihn heute zur Rede stellen wollte, war er nicht erreichbar. Seiner Frau habe ich unsere Telefonnummer hinterlassen. Rubsamen soll mit uns Kontakt aufnehmen."

Landquart sog hörbar Luft zwischen die Zähne. „Die Geschichte gefällt mir nicht. Ganz und gar nicht. Ich werde mal vorsichtig die Fühler ausstrecken, ob das Landesamt für Verfassungsschutz diese Nazigruppe eventuell auf dem Schirm hat. Man weiß aus Erfahrungen in anderen Bundesländern, dass sich solche Zellen gerne untereinander vernetzen. Wenn dieser Fall einträte, hätten wir die Pest am Hals.

Sie, Frau Böhringer, ermitteln vorerst weiter wie bisher. Lassen Sie sich nicht auf Grundsatzdiskussionen mit diesen Leuten ein. Die warten nur darauf, dass man ihnen eine Bühne gibt. Wenn es trotzdem politisch werden sollte, möchte ich umgehend informiert werden."

*

Christof Rubsamen, alias *Sigurd*, war weder in den Reben noch im Gasthaus *Linde* gewesen, als die junge Polizistin und der alte Kommissar sein Haus betreten hatten, sondern in seiner Werkstatt, die im rückwärtigen Bereich seiner Maschinenhalle untergebracht war.

Den alten Kommissar kannte er von früher. Nicht persönlich, aber aus dem einen oder anderen Zeitungsartikel, oder wenn eine Pressekonferenz zu einem Kriminalfall im Fernsehen ausgestrahlt worden war. Er wusste sogar seinen Namen: Kriminalhauptkommissar Edgar Schaaf.

Eigentlich müsste der doch schon längst pensioniert sein. Was hat er dann hier mit der jungen Schnepfe zu suchen?, dachte Rubsamen.

Er stand vor einer Katastrophe. Genauer gesagt vor einem Haufen unbrauchbaren Schrotts. Zehn ausgeglühte Stahlskelette, die einmal Sturmgewehre gewesen waren. Die hölzernen Teile wie Kolben und Griffstücke zu Asche verbrannt. Unbrauchbar. Sechzehntausend Euro in Rauch aufgegangen.

Diese Scheißpenner. Fackeln mir die Bude ab und grillen sich dummerweise selbst. Sechzehntausend Euro zum Arsch. Und ich hab' das Theater mit der Versicherung, giftete er im Kopf. *Scheißpenner, Scheißpenner, Scheißpenner. Hab's ihnen noch verboten. Was heißt verboten? Prügel hab' ich ihnen angedroht. Aber nein, sie rauchen und zünden mir die Bude an. Pack.*

Dabei hatte er noch Glück, dass die Bullen die Grube mit den Waffen nicht sofort entdeckt hatten und er das Lager in der Nacht von Sonntag auf Montag räumen konnte.

Rubsamen ballte die Fäuste und drückte seine Wut zu den Augen hinaus, bis sie tränten. Sechzehntausend. Der Beschaffungspreis für das Marihuana noch gar nicht mitgerechnet. *Verdammt, verdammt, verdammt.*

Er zündete eine Zigarre an. *Manieren haben die Bullen mittlerweile*, dachte er. *Latschen einfach so in ein fremdes Haus hinein. Von wegen Durchsuchungsbeschluss und so. Ist das nicht Hausfriedensbruch?*

Er dachte an Anita, seine Frau. Nicht, dass er Angst hatte, sie könnte den Bullen etwas erzählen. Sie wusste nichts von seinen Umtrieben. Seit der Sache mit Adrian versank sie immer mehr in Depression. Von Tag zu Tag ein Stückchen tiefer.

Adrian war ihr Liebling gewesen. Ihr Licht. Vollkommen verhätschelt hatte sie ihn. Und der Idiot hatte nichts Besseres zu tun, als mit einer Flasche zwei Frauen krankenhausreif zu schlagen. Vier Jahre Knast plus zwei Jahre auf Bewährung. Für Anita bedeuteten diese Jahre den Tod auf Raten.

Rubsamen beobachtete den Abzug der Bullen. Er wartete noch eine Weile, bis ihr Auto *Grafenhardt* erreichte. Dann ging er durch die Maschinenhalle über den Hof ins Haus hinein und dort die Treppe hinauf.

Im Zimmer, in dem seine Frau sich aufhielt, war es still. Sie hatte den Fernsehton wieder ausgestellt. Ein Blick auf die Mattscheibe genügte ihm, um den Sender zu identifizieren. *Bibel-TV.* Rubsamen seufzte und spürte, dass sie ihm heute mehr als gestern entwichen war.

Er strich ihr zärtlich übers Haar. „Geht es dir gut, Nita?", fragte er, obwohl er ihre Antwort im Voraus wusste. „Wo ist mein Adrian?"

„Er muss arbeiten, Nita. Das weißt du doch", sagte er. „Hast du Hunger oder Durst? Kann ich dir etwas bringen? Sag´ es nur, ich hole es dir."

„Fremde Leute waren hier. Jung und alt. Sie haben nach dir gefragt." Sie hob eine Hand mit einer Visitenkarte hoch. „Das hat mir die junge Frau gegeben. Ich hab´ gesagt, sie sollen nach Adrian suchen."

Er nahm ihr die Visitenkarte ab. „Warum sollen sie nach ihm suchen? Sie brauchen doch nur zu seiner Arbeitsstelle zu fahren."

„Ich muss ihm etwas sagen."

„Was musst du ihm sagen, Nita?"

„Dass er unser Kind ist."

„Ach so, ja natürlich. Wenn ich ihn sehe, richte ich es ihm aus."

„Er soll mich besuchen. Ich warte auf ihn. Ich warte schon so lange auf Adrian."

Adrian.

Er fluchte, weil er das Papier vergessen hatte. Das Papier, mit dem er sonst sein Orakel befragte. Er konnte seine geplante Aktion nicht durchführen, ohne das Orakel befragt zu haben. Sollte er deswegen nochmal zurückfahren?

Er schaute sich um. In einem simplen Regal, in dem bei schlechtem Wetter normalerweise die Schuhe zum Trocknen abgestellt wurden, lag altes Zeitungspapier. Er erinnerte sich: Damit stopfte man die nassen Schuhe aus.

Das war jetzt halt kein edles Schreibpapier, aber zur Not tat es das auch. Er nahm es sportlich und betrachtete es als eine Herausforderung.

Aus dem kleinen Fenster sah er *Zell-Grafenhardt* unter sich liegen, und somit den Hof seiner Eltern. Er befand sich im kleinen Rebhäuschen der Rubsamen-Familie. Vier Quadratmeter Innenraum. Nicht gerade ein Schloss, aber für sein Vorhaben gut genug. Seine Kommandozentrale.

Eingerichtet war die Hütte mit dem erwähnten Schuhregal, einem Tisch und einer Sitzbank. Da er nicht länger als nötig hierbleiben wollte, war es perfekt. Das Motorrad hatte er auf der dem Tal abgewandten Seite abgestellt.

Um in Übung zu bleiben, setzte er den Recurvebogen zusammen und zog die Sehne aus Kunststoff auf. Bevor er am Abend losfahren würde, musste er ihn freilich wieder auf Transportgröße zerlegen.

Wieder klingelte das Telefon. Denise? Nein, es war Riehling. Auch egal. Adrian würde heute nicht nur zu spät zur Schicht kommen. Er würde überhaupt nicht mehr kommen.

„Riehling, du Arschloch", murmelte er und schaltete das Handy aus. „Könnt mich alle mal!", schrie er, die Stimme sich überschlagend, und pumpte Luft. Ja, das brauchte er jetzt: Adrenalin, das durch den Körper schoss. Erregt trampelte er in der Hütte hin und her. Zwei Meter pro Weg.

Das Fenster war nach Westen ausgerichtet. Die Hütte lag hoch genug, um den Gebirgskamm der Vogesen in Frankreich zu sehen. Dort würde auch die Sonne untergehen. Aber Adrian erschien die Zeit, bis es Abend und dann Nacht wurde, ewig zu sein, und draußen war es noch taghell.

Da er keine Armbanduhr besaß, musste er das Handy wieder einschalten, um die genaue Zeit zu erfahren. *Noch nicht mal zwei Uhr, verdammt*, dachte er enttäuscht. Und noch ein entgangener Anruf. Er brauchte ein paar Sekunden, um die Nummer einem Gesicht zuordnen zu können, doch dann machte es klick: Es war sein Bewährungshelfer. In einer folgenden SMS mahnte er Adrian, die Bewährung nicht leichtfertig aufs Spiel zu setzen. *Ruf mich an oder komm vorbei, damit wir die Sache ins Lot bringen. Sei kein Idiot*, hieß es da.

Adrian drückte mit dem Zeigefinger ein Nasen-
loch zu und schnäuzte durchs andere eine Ladung
Rotz zur Tür hinaus.

Er musste bis zur Nacht warten. *Diese Gedulds-*
probe schaffst du auch noch, dachte er. Früher
konnte, nein, durfte die Aktion nicht starten. Er
musste sicher sein, dass sie schlief. Aber diese Zeit.
Diese elendlangsame Zeit.

Er probierte eine Liegestellung auf der Bank aus.
Von der Länge her müsste es reichen. Adrian maß
nur eins zweiundachtzig. Also streckte er sich aus,
dachte an Mona – und onanierte.

Christof Rubsamen wusste, dass, wenn er sich nicht bei der Polizei meldete, sie alsbald bei ihm auf der Schwelle stehen würden. Vermutlich mit einem Durchsuchungsbeschluss für das Wohnhaus und die Maschinenhalle. Etwas, das ihm momentan absolut nicht in den Kram passte. Er entschied sich dazu, den ersten Zug zu machen und erhoffte sich einen Vorteil davon. Er rief die Telefonnummer an, die auf der Visitenkarte stand.

„Kriminalpolizei *Offenburg*, Rita Böhringer."

„Christof Rubsamen aus *Zell-Grafenhardt*. Guten Tag, Frau Böhringer. Meine Frau hat mir gesagt, dass Sie mich zu sprechen wünschen?"

„Ach ja, in der Tat, Herr Rubsamen, und gleich wegen zweier Unklarheiten. Erstens …"

„Frau Böhringer, entschuldigen Sie bitte, dass ich Sie unterbreche – meiner Frau geht es augenblicklich gar nicht gut. Sie haben vielleicht gesehen, in welch desolatem Zustand sie ist. Schwere Depression, seit unser Sohn … na, Sie wissen schon, zur Gefängnisstrafe verurteilt worden war. Seither geht es mit ihr bergab. Ich muss mich heute um ihre Verlegung in eine psychiatrische Klinik kümmern. Hören Sie, ich komme gleich morgen früh zu Ihnen auf die Direktion. Dann stehe ich Ihnen voll und ganz zur Verfügung. Sie würden mir damit sehr entgegenkommen. Ich weiß, ich habe Ihnen neulich nicht ganz die Wahrheit gesagt – also – können wir so verbleiben? Bis morgen früh?"

„Tja, Herr Rubsamen, es ist in Ordnung, dass Sie mich heute anrufen. Aber leider liegt solch ein Handel nicht auf meiner Entscheidungsebene, sondern beim Staatsanwalt. Mein Vorschlag: Ich kläre das mit Oberstaatsanwalt Landquart ab und teile Ihnen dessen Entscheidung mit."

Blöde Kuh, dachte Rubsamen und hielt es für angebracht, der Polizistin gegenüber etwas Druck aufzubauen. „Nur, um es zu erwähnen. Meine Frau hatte nach
Ihrem – wie soll ich es sagen – nicht ganz korrektem
Eindringen in mein Haus einen heftigen Depressions-
schub erlitten. Und soviel ich weiß, ist der Herr Schaaf,
der Sie begleitete, gar nicht mehr im Dienst und demzu-
folge auch nicht berechtigt, behördliche Maßnahmen
durchzuführen. Aber das nur nebenbei. Ich will damit
absolut keine schlafenden Hunde wecken, wenn Sie verstehen, was ich meine. Wenn Sie aber unbedingt der Ansicht sind, dass es nicht anders geht, Frau Böhringer,
dann machen Sie das so, wie Sie es vorgeschlagen haben. Ich warte. Einen schönen Gruß an die Herren
Schaaf und Landquart. Auf Wiederhören." Sobald das
Gespräch beendet war, grummelte er gemein: „*Mit dem
Edgar Schaaf hast du Tussi dir ein hübsches Eigentor
geschossen.*"

Rubsamen dachte nicht im Traum daran, seine Frau in
psychiatrische Obhut zu geben. *Irgendwann wird die
schon wieder*, beruhigte er sich, ohne daran zu glauben.
Was er brauchte, war Zeit. Zeit zu überlegen, was er
mit zehn schrottreifen Sturmgewehren anstellen sollte.
Da Geiz grundsätzlich ein schlechter Berater war, be-
kundete er erhebliche Mühe, sich von dem unbrauchbaren Metall einfach zu trennen. Sechzehntausend in den
Sand gesetzte Euro färbten seine Leber gelb. Die Gedanken schlugen Purzelbäume, ob es zum Teufel nochmal nicht doch eine Möglichkeit gab, aus den Über-
bleibseln funktionsfähige Waffen herzustellen. Irgendwie … musste es doch gehen. Im Prinzip war ja alles

vorhanden, was man zum Schießen brauchte. Außer dem scheißbisschen Holz.

Mit Verzögerung stolperte er über Böhringers Worte von wegen *zweier Unklarheiten*.

Mit der ersten Unklarheit konnte sie nur seine Lüge bezüglich der Obdachlosen gemeint haben, denen er angeblich die Nutzung der Scheune großherzig überlassen hatte. *Okay, da bin ich selber schuld*, dachte er. Aber eine zweite Unklarheit? Da kam ihm nichts in den Sinn. Die Kadaver der Sturmgewehre, anders konnte er es nicht nennen, hatte er mit zweien seiner Leute gerade noch rechtzeitig aus der Grube geholt, bevor die Polizei gründlicher in der Asche gebuddelt hatte. Und das Marihuana war sowieso mit dem großen Feuer in Rauch aufgegangen. Also welche zweite Unklarheit?

Die Frage hievte ihn auf die Erkenntnis, dass aus Sicherheitsgründen oder aus welchen Unwägbarkeiten auch immer, die Überbleibsel der Sturmgewehre besser nicht auf seinem Anwesen gefunden werden sollten. *Wer weiß, was den Bullen noch alles einfällt?*, dachte er.

Adrian.

Endlich, endlich senkte sich die Sonne im Westen dem Horizont zu. Die Schatten wurden länger, und die Abenddämmerung wucherte wie grauer Schimmel aus der Erde hervor. Dumm nur, dass das Rebhäuschen in der Höhe des Hanges mit am längsten vom Sonnenlicht angestrahlt wurde. Für die Leute im Tal vielleicht ein idyllischer Anblick. Für Adrian die reine Geduldsprobe.

Wenn es für Geduld eine Auszeichnung gäbe, dann hätte ich sie verdient, aber leider fragt danach kein Schwein, dachte er ärgerlich.

Er konnte jetzt noch nicht starten. Aber vorbereiten durfte er sich schon. Er packte alles, was er nicht unbedingt benötigte, in den Rucksack und stellte ihn unter die Bank. Zum ungezählten Mal überprüfte er die Tasche mit dem Recurvebogen. Dann die Pfeile im Köcher. Die Holzwolleanzünder. Er testete wiederholt das Feuerzeug, ob es auch tatsächlich funktionierte. Nicht auszudenken, wenn … er rief sich zur Räson: *Stopp, keine negativen Gedanken produzieren. Bringt Unglück.*

Fünf Pfeile würde er mitnehmen. Den Rest in der Kommandozentrale lassen.

Vorsorglich hatte er zwei der Pfeile präpariert. Natürlich würde der erste Schuss bereits sein Ziel treffen, doch der Teufel ist, wie man weiß, ein Eichhörnchen. Also zwei bearbeitete Pfeile. Die anderen drei waren für unvorhergesehene Ereignisse bestimmt, wovon es freilich keine geben würde, doch der Teufel ist ... genau, dieses kleine rotbraune Tierchen mit dem buschigen Schwanz.

Das Handy war und blieb ausgeschaltet. Keine Experimente mehr. Die Einsamkeit des Rächers war seine größte Stärke. Man brach alle Brücken hinter sich ab. Man musste sie wollen, die Einsamkeit. Ja, und am Ende musste man sie zu leben wissen. Darüber machte er sich keine Sorgen. Er würde das schaffen. Wie er auch vier Jahre Gefängnis geschafft hatte.

Es musste langsam auf einundzwanzig Uhr zugehen. Letzte Vorbereitungen, wozu auch das Pinkeln hinter der Hütte und die Kontrolle des Motorrades zählten. Motor starten, Gas geben, Licht? Alles gut.

Ausgerechnet zur unpassendsten Zeit meldete sich der Hunger. Er hatte seit heute Morgen nichts gegessen. Es half nichts, sich einzureden, dass andere große Stärken des Rächers der Hunger und der Durst waren. Nicht mal einen Schokoriegel hatte er eingepackt. Nichts zu trinken.

Aber jetzt war die Stunde für das Orakel gekommen.

Hier die Seite einer Zeitung. Er riss sie in zwei Hälften, um die gewohnten Maße zu haben. Das Feuerzeug mit der bläulichen Flamme. Das Papier hatte lange in der Hütte gelegen und Feuchtigkeit gezogen, weshalb es etwas länger dauerte, bis die

Flamme übersprang. Jetzt leckte sie am Rand entlang, schneller als gewohnt, denn das Papier war dünner als sein gewohntes. Es erforderte Können, den Drang der Flamme zu zügeln. Schon war sie an der Schmalseite angelangt. Er drehte die Seite, sodass das Feuer wieder Nahrung bekam. Die Kunst bestand darin, der Flamme Futter zu geben, sie aber nicht zu fett werden zu lassen. Die nächste Drehung. Die schwarze Schrift verwandelte sich durch die Hitze für Sekundenbruchteile in ein perfektes Negativ, also weißer Druck auf schwarzem Untergrund, um dann in der Asche zu erlöschen. Eine erneute Drehung. Die Papierfläche verringerte sich mit zunehmenden Drehungen, dafür erhöhte sich die Geschwindigkeit des Flammenfraßes. Jetzt durfte ihm kein Fehler passieren. Die Phase verlangte höchste Konzentration, denn die Flamme war ja kein totes Element. Am Ende glühten die Ränder nur noch gelb und rot wie Lavastreifen auf schwarzem Gestein, und durch vorsichtiges Pusten trieb er sie bis zu einem Punkt in der Mitte zusammen.

Das Orakel hatte gesprochen. Die Verheißung war gut. Kein Fleckchen Ruß an den Fingern. Die Aktion konnte beginnen. Adrian war zu allem bereit.

Ritas Nasenflügel bebten vor Empörung, nachdem sie den Telefonhörer auf die Gabel gedonnert hatte.

„Er ist ein Nazischwein, und diese Drecksau reibt mir Edgar Schaaf unter die Nase? Ich glaub´ ´s hakt!", wütete sie, während ihre Augen nach einem Wurfgeschoss suchten. Mika Laukonen duckte sich vorsorglich tiefer über den Schreibtisch.

„Von wem redest du?"

„Rubsamen", warf sie ihm als Brocken hin.

„Dem jungen oder dem alten?"

Rita merkte, dass sie ihren Zorn nicht an ihrem Kollegen auslassen durfte. „Der Alte", sagte sie.

„Meinst du nicht, dass er mit Edgar Schaaf recht haben könnte?", fragte Mika vorsichtig.

„Edgar ist mehr Polizist, als du und ich jemals sein werden", antwortete sie ausweichend und ging nicht näher auf das Thema ein. Sie erhob sich vom Stuhl. „Ich bin dann mal beim Oberstaatsanwalt", sagte sie und verließ das Büro.

Bernd Landquart war selber unschlüssig, was Christof Rubsamen betraf. Er hatte vom Landesamt für Verfassungsschutz noch keine Rückmeldung erhalten, inwieweit eine zehnköpfige Zelle von Neonazis mit unbestätigtem Schusswaffenbesitz eine Gefahr für den Staat darstellte. Rubsamen Senior war für die Behörde bislang ein unbeschriebenes Blatt und strafrechtlich weder in der einen noch in der anderen Weise in Erscheinung getreten.

„Er hat bei Ihnen angerufen und sein Kommen für morgen früh angekündigt. Lassen wir ihm die Chance, sein Wort zu halten", sagte Landquart und gebot Rita Einhalt, da sie gerade zur Antwort ansetzte: „Ich weiß, was Sie sagen wollen: Die Waffen, nicht wahr? Sie meinen, dass er die Zeit bis morgen nutzt, um sie verschwinden zu lassen. Ich gebe zu, das schmeckt mir auch nicht. Aber von wie vielen reden wir denn?"

„Und wenn es nur eines ist", nahm Rita die Gelegenheit wahr, „mit einem Sturmgewehr kann man eine Menge Schaden anrichten. Ich denke da zum Beispiel an die Massaker in den USA, oder auch an deutschen Schulen wie in Winnenden."

Landquart verschränkte die Arme vor der Brust. „Allgöwer hat ein Holzfragment als Teil eines Sturmgewehres identifiziert. Halten wir fest, wo dieses Formstück gefunden wurde. Nämlich in einer niedergebrannten Scheune. Kann es sein, dass bei dem Feuer die dazugehörige Waffe zerstört worden ist? Und wenn es mehrere Waffen gewesen waren – dann alle?"

„Wir werden es nicht wissen, wenn wir sie nicht finden. Mit einem Durchsuchungsbeschluss …"

„Ja, ja, ja." Landquart schnaufte schwer. „Ich verstehe Sie, Frau Böhringer. Aber bei dem Verdacht eines möglichen terroristischen Hintergrunds möchte ich einer eventuellen Entscheidung des Landesamts für Verfassungsschutz heute nicht vorgreifen. Tut mir leid, das ist mir zu brenzlig. Wir warten bis morgen, Frau Böhringer."

Rita hatte es befürchtet und setzte nun auf ihren Plan B. „Dann muss ich das so akzeptieren. Aber wenn wir schon nicht Haus und Hof durchsuchen – können wir alternativ nicht Präsenz zeigen? Ich stelle mir einen Streifenwagen vor, der von Rubsamens Haus aus gut sichtbar an der Straße steht. Meinetwegen mit nur einem Beamten besetzt, um die Personaldecke nicht überzustrapazieren. Es müsste einer schon recht kaltschnäuzig sein, quasi unter den Augen der Polizei Waffen verschwinden zu lassen. Und das Gleiche auch vor der Wohnung des Sohnes. Adrian Rubsamen ist, wie ich telefonisch erfahren haben, heute nämlich nicht zur Schicht an der Tankstelle erschienen, und zu Hause haben wir ihn nicht angetroffen."

„Klären Sie das mit dem Kollegen Oberländer ab, ob er bis morgen früh zwei Streifenwagen und zwei Beamte entbehren kann. Falls ja – meinen Segen haben Sie."

Polizeihauptmeister Ferdinand Oberländer fabrizierte ein bedenkliches Gesicht, gleichwohl er Ritas Plan B gerne unterstützt hätte. An Streifenwagen mangelte es ihm nicht. Es parkten mehr als genug Kraftfahrzeuge mit Polizeilackierung in der Polizeigarage. Nicht alle auf dem neuesten technischen Stand, doch alle fahrbereit.

Woran es haperte, war das Personal. Er durfte die Nachtschicht aus Sicherheitsgründen nicht unterbesetzt aufstellen. Gleich auf zwei Beamte zu verzichten war entschieden zu viel, und so schüttelte er auch bedauernd den Kopf. „Ich selber habe heute keine Nachtschicht, wie du siehst. Aber auch der Kollege Spillmann, der heute die Nachtschicht leitet, wird dir keine zwei Beamte abtreten. Tut mir leid, Rita."

„Aber die Autos krieg' ich?"

„Dem steht nichts entgegen. Meldest dich einfach beim Fahrzeugwart an", sagte Oberländer. „Wenn ich morgen nicht gleich wieder die Frühschicht hätte, würde ich mich für deine Sache zur Verfügung stellen. Aber drei Schichten nacheinander – das mach' ich nicht. Das geht auch nicht, Rita."

„Das weiß ich doch, Ferdinand", antwortete sie. „Wenn ich nur die Fahrzeuge habe. Für das Personal sorge ich schon selber."

*

Allgöwer freute sich auf den Feierabend. Wilma Solberg, seine Lebensgefährtin, die er im Zuge von Edgar Schaafs Kriminalfall *Schaafshunde* kennengelernt hatte, würde ihn abholen. Allerdings erst um neunzehn Uhr dreißig, und bis dahin dauerte es noch zwei gute Stunden. Er sah keinen Sinn darin, extra zu ihr nach Hause in *Berghaupten*, und von dort gemeinsam wieder zurück nach *Offenburg* zu fahren. Nein, hatte er gesagt, sie solle ihn im Büro abholen. Die zwei Stunden werde er dort wohl noch warten können. Bürokram erledigen und so.

Am Stadtrand in der Oberrheinhalle fand eine Ausstellung gefälschter *echter* Gemälde statt, die sie besuchen wollten. Er allein schon auch aus beruflichem Interesse, obwohl er sich nie zutrauen würde, ein Gemälde als Fälschung zu identifizieren. Ihm fehlte ganz einfach die Fachkompetenz. Vordergründig waren es die Spannung, die er bei der Fragestellung *echt oder falsch* empfand, und der Kitzel darüber wie es möglich sein konnte, Kunstwerke derart exakt zu kopieren, dass selbst Fachleute die Fälschung nicht gleich erkannten, oder diese in vielen Fällen nur durch den Einsatz modernster Technik mit hohem Aufwand entlarvten. In zweiter Linie galt sein Augenmerkt als Techniker himself eben diesen Methoden.

Er hätte vermutlich besser daran getan, sein Büro während dieser zwei Stunden abzuschließen und das

Licht auszuschalten. So aber brachte Polizeiobermeister Mirko Brügel vom Polizeiposten *Schottbergen* um Punkt neunzehn Uhr einen Briefumschlag mit Inhalt zur KTU *Offenburg*, und somit zu Allgöwer.

Ein anderer Techniker hätte vielleicht gesagt, dass die Sichtung des Briefumschlags mit Inhalt auch bis morgen warten könne. Aber Allgöwer war kein anderer, sondern er selbst, und als solcher fragte er den Polizisten, was er denn bringe und woher es käme, und schüttelte im gleichen Moment den Inhalt auf den Tisch. Eine unscheinbare Geldbörse.

„Aus dem Straßengraben zwischen *Ackermoos* und *Grafenhardt*", sagte Mirko Brügel. „Interessant wird es, wenn du liest, wem sie gehört."

„Wer hat sie gefunden?"

„Gemeindearbeiter beim Grasmähen", antwortete Brügel.

Und wieso bringst du sie erst jetzt?, dachte Allgöwer, wollte dem Polizisten jedoch keine Schlamperei vorwerfen. Wie er zufällig wusste, wohnte Mirko Brügel in *Offenburg* und es machte durchaus Sinn, dass er die Fundsache praktischerweise nach der Schicht auf dem Nachhauseweg vorbeibrachte. Der Dienst auf den ausgelagerten Polizeiposten war nicht einfach, und es war nicht selten, dass ein einzelner Polizist gleich für mehrere Gemeinden zuständig war.

Allgöwer zog Gummihandschuhe an und klappte die von Nässe durchweichte Geldbörse auf. Geld befand sich nicht in den Fächern, jedoch eine abgelaufene Identitätskarte und ein Ausweis vom Sozialamt *Offenburg*, beide ausgestellt auf den Namen Clementine Pfeifer. Er realisierte schnell und überraschenderweise ohne Bedauern, dass aus dem geplanten Feierabend mit Wilma heute nichts werden würde. Denn diese Sache war wichtig, und auch wenn er eigentlich seit eineinhalb Stunden Feierabend hätte, war er noch immer ein Polizist.

*

Sie hatte naheliegenderweise zuerst an Mika Laukonen gedacht. Er in einem als Polizeiwagen erkennbaren Fahrzeug vor der Haustür Adrian Rubsamens; sie selbst, ebenfalls in einem Polizeiauto, in auffälliger und sichtbarer Nähe zum Bauernhof seines Vaters, doch außerhalb des Anwesens.

Aber Laukonen hatte anderes vor. Was, das verriet er nicht. „Privat", war alles, was er dazu sagte.

Rita konnte ihn natürlich nicht zwingen, und auch ihr Vorgesetzter sowie Oberstaatsanwalt Landquart durften ihn nicht einfach zur Mehrarbeit verdonnern. Die Befugnisse, was die Arbeitszeit betraf, waren begrenzt.

Ihre Wahl fiel letztlich auf Edgar Schaaf, auch wenn der von Christof Rubsamen geäußerte Einwand, dass ein Einsatz des pensionierten Kriminalhauptkommissars nicht rechtmäßig sei, ihr wie eine Glocke zwischen den Ohren dröhnte.

„Ich komme mit der S-Bahn", sagte er ohne Wenn und Aber zu und klang dabei, als hätte er soeben das große Los gezogen.

Knapp vor achtzehn Uhr traf er ein, eine Umhängetasche mit zwei Thermoskannen Kaffee und doppelter Verpflegung über der Schulter. „Schönen Gruß von Gerti", grinste er. „Die Hälfte ist für dich. Gut, was?"

„Die Frau ist unersetzlich", meinte Rita und erklärte ihm dann die Situation und ihre Absicht.

„Verstehe", antwortete Edgar. „Würde ich wahrscheinlich genauso machen. Und morgen früh, solange Rubsamen bei dir in der Direktion ist, lässt du eine Streife vor seinem Haus postieren."

Rita nickte. „Wenn er denn wirklich kommt. Was noch nicht in Beton gegossen ist."

„Sollte das nicht *in Stein gemeißelt* heißen?"

„Möglich, alter Schwede, aber ich bin eine moderne Frau und gehe mit der Zeit. Komm´, holen wir unsere kleinen blausilbernen Autos."

Adrian.

Monas Adresse lautete Weidensenke neun. Eine Wohngegend für Bessergestellte. Krethi und Plethi hatten hier nichts zu suchen.

Die der Straße namensgebenden Bäume standen auf der ihr abgewandten Seite der Häuser. Einst eine nasse Wiese an einem kleinen Bach, wurde letzterer vor etlichen Jahren in Betonrohren beerdigt und das Areal für finanzkräftige Bauherren trockengelegt. Schützenswerte Feuchtbiotope hielt man damals noch für Platzverschwendung.

Die Nummer neun war ein schlichtes, aber gediegenes Einfamilienhaus mit Einliegerwohnung im ersten Stock. Von der Straße aus war nur der gepflegte Vorgarten zu sehen. Das erheblich größere Grundstück dahinter war durch das Haus selbst und einen breiten Carport vor Blicken geschützt. Sichtbar waren nur die markanten Kronen zweier Trauerweiden, die wie Zwillingskuppeln eines Domes das Hausdach und den Carport überragten.

Zugang zur Rückseite bekam man entweder durch das Haus selbst, oder über einen parallel zur Straße verlaufenden Trampelpfad, zu dem entlang der Grundstücksgrenze von Hausnummer eins eine Verbindung existierte. Der Trampelpfad folgte meistenteils dem alten Bachbett.

Adrian hatte sich die Verhältnisse vor Ort selber, aber auch bei *Google Maps* eingeprägt.

Er stellte das Motorrad zwischen zwei Laternenparkern ab und machte sich zu Fuß auf den Weg. Es war einundzwanzig Uhr fünfunddreißig und abseits der Straßenbeleuchtungen dunkle Nacht. Noch trug er den Recurvebogen im Etui. Zusammensetzen würde er ihn erst unter den bis auf den Boden hängenden Zweigen der Trauerweide. Eine perfektere Deckung hätte er sich nicht wünschen können.

Angespannt passierte er die Gärten der Häuser eins, drei und fünf, und stellte bei der Nummer sieben unerwartet fest, dass auf der Terrasse des Hauses Nummer neun reger Betrieb herrschte. An der Grundstücksgrenze angekommen, leuchteten ihm bunte Lampions entgegen, stach ihm typischer Grillgeruch in die Nase, sah er eine Menge Leute an gedeckten Tischen sitzen oder mit Getränken in den Händen in lockeren Gruppen beisammenstehen. Er schlich etwas näher, schwang erst das eine, dann das andere Bein über den niedrigen Zaun, und fand Deckung unter den Hängeästen der Trauerweide. Er zählte zehn Leute. Eine ungewisse Anzahl mochte sich noch im Haus befinden. Zwischen den Leuten, die sich draußen aufhielten, entdeckte er Monas Coach vom Bogenschützenverein – Jack, oder wie er hieß – und – er sah Mona.

Was ist das denn für ein Scheiß?, fragte er sich. *Wieso feiern die ausgerechnet heute eine Party? Das kann doch gar nicht wahr sein. Verdammt, was mach´ ich denn jetzt?*

Die Entscheidung wurde ihm abgenommen, denn neben sich vernahm er plötzlich das unfreundliche Knurren eines Vierbeiners.

Laaangsam, gaaanz langsam drehte Adrian den Kopf zu dem Tier hin. Er atmete aus, als er es für Leib und Leben ungefährlich erachtete. Irgendeine Art Retriever. Adrian kannte sich mit den Hunderassen nicht aus. Aber er war sicher, dass die Töle einen höllischen Rabatz veranstalten würde, wenn er sich nur falsch bewegte.

„Alles gut, mein Hündchen", murmelte er mit Kloß im Hals, „alles gut, ich geh´ ja schon. Alles gut, alles brav."

Sehr behutsam, und unter dem gestrengen Blick und anhaltenden Grollen des Hundes, zog sich Adrian unter dem Blätterdach des Baumes bis zum Zaun zurück. Und wie er gekommen war, erst das eine, dann das andere Bein, stand er wieder auf dem Trampelpfad.

Verdammt, verdammt, verdammt. Mein schöner Plan ist futsch.

Wilma erfasste die Situation auf den ersten Blick. Selber leicht im Zeitminus, weil die S-Bahn im Bahnhof *Gengenbach* den verspäteten Gegenzug hatte abwarten müssen, wehte sie wie ein Herbstwind in Allgöwers Büro – und sah ihn – bei der Arbeit. Und das um dreiviertel acht.

Sein Lächeln wirkte verlegen, und sofort tat er ihr leid.

Sie kannte ihn seit über einem Jahr. Genauer gesagt seit dem einundzwanzigsten Mai 2023. Damals hatten sie sich zum ersten Mal getroffen. In einer sogenannten Straußwirtschaft bei *Gengenbach* war es gewesen, und im Prinzip war es Edgar Schaafs Schuld, dass es überhaupt zu diesem Treffen gekommen war.

Noch immer lebten sie getrennt. Wilma im eigenen Haus in *Berghaupten*, Allgöwer in seiner Junggesellenbude in *Offenburg*. Aber die Pläne für ein Zusammenziehen machten Fortschritte. Sobald Wilma die Scheidung von ihrem Noch-Ehemann durchgefochten haben würde, wollten sie Nägel mit Köpfen machen.

Allgöwer hob entschuldigend beide Hände, die in Gummihandschuhen steckten. „Wilma, es tut …"

Schnell war sie bei ihm und nahm ihn in die Arme. „Papperlapapp", sagte sie, „ich hab' ja Augen im Kopf. Die Ausstellung läuft uns schon nicht davon. Erledige du deine Arbeit. Wenn du fertig bist, können wir immer noch etwas unternehmen."

Er schniefte einmal. „Du bist lieb. Ich muss dieses Objekt hier untersuchen. Es ist erst heute Abend abgegeben worden, und ich stufe es als wichtig ein."

Sie gab ihm die Bewegungsfreiheit zurück. „Kann ich hierbleiben und zugucken? Oder ist es topsecret?"

„Ja, klar kannst du zuschauen. Zieh' dir einfach einen Stuhl heran."

Das tat sie und setzte sich an die Schmalseite des Schreibtisches.

„Bis jetzt hab´ ich die Außenseiten der Geldbörse untersucht", erklärte er. „Dafür hab ich mit einem Pinsel ein Spurensicherungspulver aufgetragen. Die Fingerabdrücke werden damit sichtbar. Du kennst das aus dem Fernsehen. Man bekommt es in verschiedenen Farbtönen. Für dunkle Oberflächen, wie bei der Geldbörse, nimmt man graues oder weißes, bei hellen Oberflächen dunkles Pulver.

Er zeigte ihr eine starke Lupe. „Zur Vergrößerung der Fingerprints. Hier auf den Außenseiten liegen so viele Abdrücke übereinander, dass man sie einzeln nicht darstellen kann. Sie sind praktisch unbrauchbar."

Er machte sich an die Innenseite der Geldbörse und deren Inhalt. Mit einer Pinzette zupfte er die ID-Karte und den Sozialamtausweis aus den Fächern. Vorsichtig, fast zärtlich legte er sie nebeneinander auf den Tisch. Dann pulverte er sie akribisch ein, genauso wie die Geldbörseninnenseite, und nahm die Lupe zur Hand. Schon nach wenigen Sekunden bildeten sich Falten auf seiner Stirn. „Voilà", raunte er konzentriert, „hier sieht es viel besser aus. Ich kann drei verschieden Abdrücke extrahieren, alle in gutem Zustand. Willst du mal sehen?" Er streckte Wilma die Lupe entgegen.

Sie kam hinter seinen Stuhl, er rutschte ein bisschen zur Seite, sodass sie Platz zum Schauen hatte. „Ja, ich sehe die Abdrücke. Aber voneinander unterscheiden kann ich sie nicht."

„Stimmt, man braucht ein wenig Erfahrung dazu", antwortete er selbstschmeichelnd. „Jetzt pass´ auf. Ich nehme Spurensicherungsfolie und nehme von jedem Abdruck eine Kopie. Kann man übrigens in diversen

Onlineshops kaufen. Die Kopie lege ich dann auf unseren nagelneuen 3-D-Scanner, der sie zum einen vergrößert, zum anderen sofort und parallel mit den Fingerspurendateien der deutschen Polizei vergleicht. Wenn es eine Übereinstimmung gibt, übermittelt mir der Computer innert Sekunden, wem die Fingerabdrücke gehören. Und genau das machen wir jetzt dreimal. Manchmal geht es schnell, manchmal dauert es ewig, bis eine Übereinstimmung zustande kommt."

Wilma setzte sich wieder auf den Stuhl an der Schmalseite zurück, während Allgöwer mit den Folien arbeitete und dann die erste Kopie auf den Scanner legte.

Der erste Vorgang überraschte ihn nicht. Der Fingerabdruck wurde der Besitzerin der Geldbörse, Clementine Pfeifer, zugeordnet. Beim zweiten Abdruck grinste ihm schon nach wenigen Sekunden das Gesicht des Kollegen Mirko Brügel vom Computerdesktop entgegen. *Ts, ts, ts, hat der gute Brügel wieder keine Handschuhe getragen*, dachte Allgöwer und legte die dritte Kopie auf die Scannerscheibe. Bei diesem Abgleich dauerte es etwas länger. Dauerte etwas länger. Dauerte länger. Länger.

Während die Vergleichsabdrücke zu hunderten, zu tausenden über den Bildschirm rasten, lehnte sich Allgöwer auf seinem Stuhl zurück und produzierte erneut die entschuldigende Geste mit den Händen. „Wie gesagt, Wilma: Manchmal dauert es etwas länger." Er guckte auf die Uhr über der Bürotür. Es war zwanzig Uhr fünfundvierzig. Vor den Bürofenstern draußen wurde es Nacht.

Es war Wilma, die ihn auf Computerbildschirm hinwies. „Da, Allgöwer. Er scheint fertig zu sein."

Allgöwer schaute selbst. Ja, die Suche war beendet. Das Computerbild zeigte einen jungen Mann mit gepflegten langen dunklen Haaren und kurzem Vollbart, dazu Name und Adresse. „Da schau her", sagte er zu sich selbst und griff zum Telefonhörer.

*

Ohne Gerti wär´ ich ganz schön aufgeschmissen, dachte Rita und biss herzhaft in das Sandwich. Sie goss dampfenden Kaffee aus der Kanne in den Trinkbecher. *Enorm aufgeschmissen.*

Ihr Streifenwagen war ein ausgemusterter *VW Passat*, der nur noch zu Großereignissen aus der Mottenkiste geholt wurde, zu denen die *Offenburger* Polizeibeamten gelegentlich abgestellt werden mussten, wie zum Beispiel zu Massenkundgebungen, Sucheinsätzen nach vermissten Personen oder weiträumigen Verkehrsumlenkungen.

Wäre es nicht wegen eines Einsatzes, hätte sie denken können, sie sei allein wegen des spektakulären Sonnenuntergangs an Ort und Stelle gewesen. Die Aussicht von der ansteigenden Straße bei *Grafenhardt-Zell* über die Dächer von *Grafenhardt* jedenfalls notierte sie auf der Habenseite ihres privaten Ereigniskontos. Wobei: Eigentlich stand sie aus völlig freien Stücken hier am Straßenrand, nur etwa achtzig Meter vom Bauernhof Rubsamens entfernt. Blickrichtung nach Westen. Den Hof beobachtete sie über den Rückspiegel. Keiner hatte es ihr befohlen, hier den Hintern platt zu sitzen. Die Stunden, die sie für diese Art der Überwachung am Straßenrand zubrachte, würde sie nicht als Dienstzeit berechnen. Es war ein Zwitter aus Privatvergnügen und Berufung.

Seit achtzehn Uhr dreißig demonstrierte sie mithilfe des Streifenwagens ihre Anwesenheit. Dabei hatte sie bereits die Ankunft geräuschintensiv inszeniert: Umständliches Wenden, gehöriges Gas geben und einmal kräftiges Hupen sollten ihr die Aufmerksamkeit Rubsamens gesichert haben. Nun ließen die Uhrzeiger die zwanzig Uhr dreißiger Marke hinter sich, ohne dass am Hof Rubsamens eine auffällige Aktion stattgefunden hätte.

Hin und wieder hatte sich Rita die Beine vertreten, war die Straße ein paar Schritte auf und ab gelaufen, auch um allfälligen Beobachtern ihrerseits zu zeigen: Seht her, ich bin da. Ich, Rita Böhringer, Polizistin.

In regelmäßigen Abständen hatte sie mit Edgar Schaaf telefoniert, der, wie sie hoffte, genau wie sie in einem Streifenwagen am Straßenrand der Immanuel-Kant-Straße parkte, um gesehen zu werden. Aber auch, um selber zu sehen. Doch keiner von beiden hatte bis jetzt irgendetwas Verdächtiges zu vermelden.

Mit Anbruch der Dämmerung waren im Bauernhof Lichter angegangen. Es war also jemand zu Hause, sofern sie nicht durch Zeitschaltuhren gesteuert wurden, was Rita nicht glaubte. Sie stellte fest, dass nur hinter einem Fenster im ersten Stock dauerhaft Licht brannte, während es bei anderen Fenstern wechselte, als würde jemand durchs Haus streifen. Ihrer Vermutung zufolge musste es sich bei dem Zimmer im ersten Stock um den Aufenthaltsraum von Frau Rubsamen handeln, zumal das Licht dort zu flackern schien, als würde ein Fernsehgerät laufen.

Sie linste mit einem Auge in die Thermoskanne, um den etwaigen Füllstand zu prüfen, als das Handy klingelte. Allgöwer rief an.

„Allgöwer, was gibt´s? Ich dachte, du hast längst Feierabend?"

„Hab´ ich auch", antwortete er und klang aufgekratzt. „Pass´ auf, Rita. Frau Pfeifers Geldbörse wurde heute bei mir abgegeben. Die Untersuchung nach Fingerabdrücken hat einen Treffer gelandet. Ich sende dir die Daten aufs Handy. Einen schönen Abend noch. Tschüss."

Es dauerte keine zehn Sekunden, bis die Daten auf ihr Handy ploppten: Das Bild eines jungen Mannes mit gepflegter Langhaarfrisur und kurz gehaltenem Vollbart. Auffallend: Ein Piercing an der linken Augenbraue; Name: Adrian Rubsamen; Adresse: Immanuel-Kant-Straße vierzehn in *Offenburg.*

Noch ehe Rita einen Entschluss fasste, flogen ihre Blicke in Lichtgeschwindigkeit über den Rückspiegel zum Bauernhof. Unverändert brannte dort das Licht im ersten Stock. Sonst lag alles im Dunkeln.

Adrian Rubsamen also, nahm sie jetzt zur Kenntnis. Ein Blick auf die Zeitanzeige: zwanzig Uhr achtundvierzig. Sie wähle mit der Kurzwahltaste Edgar Schaafs Handy an.

„Rita?"

„Edgar. Ich schicke dir etwas, und dann komm´ ich zu dir. Bin schon unterwegs. Bis gleich."

*

Er lief durchs Haus wie ein Getriebener. Treppauf, treppab. Streckte bei Nita den Kopf ins Zimmer, doch sie sah ihn nicht. Oder wollte ihn nicht sehen. Und er sprach sie nicht an. Rauf, runter, Licht ein, Licht aus.

Der Streifenwagen vor seinem Grund und Boden war eine bodenlose Frechheit. Eine Provokation. Aber er ließ sich nicht provozieren. Nicht von dieser blöden Kuh.

Hin und her. Hinauf zu Nita, und wieder hinunter. Nicht provozieren. Nicht von dieser … dieser …

Mit jedem Atemzug entfachte er in der Hölle seiner abgrundtiefen Bosheit eine Glut, wie ein Schmied seine Esse, und jedes Wort, das er wie einen Hammer fallen ließ, vermittelte ihm das Verlangen, den Verlust der Schnellfeuergewehre durch eine neugeschmiedete Waffe ersetzen zu wollen. „Schlampe! Drecksau!" Die glühenden Funken stoben wie Leuchtgeschosse durch seine innere Nacht. „Pissnelke! Bullenmatratze!"

Wieder stand er schweratmend vor Nitas Tür. Der Flimmerkasten lief ununterbrochen, doch die Augen seiner Frau starrten ins Leere. *So eine Stromverschwendung*, dachte er, während in seinem Kopf eine toxische Maische aus Unverständnis, Intoleranz, Verschwörungsglauben und Vernichtungswillen gärte. *Lange schau ich mir das nicht mehr mit an.*

Er hatte zu keiner Zeit vorgehabt, Nita in die Klapsmühle zu stecken. *Ha, so weit kommt´s noch. Die Frau des Ortsgruppeneiters in der Irrenanstalt*, dachte er zynisch.

Mit geballten Fäusten nahm er seine unstete Wanderung wieder auf. Rauf und runter. Licht an, Licht aus.

„So!", blieb er plötzlich bei der Haustür stehen. „Jetzt knöpf´ ich mir die Tussi da draußen vor! Aber sowas von!"

Er rollte die Schultern und riss die Haustür auf. Doch als er soeben den Fuß auf die Treppe setzte, sprang der Motor des Streifenwagens an, flammten die Autolichter auf und wurde der Blinker gesetzt. Augenblicke später rauschte das Fahrzeug mit zunehmender Geschwindigkeit davon.

Mit seiner Wut allein gelassen, blieb er konsterniert unter dem Türbalken stehen. *Was, zum Teufel, geht denn da vor sich? Ich werde ja nicht mal meinen Ärger los.* Zornig knallte er die Tür zu.

Vom Druck der Überwachung befreit, wagte er sich circa fünf Minuten danach aus dem Haus in die Werkstatt. Auf dem Weg dorthin über den Hof bemerkte er in der Höhe einen schwachen Lichtschein. Zunächst von den Lichtern eines Flugzeuges ausgehend, maß er der Beobachtung keine Bedeutung zu. Als die Wahrnehmung allerdings durch die Gehirnprozessoren lief, erhielt sie eine veränderte Tragweite. Für ein Flugzeug war das Licht viel zu tief. Ergo musste es einen anderen Hintergrund haben. Eine Sonnenlichtspiegelung vielleicht? Er drehte sich nach Westen. Die Sonne war bereits untergegangen. Also ein Fahrzeug? Ein Traktor? Aber keiner von den anderen Weinbauern besaß in dieser Richtung Reben. Außerdem war die Weinlese beendet. Dann fiel bei ihm der Groschen. *Jemand befindet sich in meinem Rebhäuschen und macht Feuer. Penner. Na, denen werde ich den Abend versauen*, dachte er.

Rasch kehrte er ins Haus zurück, um das Koppel mit der Pistole und eine Taschenlampe zu holen. Vom unteren Flur rief er seiner Frau nach oben, „Ich bin kurz weg!", ohne eine Antwort abzuwarten.

Schon war er zu Fuß auf dem Marsch nach oben. Nicht den kurvenreichen landwirtschaftlichen Wegen nach, sondern auf direkter Linie durch die Rebgassen, das Fenster des Rebhäuschens im Blick. Das Licht indes war nicht wieder erschienen, doch war er sicher, sich nicht getäuscht zu haben.

Mitten im Aufstieg schwante ihm eine weitere Möglichkeit, was den ungebetenen Besucher betraf. Am Nachmittag hatte ein Mann angerufen, der sich als Adrians Bewährungshelfer vorstellte. Ob er wisse, wo sein Sohn sei. Rubsamen hatte barsch geantwortet, dass Adrian volljährig und für sich selbst verantwortlich sei. Ende des Gesprächs. Nun hielt er es nicht für ausgeschlossen, dass Adrian sich da oben aufhielt.

Vor der Hütte angekommen, zog er die Pistole aus dem Holster, knipste die Taschenlampe an und öffnete vorsichtig die Tür. Doch die Hütte war leer. Das hieß, es befand sich keine Person darin. Doch dass jemand hier gewesen war, war unbestreitbar. Denn auf der Bank lag ein Schlafsack, und darunter ein Rucksack, der ihm irgendwie bekannt vorkam. In der Luft hing ein brenzliger Geruch, und unter dem Tisch lag schwarze Papierasche.

Rubsamen steckte die Pistole ins Holster und untersuchte den Rucksack. Bald wurde seine Ahnung zur Klarheit, nämlich dass das Zeug Adrian gehörte. *Der Kerl ist sogar zu dumm, sich zu verstecken*, dachte er, und da er immer seine Raucherutensilien in der Jackentasche mitführte, zündete er einen Stumpen an und setzte sich. *Warum kommt er nicht nach Hause? Wieso besucht er seine Mutter nicht? Er weiß doch, dass sie leidet.*

Er guckte auf die Armbanduhr. Sie zeigte zehn nach einundzwanzig Uhr. Rubsamen lehnte sich gegen die Bretterwand. *So, mein Junge. Ich hab´ Zeit*, dachte er, *ich kann warten.*

Adrian.

Adrian war im Laufschritt zum Motorrad gerannt. Nun stand er atemlos neben der Maschine und versuchte, den Hurrikan im Kopf zu zähmen. Von seinem schönen Plan waren nur noch Fragmente übrig, die ohne Struktur und ohne erkennbare Zusammenhänge durcheinanderwirbelten.

Auf der gleichen Straßenseite näherte sich eine Fußgängerin. Als sie ihn gewahr wurde, wechselte sie auf die andere Seite. Er bemerkte, wie sie mit steifer Kopfhaltung so tat, als würde sie ihn nicht beachten. Doch genau das tat sie.

Er entschied sich daraufhin, dass er hier nicht bleiben konnte. Missmutig schwang er das Bein über das Hinterrad und startete den Motor. In einem engen Radius kehrte er das Motorrad in die Gegenrichtung. Die Konzentration aufs Fahren und den Verkehr lenkte ihn ein bisschen von dem erlebten Debakel ab. Instinktiv steuerte er jedoch über bekannte Straßen in vertraute Viertel, bis er sich unversehens in der Immanuel-Kant-Straße befand.

Auf einmal hellwach, brachte er das Motorrad abrupt zum Stehen und würgte dabei den Motor ab. Beide Beine auf dem Asphalt, bemerkte er am Rand der Straße zwei Streifenwagen schräg vor sich, in etwa fünfundzwanzig Meter Entfernung. Unmittelbar daneben unterhielten sich zwei Personen. Frau und Mann. Jung und alt. Bullin und Bulle?

Mit fahrigen Händen drehte er den Zündschlüssel. Der Anlasser jammerte. Nächster Versuch. Gleiches Ergebnis.

Die junge Frau wurde aufmerksam.

Noch ein Versuch. Wieder nichts.

Die junge Frau sagte etwas zu dem alten Mann. Auch der guckte jetzt zu ihm her. Dann setzten sich beide in Bewegung.

„Koooom jeeeetzt", stöhnte Adrian und drehte den Zündschlüssel erneut. Der Motor sprang an. Adrian gab panisch Gas und ließ die Kupplung kommen. Das Vorderrad hob vom Boden ab. Mit einem *Wheelie* preschte er frontal auf die beiden zu. Im letzten Moment sprangen sie zur Seite. Irgendjemand schrie etwas, aber da war er bereits an ihnen vorüber und an der nächsten Kreuzung um die Ecke abgebogen.

Mit reichlich Adrenalinüberschuss aufgeputscht, fegte er ohne Scheinwerfer durch die Stadt. Jetzt, da er annehmen musste, dass ohnehin nach ihm gefahndet wurde, kam es auf Einhaltung der Straßenverkehrsordnung auch nicht mehr an. Und er hatte noch immer eine Aufgabe zu erfüllen.

Schneller als gedacht erreichte er wieder die vorherige Stelle an der Weidensenke. Diesmal allerdings montierte er den Recurvebogen beim Motorrad. Den Köcher mit den Pfeilen auf dem Rücken, den Bogen in der Hand, joggte er zum Trampelpfad.

Die Party im Garten des Hauses neun war noch im Gange, wie er erleichtert feststellte. Er würde diesmal jedoch nicht über den Zaun bei den Trauerweiden steigen, sondern über den des Hauses sieben, direkt an der Grenze zum Haus neun. Das Haus sieben lag vollkommen im Dunkeln. Gut möglich, dass die Besitzer an der Party der Nachbarn teilnahmen. Auch von einem Vierbeiner war nichts zu sehen.

Adrian schlich an der Grenze entlang, bis er in Höhe der Terrasse angekommen war. Ein Gestrüpp aus dünnen Zweigen bot ihm Deckung. Mit beiden Händen verschaffte er sich eine Lücke, durch die er zum einen exzellente Sicht, zum anderen ein gutes Schussfeld auf den langen Tisch bekam. Entfernung etwa zwanzig Meter.

Von den dort anwesenden Leuten kannte er nur Mona und deren Coach, und beide saßen mit dem Gesicht zu ihm.

Wen soll ich nehmen? Mona oder diesen Jack? Oder beide?

Nun ganz Schütze, legte er einen Pfeil auf die Sehne. Ruhig spannte er den Bogen. *Mona oder Jack?*

Er visierte sie abwechselnd an. Dann entschied er sich.

Der Pfeil schnellte von der Sehne.

Melanies Stimme wärmte Edgars einsames Herz. Sie plauderten bereits eine geraume Zeit miteinander. Er konnte sich nicht erinnern, jemals ein so langes Gespräch mit ihr geführt zu haben. Am Telefon, wohlgemerkt.

Was sie ihm bisher von Angesicht zu Angesicht vielleicht nicht getraut hatte zu sagen, möglicherweise aus Angst vor der eigenen Courage, gelang ihr heute Abend auf seltsam leichte Art. Als ob Flügel sie trügen, und als ob die Atmosphäre am und durchs Telefon eine innigere wäre, fragte sie mit ihrer sanftesten Stimme, was er dazu sagen würde, wenn sie in Rente ginge. „Mich vom *Aquarelle und Poesie* verabschieden würde. Was meinst du dazu, mein geliebter Mann?"

Edgar war über die Maßen gerührt. Er war kein Fachmann für Gesprächsanalysen, doch spürte er am Knistern der Luft zwischen ihnen, dass dies einer der wertvollen Momente war, in denen Großes seinen Anfang fand. Solche Augenblicke waren dafür reserviert, jemandem seine Liebe zu gestehen; einen Heiratsantrag zu machen. Sollte er je einen Zweifel an ihrer Beziehung gehabt haben – was nicht stimmte – heute Abend wären jegliche Bedenken ad absurdum geführt.

„Du sagst nichts?", drang ihre zaghafte Stimme an sein Ohr.

Oh, meine Liebe, wenn du jetzt hier wärst, würde ich dich an mich reißen und dich küssen, dachte er.

„Weißt du, vielleicht hätte Eliza Interesse an …"

„Ganz gewiss hätte sie das, mein Engel", schniefte er.

„Weinst du? Mein Edgar, weinst du?"

„Nur ein bisschen. Aus Liebe, mein Engel. Ich liebe dich."

„Ja, und ich dich. Fändest du es schlimm?"

„Nein, gar nicht. Das *Aquarelle und Poesie* ist dein Kind, Melanie, und Kinder werden erwachsen. Es ist gut und es wird gut werden."

„Ja. Ich denke dabei auch an Saida, weißt du? Denn auch sie ist mein Kind, und ich möchte daheim sein, wenn sie mich braucht. Du verstehst, was ich meine, gell?"

Auf Edgars Handy klopfte ein Anrufer an. Er guckte aufs Display. „Rita ruft an, mein Engel. Da muss ich drangehen. Wir reden morgen weiter. Gute Nacht." Er beendete das Gespräch mit Melanie und meldete sich: „Rita?."

„Edgar. Ich schicke dir etwas, und dann komm´ ich zu dir. Bin schon unterwegs. Bis gleich."

Sie parkte direkt hinter Edgars Streifenwagen, ging nach vorne und warf sich auf den Beifahrersitz.

„Fahndung läuft", sagte sie, nahm frech seine Thermoskanne aus dem Fußraum und schüttelte sie prüfend.

„Aha, und wie kommt der junge Mann zu der Ehre?"

„Allgöwer hat seine Fingerabdrücke auf Clems Geldbörse gesichert." Sie schraubte den Deckel ab. „Kann ich?"

Edgar nickte und wartete auf weitere Details.

Kaffee in den Becher gießend, fuhr Rita fort: „Gemeindearbeiter haben die Börse heute im Straßengraben gefunden. Adrian Rubsamen ist zumindest wegen unterlassener Hilfeleistung und Diebstahls dran. Wenn nicht sogar für erheblich mehr."

„Versuchter Mord in Tateinheit mit schwerer Körperverletzung; Vollendeter Mord in zwei Fällen und Brandstiftung", ergänzte Edgar.

„Ja. Oder vorsätzliche Brandstiftung mit unbeabsichtigter Todesfolge."

„Spekulieren wir nicht", meinte Edgar. „Der Mann jedenfalls hat meines Erachtens eine ziemlich kurze Zündschnur. Was wir brauchen ist seine Handynummer."

„Die Handynummer haben wir und wird ab jetzt überwacht. Zuletzt war es gegen vierzehn Uhr bei einem Funkmast in der Nähe seines Elternhauses eingeloggt. Momentan hat er es wohl ausgeschaltet. Ach, ich liebe es, wenn du *meines Erachtens* sagst. Das kann keiner so wie du. Melde es als Marke an und verdiene Geld damit.

„Meines Erachtens redest du einen Haufen Stuss", konterte er. „Was machen wir jetzt? Fahren wir in der Gegend rum und fahnden nach dem Typ?"

Rita verzog das Gesicht zu einer skeptischen Miene. „Mein Gefühl sagt mir, dass wir vorerst hierbleiben sollten. Immerhin hat er hier seine Wohnung. Also auch Klamotten, eventuell Laptop, Bargeld, Reisepass. Und vielleicht weiß er gar nicht, dass nach ihm gesucht wird.

Ich habe übrigens den Oberstaatsanwalt informiert. Er ist auf dem Weg in die Direktion. Bis zu seinem Eintreffen übernimmt Polizeihauptmeister Spillmann vom Revier die Koordination der Streifenwagen."

Edgar nahm sich eine Bedenkzeit. „Ruf doch mal bei Adrians Eltern an", schlug er nach einer Weile vor.

„Da komm´ ich doch gerade her", maulte sie. „Und schau doch, wie spät es ist."

Er guckte tatsächlich auf seine edle *Breitling* am Handgelenk. Es war einundzwanzig Uhr sechsundfünfzig. „Trotzdem. Man kann nie wissen", sagte er weise, während seine Hand nach den Zigaretten in der

Jackentasche grabschten. „Entschuldige, aber ich muss mir mal die Beine vertreten."

„Danke für die Rücksichtnahme", murmelte Rita, wählte Christof Rubsamens Festnetznummer und stieg ebenfalls aus. Sie ließ es klingeln, bis der Versuch vom Dienstleister abgebrochen wurde. „Niemand zu Hause."

Edgar inhalierte den Zigarettenrauch und betrachtete den Himmel. „Irgendetwas stimmt da nicht", sagte er. „Hast du nicht erwähnt, dass der alte Rubsamen seine Frau in eine Psychiatrische Klinik bringen wollte? Ist das überhaupt überprüft worden, ob er …"

Rita klatschte sich mit der flachen Hand an die Stirn. „Verflucht, daran hab´ ich gar nicht mehr gedacht."
Flink nahm sie das Handy hoch, um im Internet nach Adressen entsprechender Kliniken zu googeln. als das typische Geräusch eines malträtierten Anlassers die Stille der Straße störte. Es kam aus ziemlicher Nähe. Da, schon wieder. Und erneut. Jemand schien nervös zu sein. In ungefähr zwanzig Metern versuchte mitten auf der Straße ein Motorradfahrer seine Maschine zu starten.

„Lass´ uns den Vogel mal ansehen", forderte Rita Edgar auf, und sie marschierten nebeneinander auf das Motorrad zu. Sie waren nur wenige Schritte gegangen, als der Motor doch noch ansprang. Und als das Motorrad mit abgehobenem Vorderrad direkt und mit steigender Geschwindigkeit auf sie zuraste, blieb ihnen zur Rettung nur ein Hechtsprung zu Seite übrig.

Edgar erhob sich fluchend und klopfte den Straßendreck von seiner schwarzen Hose. „Donnerwetter, hat man sowas schon gesehen?"

Rita suchte unter einem der geparkten Autos nach ihrem Handy, das ihr bei der harten Landung aus der Hand gerutscht war. „Ich hab´ mir die Nummer gemerkt", keuchte sie, als sie das Telefon gefunden hatte.

Edgar war ihr beim Aufstehen behilflich. „Du siehst aus wie Sau, Rita", frotzelte er und wischte ihr im Schein einer Straßenlaterne provisorisch den Rücken ab.

„Und du hast deinen Haargummi verloren", antwortete sie. „Was meinst du: Jagen wir ihm hinterher?"

Seine Augen scannten den Asphalt ab. „Woher wissen wir, ob es ein Mann ist? Es kann doch genauso gut eine Frau gewesen sein. Denn eine Ähnlichkeit mit dem Foto, das du mir aufs Handy geschickt hast, war für mich nicht zu erkennen. Der – oder die – von eben war auf jeden Fall bartlos." Anscheinend hatte er den Haargummi gefunden, denn er bückte sich und klaubte etwas von der Straße auf.

„Ob wir ihm hinterherfahren wollen hab´ ich dich gefragt. Falls ja, dann sollten wir uns jetzt auf die Socken machen."

Er schnupperte in die Nachtluft, als könnte er aus ihrem Duft die Fluchtrichtung des Motorrads bestimmen. „Nein. Wahrscheinlich ist er über alle Berge. Da du die Zulassungsnummer hast, machen wir eine Halterabfrage. Spillmann soll dir die Adresse durchgeben, und dann fahren wir dorthin." Mit zwei geübten Handgriffen bündelte er sein offenes Haar wieder zu einem Pferdeschwanz.

Rita hatte das Empfinden, die Halterabfrage dauere ewig. Sie saß in ihrem Streifenwagen und wartete, während Edgar vor dem offenen Seitenfenster stand und rauchte. Inzwischen teilte sie dessen Einschätzung: So wie der Motorradpilot losgebrettert war, hätten sie ihn nicht mehr eingeholt. Er war ja schon nach der ersten Abbiegung außer Sicht geraten.

Zwischendurch stellte sie sich die banale Frage, woher Polizeihauptmeister Spillmann ihren Vornamen kannte, wo sie ihn bisher immer mit Herr Spillmann angesprochen hatte. *Oder haben wir mal Duzis gemacht?*

In der Leitung zum Polizeirevier zirpte und pfiff es wie nächtens auf einer Sommerwiese. Ständig flogen Satzfetzen und Meldungen durch den Äther, die Rita über das Telefon mitbekam. Das Knistern wurde intensiver, als Spillmann sich meldete. Doch anstatt einer Halteradresse gab er eine Hiobsbotschaft durch. „Rita, du musst umgehend in die Weidensenke fahren. Weidensenke neun. Dort sind bei einem Angriff zwei Personen verletzt worden." Es rauschte stark.

„Was? Was für ein Angriff?"

„Angeblich zwei Verletzte durch Pfeile. Eine Ambulanz ist unterwegs. Den Oberstaatsanwalt hab' ich bereits informiert. Er wird Mika Laukonen verständigen, dass er zum Dienst erscheinen muss. Zwei meiner Streifen befinden sich ebenfalls auf dem Weg dorthin. Das Motorrad ist übrigens auf einen …"

„Allgöwer?", schnitt sie ihm das Wort ab.

„Hab' ich noch nicht erreicht, aber ich bleibe dran. Das Motorrad ist übrigens …"

„Sag' mir das später oder schreib es auf einen Zettel", rief sie in den Hörer und startete den Motor.

Da scherte Edgar in seinem Streifenwagen bereits unter Blaulicht und mit quietschenden Reifen aus der Parklücke.

Rita staunte: *Verlernt hat er nix.*

Mona.

Seit ihrer zweiten Begegnung mit Adrian in der Neu-
zeit, wie Mona die Zeit nach ihrer Genesung und des
beruflichen Neustarts in *Offenburg* nannte, sie meinte
damit den bizarren Vorfall auf dem Gelände des
Schützenvereins in *Poggenau*, wurde sie ständig von
einer unterschwelligen Angst begleitet. Wo sie sich
auch aufhielt – ob als Anwältin bei Gericht oder privat
in der Stadt – sie fühlte sich nirgendwo richtig sicher.
Selbst zu Hause in ihrer Dachwohnung gelang es ihr
nicht abzuschalten.

Sie litt unter Verkrampfungen der Muskeln, da sie
immerzu befürchtete, dass er plötzlich vor oder hinter
ihr stand. Ihr auf seine Stimme ausgerichtetes Gehör
behinderte ihre Konzentrationsfähigkeit, weshalb sie
öfter nachfragen musste als ihr lieb sein konnte, was
gerade gesprochen worden war. War sie mal nicht mit
dem Auto unterwegs, nahm sie zum Teil groteske
Umwege in Kauf, die nicht nur ihre Zeit, sondern
auch Nerven kosteten. Ihre allgegenwärtige Vorsicht
war die eines Rehs im Wissen um den Wolf, und die
fortwährende Fluchtbereitschaft die eines Pferdes. In
immer kürzer werdenden Intervallen kämpfte sie gegen Kopfschmerzen, und war sie allein, konnte sie
kaum schlafen.

Einmal pro Woche, donnerstags, übernachtete deswegen ihre Freundin Lena bei ihr. Es hatte sich einge-
spielt, dass nach Monas Bogenschießtraining, beziehungsweise nach Lenas Yogastunde, sie sich beim

Italiener zu einem Drink trafen, um hinterher im Haus in der Weidensenke gemeinsam die Nacht zu verbringen.

Aber es war in erster Linie Jack zu verdanken, dass Mona weiterhin ihren Beruf ausüben konnte. Sooft es ihm möglich war, besuchte er sie in der Wohnung und beschützte ihren Schlaf durch seine pure Anwesenheit. Er bedrängte sie nicht und verlangte nichts von ihr, und was er für sie tat, geschah aus menschlicher Selbstverständlichkeit und aus einem tiefen Verständnis für Freundschaft. Bei ihm durfte Mona sich fallen lassen, und in Gedanken spielte sie das Szenarium durch wie es wäre, wenn er dauerhaft bei ihr einziehen würde. Sie konnte sich das sehr gut vorstellen.

Jack war ein gutaussehender Mann. Groß und schlank mit schönem Gesicht und ästhetischen Bewegungen. Seine Augen verrieten Ehrlichkeit und Empathie, und gegenüber Frauen im Allgemeinen, und bei Mona im Besonderen, erwies er sich als der wahrscheinlich letzte Gentleman dieser an aufrechten Menschen so armen Zeit.

Es war bereits Tradition, dass der Besitzer des Hauses in der Weidensenke Nummer neun die Nachbarn zu seinem Geburtstag einlud. So auch heute, am vierundzwanzigsten September. Er, Herr Langdorn, seines Zeichens Versicherungskaufmann, feierte seinen Zweiundsechzigsten.

War das Wetter gut, warf er auf der Terrasse einen monströsen Gartengrill an. Bei schlechtem Wetter wurde das Fest auf später verschoben.

Wie immer wurde ein langer Tisch auf der Terrasse gedeckt, der Platz für vierzehn Personen bot. Bunte Lampions über den Köpfen der Gäste sorgten für ein heiteres Ambiente, während aus zwei Lautsprechern dezente Musik erklang. Zu den Gästen zählte auch Mona, und auf ihre Bitte hin ihr Freund Jack.

Man kannte sich seit Jahren. Die Häuser auf dieser Straßenseite der Weidensenke waren alle ungefähr im gleichen Zeitraum gebaut worden. Mona und Jack als relative Neulinge zwischen den Etablierten mussten so manche neugierigen Fragen über ihre sozialen Verhältnisse und ihre gegenseitige Beziehung über sich ergehen lassen. Wo es Mona zu intim wurde, sprang Jack mit seiner unerschütterlichen Frohnatur in die Bresche. Auf die Frage, ob er jetzt ebenfalls hier wohne, sagte er: „Nein, nein."

„Aber ich sehe Sie doch fast jeden Morgen das Haus verlassen. Dann sind Sie doch in der Nacht da, oder etwa nicht?", fand einer der Nachbarn spitzfindig.

„Ach so, das stimmt", behauptete Jack dreist, „aber nur in Nächten, in denen wir Sex machen." Dazu strahlte er mit seinem vergnügtesten Gesicht.

Der Abend war schon etwas fortgeschritten, der Grillrost und die Beilagenschüsseln so gut wie leergeputzt. Die Unterhaltungen schwappten und pendelten über den Tisch in der Mitte hin und her, und man sprach den alkoholischen Getränken zu.

Mona war müde geworden. Jack präsentierte sich indes unermüdlich als glänzender Unterhalter. Sie lehnte sich vertraut an seine Schulter und unterdrückte ein Gähnen, als ein kaum vernehmbares Geräusch, als ob jemand ein Streichholz über den Zündstreifen riss, der Feier ein jähes Ende bereitete.

Mona kippte, von einem Pfeil in die rechte Schulter getroffen, hinter Jacks Stuhl auf den Boden. Die, die ihr genübersaßen, sprangen vor Schreck von den Plätzen. Jack, der die Gefahr sofort richtig einschätzte, federte in die Höhe. Während seine Augen der Flugrichtung des Pfeiles rückwärts folgten, flog ein zweites Geräusch auf ihn zu. Er sah den Pfeil kommen. Reaktionsschnell drehte er sich zur Seite und wurde dadurch bloß in den rechten Oberarm anstatt in die Brust getroffen.

„Runter!", brüllte er mit aller Kraft, „runter! Alle unter den Tisch und hinter die Stühle."

Dann galt sein erster Blick Mona, die mit steil aufragendem Pfeil in der Schulter auf dem Boden lag. Er hieß seinen paralysierten Sitznachbarn, sich um sie zu kümmern. Dann sprintete er trotz Pfeil im Arm auf die Stelle am Zaun zu, von wo die Pfeile abgeschossen worden waren. Aber dort war niemand mehr. In der Dunkelheit, außerhalb des Lichtkreises der Festbeleuchtung, wähnte er einen fliehenden Schatten.

Eiligst kehrte er zu Mona zurück. Ihre Augen waren geschlossen. Als er ihren Namen sagte, öffnete sie die Lider und schaute ihn an. „Du bist ja getroffen, Jack. Du blutest."

„Du auch, meine Schöne. Du auch. Ich bin jetzt für dich da." Er richtete sich geschwind auf und schrie gellend: „Ruft endlich mal einer den Notarzt und die Polizei?"

In der Weidensenke gab es kein Durchkommen mehr. Zwei Streifenwagen des Polizeireviers, ein Notarztwagen und die Ambulanz parkten die Straße komplett zu. Edgar Schaaf und Rita mussten ihre Autos ein gutes Stück weiter weg hintanstellen, um dem Krankenwagen die Abfahrt zu ermöglichen. Sie erreichten die Hausnummer neun im Dauerlauf.

Ein uniformierte Kollege lotste Rita durchs hell erleuchtete Haus zum Tatort auf der Terrasse. „Er gehört zu mir", sagte sie und deutete auf Edgar, der ihr auf den Fersen folgte.

Das Bild umgeworfener Stühle und umgestürzter Gläser zeugten vom abrupten Ende eines Gartenfestes.

Sie trafen den Notarzt an, der einer auf dem Boden liegenden verletzten Frau gerade einen Pfeil aus der Schulter zog. Auf einem Stuhl daneben kauerte ein zweiter Verletzter, dem ein gleicher Pfeil noch waagerecht aus dem rechten Oberarm ragte. Beide Personen waren wach und offensichtlich ansprechbar.

Ein Streifenpolizist bemühte sich, einen leistungsstarken Scheinwerfer aufzubauen. Das Licht der Lampions war für die anstehenden Untersuchungen nicht ausreichend.

Ein paar Schritte abseits scharten sich im Schutz des Terrassenwindfangs ungefähr zehn Leute eng und aufgeregt zusammen. *Samt und sonders potenzielle Zeugen*, dachte Rita, ging rasch zu der Gruppe hinüber und stellte sich vor. „Guten Abend, mein Name ist Rita Böhringer von der Kriminalpolizei *Offenburg*. Meine Kollegen und ich werden Sie nachher als Zeugen befragen müssen. Bleiben Sie also bitte hier, bis wir Sie rufen. Und es wäre besser, wenn Sie drinnen im Haus warten würden. Danke." Sie trat zwei Schritte zur Seite und offerierte den Leuten per Handzeichen den Weg.

Edgar kannte den Notarzt nur zu gut, war er doch vor ungefähr einem Jahr selbst ein medizinischer Notfall gewesen, der den Notarzt gebraucht hatte. Er sprach den Mediziner über dessen gebeugten Rücken an: „Herr Dr. Gratwohl, wie sieht es mit den Verletzungen aus. Können wir ..."

„Guten Abend, Herr Schaaf", begrüßte Dr. Gratwohl ihn, ohne von seiner Arbeit aufzusehen. „Es sieht gut aus. Lebensgefahr besteht nicht. Sie können jetzt mit den Patienten ein erstes Mal reden, bevor sie mit den Ambulanzen in die Klinik gebracht werden. Das ist es doch, was Ihnen auf der Zunge brennt, nicht wahr?"

„Natürlich, Herr Doktor, Sie sind mit unserer Arbeitsweise ja mittlerweile vertraut." Edgar nahm Augenkontakt mit der jungen Frau auf. „Hallo, mein Name ist Edgar Schaaf. Würden Sie mir bitte Ihren Namen sagen?"

Die Blickverbindung zwischen ihm und der Frau geriet bedenklich ins Schlingern. Sie stand sichtbar noch unter Schock. Edgar Schaaf wurde jedoch von dem Mann auf dem Stuhl angesprochen. „Verschonen Sie Mona bitte noch. Fragen Sie mich, was Sie wissen müssen. Mein Name ist Jakob Gersdorf. Aber nennen Sie mich Jack. Ich habe gesehen, von wo aus der Attentäter die Pfeile geschossen hat. Und ich weiß auch, wer es war."

Etwa zehn Minuten danach wussten Rita und Edgar die wesentlichen Fakten über das Verbrechen. Die beiden Verletzten, Mona und Jack, waren verarztet und befanden sich auf dem Transport in die Klinik. Rita hatte ihnen vorher das Foto des mutmaßlichen Täters gezeigt, und beide hatten übereinstimmend erklärt, dass es aussehensmäßig nicht dem aktuellen Stand entsprach, sprich: kurze Haare und glattrasiert, anstatt lange Haare und Vollbart.

Rita ordnete eine weitgehende Absperrung des Tatortgeländes an, wozu auch das komplette Nachbargrundstück gehörte. Und dann erschien tatsächlich Allgöwer auf der Bildfläche, dem es heute bereits das zweite Mal den Feierabend verhunzte. In seiner Begleitung die Mannen von der KTU und Oberstaatsanwalt Bernd Landquart.

Nachdem Landquart einen ersten Überblick erhalten hatte, übernahm er die Leitung für das weitere Geschehen. „Hört zu, Leute", sagte er allen Polizisten, die mit Allgöwers Spurensicherung nichts zu tun hatten, „ein Mann bleibt hier im Hause der Familie Langdorn und nimmt die Zeugenaussagen der anwesenden Leute auf. Die anderen, insbesondere die Kollegen vom Revier, nehmen die Personenfahndung auf. Aber denkt dran: Der Täter ist mit einem Bogen bewaffnet und er sieht anders aus als auf den Fahndungsfotos. Eine Streife übernimmt Adrian Rubsamens Wohnung in der Immanuel-Kant-Straße. Frau Böhringer und eine weitere Streife kümmern sich um den Bauernhof der Rubsamens in *Grafenhardt-Zell*."

„Und Edgar Schaaf?", fragte Rita.

Landquart schüttelte den Kopf. „Sie wissen genau, dass ich ihm offiziell keinen Auftrag erteilen darf. Ich käme ja in Teufels Küche. Die Gründe brauche ich wohl nicht aufzuzählen. Was Herr Schaaf vorhat, bleibt seine Privatangelegenheit und er muss es auch verantworten.

Jeder gerissene Anwalt zerfetzt die beste Klage in der Luft, wenn er erfährt, dass sich die Ermittlungsbehörde einer nichtautorisierte Person bedient hat. Hat Ihnen der diesbezügliche Anruf von Christof Rubsamen nicht zu denken gegeben? Na also. Auf geht´s, Leute. Bringen wir es hinter uns."

Adrian.

Die Sehne des Bogens schnitt ihm scharf in den Hals. In der Hektik, die Martinshörner der anrückenden Streifenwagen bereits in den Ohren, hatte er das Gerät einfach umgehängt. Die gespenstisch pulsierenden Blaulichter näherten sich und mahnten zur Flucht.

Auf das Etui für den Bogen musste er verzichten. Daran, dass die Bullen es finden würden, hatte er keine Zweifel. Also würden sie auch seine Fingerabdrücke darauf finden. Aber die waren sowieso auch auf den Pfeilen. Scheiße ja, aber nicht mehr zu ändern.

Die Zeit, den Bogen zu zerlegen und einzupacken, hatte er nicht gehabt. Aber niemals hätte er den Bogen zurückgelassen. Nun raste er mit dem mehr als ein Meter sechzig langen sperrigen Teil auf dem Rücken durch die Nacht. Dazu der Köcher mit den Pfeilen, drei noch an der Zahl.

Das Herz wollte sich nicht beruhigen und schlug so hart, als wollte es die Brust sprengen.

Er hatte auf Menschen geschossen. Allein bei dem Gedanken daran wurde er in Adrenalin gebadet. Der Flug des ersten Pfeiles wiederholte sich in einer Endlosschleife vor seinen Augen. Eigentlich war es ein perfekter Schuss gewesen. Blöd nur, dass sich Mona gerade zur Seite gebeugt hatte. Aber getroffen hatte er sie. Und wie sie dann nach dem Treffer nach hinten und zur Seite gekippt war - dafür hatte sich der Aufwand gelohnt. Der Schuss auf diesen Jack danach war eigentlich nur eine Zugabe gewesen. Aber auch das allerbeste Sahne.

Ja, Scheiße verdammt.

„Mooonaaaa!!!!" Auf einmal brüllte er seinen Weltschmerz während voller Fahrt zum Hals hinaus. Weil er im Grunde zugeben musste, dass nichts, aber auch gar nichts nach Plan verlaufen war. Weder war es perfekt, noch allerbeste Sahne.

So groß sein Hass auf Mona gewesen war, so groß war noch immer seine Liebe zu ihr. Jetzt aber hatte er auf sie geschossen. Vermutlich war sie tot, und falls sie doch nicht tot sein sollte, hatte er sie wahrscheinlich für alle Zeit verloren. „Mooonaaaa!!!!"

Ursprünglich hatte der Plan anders ausgesehen. Ein Feuerwerk hätte es geben sollen. Zwei Brandpfeile unter das Holzdach vor Monas Wohnung geschossen. Nachts, wenn alles geschlafen hätte. Ja, das wäre eine Vorstellung gewesen. Ein Spektakel.

Aber nein, da musste irgendein Idiot eine Party feiern. Ausgerechnet an diesem Abend. Unglaublich sowas, unglaublich, ärgerte er sich. *Wirklich unglaublich.*

Aus Frust spielte er mit dem Gasgriff. Auf und zu. Auf und zu. Die Enduro verfügte über einen satten Sound. Das martialische Geknatter kam als Echo von den Hauswänden zurück. Adrian lachte teuflisch. Auf und zu. Auf und zu. Aber als er das

Stadtgebiet verließ, machte das auch keinen Spaß mehr. Er musste die Bullen ja nicht aus Blödheit auf seine Spur locken.

Ich bin doch nicht blöde, oder? Bist du blöde, Adrian? Hähähä, das wär's noch. Adrian und blöde.

Er würde den gleichen Weg zu Vaters Rebhäuschen nehmen wie beim ersten Mal. Von hinten, sozusagen. Nicht am Elternhaus vorbei, sondern vor *Grafenhardt* rechts den Wald hoch und oben über den Kamm. *Von hinten durch die Brust ins Auge,* dachte er. *Dann den Rucksack geschnappt und ab durch die Mitte.*

Bei Tageslicht durch einen Wald zu fahren war eine Sache. Bei Nacht mit nur einem Motorradscheinwerfer war es eine andere. Adrian fuhr eindeutig zu schnell und er war nicht konzentriert. In einer eigentlich harmlosen Linkskurve schlingerte er unter zu viel Gaseinsatz zu nah an den Wegrand und glitt mit dem Hinterrad über die Kante zwischen Weg und Hang. Es wühlte sich sein eigenes Grab, indem es mit den dicken Reifenstollen das weiche Erdreich hinter sich schleuderte und immer tiefer einsank. Dann machte Adrian den Fehler, noch mehr Gas zu geben. Das Hinterrad fräste eine Rinne, das Motorrad rutschte jedoch tiefer nach unten und war mit Muskelkraft nicht mehr zu halten. Steil ragten Lenker und Vorderrad in die Höhe. Adrian musste abspringen, um nicht unter die schwere Maschine zu geraten. Dann kippte das

Motorrad auf die Seite und rutschte ungefähr zwei weitere Meter in den Wald hinab.

Er konnte es nicht fassen, aber er kapierte es gleich: Ohne Hilfe würde er das Motorrad niemals zurück auf den Weg schaffen können. Um es zu bergen bräuchte er einen von Vaters Traktoren, und das würde dem Alten gerade so passen. Diesen Etappensieg wollte er ihm nun doch nicht gönnen, auch wenn es die letzte Etappe war.

Trotz aller Aussichtslosigkeit unternahm er einen halbherzigen Versuch, die Maschine auf den Weg zu ziehen. Doch sie bewegte sich keinen Millimeter, und außer einer schmutzstarrenden Hose und dreckiger Schuhe hatte er nichts davon. Und obwohl er normalerweise unter solchen Umständen vor Wut laut gebrüllt hätte, dachte Adrian jetzt ungewohnt rational. *Erfolgreich ist der, der sich einer geänderten Situation anpassen kann und das Beste daraus macht.*

Er rückte den Bogen und den Köcher zurecht und kletterte hurtig auf den Waldweg zurück, um zu Fuß das angestrebte Ziel zu erreichen.

Nach etwa zehn Minuten trat er aus dem Wald heraus und überquerte den Hügelkamm, vor sich das offene Rebland und das Rebhäuschen seines Vaters.

Christof Rubsamen drückte die Glut des dritten ge-
rauchten Stumpens auf dem gestampften Erdboden aus.
Wie die beiden anderen vorher auch, steckte er den kalten Stummel in die Jackentasche. Er wollte zum einen
keinen Müll in dem Häuschen haben, zum anderen
stopfte er mit den gesammelten Stummeln gelegentlich
eine Pfeife, die er daheim paffte.

Er hockte auf der Holzbank nicht gerade bequem. Für
langes Sitzen war sie denkbar ungeeignet. Seine Wampe
stützte sich auf die Oberschenkel und drückte auf das
Zwerchfell, sodass das Atmen zur Anstrengung wurde.

Die Zeit wurde ihm allmählich doch etwas lang, und
er überlegte, ob er es mit der Kontrolle nicht übertrieb.
Wenn schon, dann hätte er viel früher damit beginnen
sollen. Als Adrian noch ins Gymnasium ging, oder noch
früher. Aber er hatte die Zügel einfach zu sehr schleifen
lassen. Hatte ihm alles geglaubt, selbst die blödesten
Ausreden.

Er hatte ihm ein Auto bezahlt; eine Studentenbude in
Bamberg; hatte ihm geglaubt, dass er Staatsexamen mache, aufs Gymnasium-Lehramt umstiege, hatte bezahlt
und bezahlt und bezahlt. Und dann der Schock: Der
Sohn ein Verbrecher. Vier Jahre Knast.

Ja, Kontrolle wäre besser gewesen.

Doch Nita …

Nita …

Sie hatte einen Narren an ihm gefressen. Hatte ihrem
Liebling immer noch zusätzlich Geld in der Wäsche zu-
gesteckt, wenn er denn mal zu Hause gewesen war, um
Nachschub zu holen: Gebügelte Hemden, Unterwäsche,
Socken, Fressalien und – natürlich Geld.

*Wie kann ein Mensch bloß so ganz ohne inneren Weg-
weiser sein? So völlig ohne Ziel? Ohne Haltung?*

Adrian ist so ... so ... unnütz. Wenn er wenigstens etwas für Deutschland übrig hätte. Mit meiner Truppe zum Beispiel. Er könnte Gruppenführer werden. Herrschaftszeiten, er hat doch Abitur, dachte Rubsamen.

Er zündete den nächsten Stumpen an. *Ich muss unbedingt weniger rauchen, sonst beiß' ich noch vor Nita ins Gras.*

Für die diesjährige Traubenlese hatte er einen Erntehelfer einstellen müssen, weil Nita nicht mitgeholfen hatte. Nicht mithelfen konnte. Einstellen und bezahlen. Das würde er nicht noch einmal machen. Dann musste er die Rebflächen eben verpachten oder verkaufen, wie so viele es schon gemacht hatten. Dann gäbe es halt einen Weinbauern weniger in *Zell*. Drei anstatt ihrer vier.

Den Maschinenpark: verkaufen. Die Maschinenhalle: verkaufen. Das Haus: verkaufen. Alles verkaufen. Und das alles nur, weil sein Herr Sohn nichts auf die Reihe bekam.

Aber da! Hörte er da nicht etwas? Waren das nicht Schritte? Doch, es waren Schritte. Und sie kamen näher. Christof Rubsamen tastete nach der Pistole.

*

Es war Edgar klar, dass Oberstaatsanwalt Landquart so argumentieren musste, wie er es in der Causa Edgar Schaaf getan hatte. Besonders, da er nicht hatte ausschließen können, dass fremde Ohren mithörten. Alles eine Frage der Rechtmäßigkeit. Es gab so viele Fallstricke, in denen sich selbst ein Oberstaatsanwalt mit langjähriger Berufserfahrung noch verheddern konnte.

Dessen ungeachtet drückte Edgar aufs Gaspedal und raste aus *Offenburg* hinaus, gefolgt von Rita im zweiten und zwei Beamten im dritten Streifenwagen. Ziel: *Grafenhardt-Zell*. Sie waren über Polizeifunk miteinander verbunden.

„Sag´ mal, Edgar, sind wir hier am Hockenheimring, oder was? Etwas langsamer tät´s auch", moserte Rita.

„Ha! Jetzt, wo ich straffrei mal so richtig auf die Tube drücken darf? Vergiss´ es!"

„Hey, ihr zwei da vorne! Funkdisziplin halten!", gaben sich die Polizisten im hinteren Wagen als Spielverderber.

Edgar nahm etwas Tempo raus. Rita hatte ja recht. Er musste hier nicht den *Max Verstappen* mimen, denn noch war niemand auf der Flucht. Bei geringerer Geschwindigkeit wagte er es, auf die *Breitling* zu schielen. Er war erstaunt, dass es bereits dreiundzwanzig Uhr siebzehn war.

Rita entspannte, als sie merkte, dass ihr Vordermann langsamer fuhr. Erleichtert blies sie die Backen auf. Mit einem Ohr lauschte sie den Polizeifunk. Sie liebte diese Geräusche im Äther, das Rauschen und Knistern, die verzerrten Stimmen. Am heutigen Abend schien allerhand los zu sein. Die Meldungen und Durchsagen nahmen kein Ende. Aber es machte keinen Spaß, wenn man sich voll und ganz auf das Auto konzentrieren musste.

Die Fahrt nach *Grafenhardt-Zell* war ein Hüftschuss. Der Wurf mit einem Lasso auf ein bewegliches Ziel. Aber sie hatten keine andere Alternative. Die Tankstelle in *Magerbüchel* und die Wohnung in der Immanuel-Kant-Straße boten Adrian Rubsamen keine Anlaufstelle mehr. Blieb noch sein Zuhause.

Wenn es das je gewesen war, dachte Rita.

Nach dem, was sie über Funk hörte, war die Fahndung bisher erfolglos. Weder eine Sichtung des Motorrades noch sonst ein Hinweis. Er konnte sich natürlich irgendwo versteckt halten, der Adrian. Möglichkeiten gab es noch und nöcher. Und warum sollte er ausgerechnet zu Hause aufkreuzen, wo er sich doch ausmalen konnte, dass die Polizei dort als erstes suchen würde?

Oder ist es das leidige Spiel, dass wir denken, er denkt, dass wir denken ... ach, ich war noch nie gut in solchen Wortkonstruktionen. Wenn wir nicht hinfahren, werden wir es nie herausfinden, dachte sie.

Rita wählte Mika Laukonens Nummer: *Hoffentlich ist er jetzt im Büro.*

„Rita, was gibt´s?"

Brav, Mika, brav. „Mika, schau doch bitte mal nach, wo genau Adrian Rubsamens Handy eingeloggt war. Es hat geheißen: In der Nähe seines Elternhauses. **In der Nähe**, verstehst du? Frag´ mal *Google Earth* oder nimm ´ne andere Karte der Umgebung. Denn wenn er **im** Haus gewesen wäre, hätte man es definitiv so beschrieben. Vielleicht gibt´s dort etwas, wo man sich verstecken kann."

„Alles klar, Rita, ich weiß, was du meinst. Und sonst? Bei euch alles in Ordnung?"

„Danke, alles okay. Wir sind auf dem Weg nach dort. Ruf´ mich an, sobald du was weißt." Um das Punktekonto ihres Karmas aufzupäppeln, fügte sie hinzu: „Übrigens gut, dass du da bist, Mika." Sie beendete den Anruf bevor er noch etwas antworten konnte.

Sie spürte jetzt sehr deutlich, dass es ein langer Tag gewesen war. Seit heute Morgen war sie ununterbrochen auf den Beinen. Trotz Gertis Sandwiches, die sie längst vertilgt hatte, meldete der Magen Hunger an. Die Zirbeldrüse produzierte verstärkt Melatonin, wodurch Rita sich müde fühlte. Sie sehnte sich nach Kaffee, doch auch das Fassungsvermögen einer Thermoskanne war endlich.

Wie schafft es eigentlich Edgar, dass er jetzt noch fit ist?, fragte sie sich und wählte seine Handynummer, anstatt den Polizeifunk zur strapazieren. „Rita?"

„Ich wollte bloß sicherstellen, dass du noch wach bist", log sie, „nicht dass du mit dem schönen Streifenwagen einen Crash baust. Den Schaden würde, glaub´ ich, keine Versicherung übernehmen."

„Danke der Nachfrage und der Fürsorge. Wir haben´s ja gleich geschafft. Nach Hause darfst du dann mein Taxi sein."

Rita lachte. „Aber gerne doch. Äääh Edgar – was immer auch geschieht – pass´ auf dich auf. Oh, ich muss Schluss machen: Mika klopft bei mir an. Mal hören, was er zu sagen hat." Sie switchte um. „Mika, was hast du für uns?"

Adrian.

Er roch den Rauch, noch ehe er das Rebhäuschen zu Gesicht bekam, und erkannte ihn auf Anhieb: Vaters stinkende Stumpen.

Wieso raucht der Geizkragen bloß diesen billigen Scheiß?, dachte Adrian und blieb stehen. Umständlicher als sonst, weil die Bogensehne den Eingriff zuschnürte, fummelte er das Handy aus der Jackentasche. *Nur rasch schauen, wie spät es ist.*

Es war später, als er gedacht hatte. Dreiundzwanzig Uhr zwanzig. Er schaltete das Handy wieder aus. *Was hat der alte Simpel um diese Zeit hier oben verloren?*

Mit gemischten Gefühlen näherte er sich dem Häuschen. Der Stumpengestank nahm zu. Einerseits kam es ihm gerade wie gerufen, denn so konnte er ihn direkt nach einem Traktor anhauen; andererseits hatte er überhaupt keinen Bock auf lästige Fragen und auf Rechtfertigungen. *Wo warst du? Wo kommst du her? Was ist das für ein Ding auf deinem Rücken? Wieso steht dein Rucksack hier oben? Bla, bla, bla? Bla, bla, bla.* Adrian kannte das zur Genüge.

Der Alte stand empfangsbereit in der Tür, den glühenden Stumpen schief im Maul. Adrian ging frontal auf ihn zu. „Hallo", sagte er nur und erwartete, dass sein Vater ihm Platz machen würde, damit er die Hütte betreten konnte. Erst als er direkt vor ihm stand, entdeckte er die Pistole in dessen rechter Hand.

„Dein Bewährungshelfer hat bei mir angerufen. Du schwänzt die Arbeit?"

Adrian antwortete nicht, denn genau so hatte er es sich vorgestellt.

„Deine Bewährung ist in Gefahr. Du musst zurück in den Knast, wenn du die Bedingungen nicht einhältst, ist dir das klar?"

„Lass´ mich rein. Mein Rucksack ist da drin. Ich muss fort."

Tatsächlich trat Christof Rubsamen einen Schritt zur Seite und ließ ihn passieren. Aber nur, um hinter ihm den Ausgang zu versperren.

„Was ist das für ein Scheißdreck auf deinem Rücken? Seit wann spielst du Robin Hood? Und sind das etwa Pfeile in dem Futteral?" Der Alte griff blitzschnell zu und erwischte ausgerechnet die beiden Pfeile, die mit Holzwolleanzünder präpariert waren – und zählte eins und eins zusammen.

„Hoppla, was haben wir denn da? Jetzt wird mir einiges klar. Du warst das Schwein, das meine Scheune abgefackelt hat. Mit so einem vermaledeiten Ding." Er fuchtelte mit den Pfeilen vor Adrians Augen herum. „Du hast zwei Menschenleben auf dem Gewissen, du ... du ..." Rubsamens Gesichtsausdruck zeigte die pure Abscheu. Plötzlich schien er sich der Pistole in seiner Hand zu erinnern, denn er erhob sie, und der Lauf zeigte auf Adrians Bauch.

Adrian schluckte, denn diese Reaktion seines Vaters hatte er nicht erwartet. Er hoffte, dass sein Vater ihm nicht anmerkte, wie sehr ihm der Frack flatterte, als er antwortete: „Du würdest wirklich auf deinen eigenen Sohn schießen? Das sieht dir ähnlich, *Sigurd*. Dir geht´s doch nicht um Menschenleben. Für dich waren diese Leute doch nur Abschaum. Dir geht´s allein um die Sturmgewehre, die du und deine Clownstruppe gekauft hattet. Für euren Privatkrieg. Von Geld, das ich euch erst beschaffen musste. Ihr seid doch sowieso bloß ein Haufen beschränkter armer Idioten.“

Aufreizend langsam zog er den letzten Pfeil aus dem Köcher und richtete die Spitze gegen den Hals des Vaters.

„Das wagst du nicht, du Memme“, sagte der Alte gefährlich leise. „Apropos Sohn. Deine Mutter wollte dir unbedingt etwas sagen. Nun wird sie es wohl ins Grab mitnehmen, denn du wirst es nicht mehr hören.“

Dann drückte Christof Rubsamen den Abzug der Pistole.

„Also hör´ zu: Soeben hatte er für ein paar Sekunden sein Handy eingeschaltet. Das Signal kam aus der Nähe seines Elternhauses.“

„Mensch Mika, so weit waren wir doch schon“, reklamierte Rita.

„Nein, unterbrich mich nicht, ich bin noch nicht fertig. Aus der Nähe seines Elternhauses. **In** der Nähe, über die Hänge verteilt, gibt es drei Rebhäuschen. Das mittlere ist auf den Namen der Rubsamens eingetragen. Behaupten zumindest kommentierte Fotos bei *Google Earth*. Na, du weißt schon. Jemand besucht eine Sehenswürdigkeit und postet ein Foto davon ins *Google*-Netz.“

„Super, Mika, das ist eine Zimtschnecke wert. Schick mir den Plan am besten gleich aufs Handy.“

„Schon geschehen. Fang den Kerl, Rita.“

„Gut. Dann sofort Durchsage an alle: Sperrung aller Straßen und Wege rund um *Grafenhardt*. Revierleiter Spillmann soll das steuern. Und sag´ Oberstaatsanwalt Landquart Bescheid.“

Über Funk verständigte sie die Kollegen Polizeiobermeister Nils Brenner und Polizeimeister Sergio Kasinidis im Streifenwagen hinter, und Edgar im Streifenwagen vor ihr.

„Edgar, ich und die Streife nehmen uns das Rebhäuschen vor. Die Kollegen verfügen über Schlüssel für die Schranken. Du bleibst bitte bei Rubsamens Haus. Vielleicht kannst du deinen Streifenwagen so abstellen, dass er nicht sofort gesehen wird. Hinterm Haus oder so. Du machst das ja nicht zum ersten Mal.“

„Ist gut, Rita. Aber wir bleiben telefonisch in Kontakt.“ Edgar trat wieder aufs Gaspedal.

Nach einer Weile blendete Ritas Konterfei im Handy-Display auf. „Rita, hast du Neuigkeiten?"

„Ja, kann man so sagen. Die Kollegen kennen einen schnelleren Weg zu dem Rebhäuschen als über *Grafenhardt*. Und zwar über den Berg. Wir biegen jetzt ab und fahren ein Stück durch den Wald. Du wirst uns also gleich nicht mehr im Rückspiegel haben."

„Okay, Rita, aber gib einen Lagebericht, wenn du kannst."

„Ja, dito."

Dann wurde es dunkel in Edgars Rückspiegel.

Es war eine Situation, wie Edgar sie in seinem Berufsleben oft erlebt hatte. Er allein unterwegs, nur per elektronischer Nabelschnur mit der Welt verbunden. Es war ja nur zwischen *Ackermoos* und *Grafenhardt*. Aber es könnte genauso gut zwischen der heimischen Milchstraße und dem benachbarten Andromedanebel sein. Was sind schon zweieinhalb Millionen Lichtjahre? Aus dem Funkgerät rauschten die Radiowellen kollabierender schwarzer Löcher, unterbrochen von quäkenden Stimmen fremder Intelligenzen. Oder waren es die Sprechorgane von Polizeihauptmeister Spillmann und seinen Beamten?

Als er das Gasthaus *Linde* passierte, überlegte er, wie er vorgehen wollte. Den Streifenwagen abstellen. Das war ja klar. Aber dann? Hinterm Lenkrad sitzenbleiben und auf Ritas Bericht warten? Oder doch die Beine vertreten und frische Luft schnappen?

Schon von Weitem sah er in einem der Fenster im ersten Stock des Bauernhauses Licht brennen. Hinter allen anderen Fenstern war es finster. Er schaltete die Scheinwerfer aus und rollte fast lautlos auf den Hof vor dem

Haus. Ein paar Schritte weiter entdeckte er die Radspu-
ren eines Feldweges, der vom Haus weg in offenes Gelände führte. Dort hielt Edgar an und drehte den Zündschlüssel. Nur das Funkgerät rauschte weiter wie die
ewigen Wälder.

Er stieg aus. Mit angespannten Sinnen schritt er zum
Haus zurück und umrundete die Hausecke. Im Hof zwischen Maschinenhalle und Haustür war es still wie in
einer Kirche. Hier blieb er ungefähr eine Minute lang
stehen. Die Haustür, durch die er vor nicht mal vierundzwanzig Stunden mit Rita schon gegangen war, war geschlossen. Die Katze, die heute Morgen auf der Treppe
gelegen hatte, musste sich ein anderes Plätzchen gesucht haben.

Er stieg die Treppe hinauf. Misstrauisch wie ein alter
Einbrecher lauschte er in die Runde, doch alles blieb ruhig. Ein Versuch an der Türklinke – die Haustür öffnete
sich nach innen. Ein Blick zurück, ein Schritt hinein.
Von oben sickerte honiggelbes Licht durch das Treppenhaus.

Edgar schnaufte mächtig durch. Dann rief er:
„Hallo?"

Schon als er nicht mehr mit einer Antwort rechnete,
vernahm er eine dünne Stimme: „Adrian? Bist du das?"

Da war er. Bis auf die fehlende Katze. Edgars Mur-
meltiertag in *Punxsutawney*.

*

Klick.
Es machte *klick.*
Rubsamen drückte nochmal ab. *Klick*. Ohrenbetäubend
klick.

Nun half es Christof Rubsamen wenig zu grübeln, warum es *klick* machte und nicht *bumm*. Diese Zeit hatte er nicht.

Die Pistole, ein Erbstück seines Vaters, hatte er selber noch nie ausprobiert. Zerlegt, geölt und gereinigt schon, doch nie mit ihr geschossen.

Sie hatte über achtzig Jahre auf dem Buckel, die Pistole. Doch an ihr lag es nicht. Es war die Munition. Neun Millimeter Parabellum. Acht Patronen im Magazin, eine im Lauf. In über achtzig Jahren nie ausgetauscht. Darum machte es *klick*.

Vielleicht hätte Christof Rubsamen das wissen können. Aber so war es nun mal nicht, weshalb es so kam, wie es kommen musste.

Adrian, den Schock über den nichteingetretenen sicheren Tod noch im Nacken, handelte nicht überlegt, sondern im Affekt. Den Pfeil in den Händen, rammte er die Spitze in den Hals des Vaters. Sofort spritzte Blut aus der Wunde.

Von der wehrhaften Reaktion selber positiv überrascht, wich er bis an die Bretterwand zurück und sah mit fast klinischem Interesse seinen Vater zusammenbrechen. Erst auf die Knie, dann schräg vornüber. Kaltschnäuzig eignete er sich die Pistole an und steckte sie in den Hosenbund. Dann durchwühlte er mitleidlos Vaters Jacken- und Hosentaschen. Ein bisschen Geld war die Ausbeute und, was ihm wichtiger war, Vaters Schlüsselbund, an dem auch der Autoschlüssel hing.

Vom früher gefassten Plan, bis zum Morgen im Rebhäuschen zu bleiben, nahm er jetzt Abstand. Nicht mit einer Leiche neben sich. Außerdem stand ihm nun Vaters Auto zur Verfügung. Er füllte den Köcher mit den zurückgelassenen Pfeilen, nahm den Schlafsack und den Rucksack an sich, stieg, ohne ihn noch eines Blickes zu würdigen, über den Körper seines Vaters hinweg und ging hinaus.

Ob er wollte oder nicht – Vaters Auto befand sich in der Garage der Maschinenhalle – er musste wohl oder übel zum Haus. Der kürzeste und bestimmt auch schnellste Weg führte zwischen den Rebzeilen hinunter. Und da er auf Sauberkeit oder Dreck sowieso nicht mehr zu achten brauchte, setzte er sich in Bewegung.

Etwa auf halber Strecke, das Elternhaus zum Greifen nah, kamen ihm Vaters Worte über Mutter in den Sinn. Dass sie ihm etwas sagen wollte. Dass sie vielleicht im Sterben lag. *Sie war eigentlich immer anständig zu mir gewesen,* dachte er. *Soll ich zu ihr gehen und ihr sagen, dass es mir gut geht? Dass ich sie für eine Weile nicht besuchen kann?*

Er trat oberhalb der Maschinenhalle aus den Reben heraus auf den Weg, der im leichten Bogen auf den Hof und aufs Haus zulief. Ungefähr eine halbe Minute später stand er vor der Tür. Sie war nur angelehnt. In zwiespältiger Stimmung drückte er sie auf und sah in den Flur. Dort das Treppenhaus in schwachem Lichtschein. Er wunderte sich, warum er sein Herz so laut in den Ohren pochen hörte.

Ich sag' ihr wenigstens adieu, dachte er und ging leise zur Treppe.

*

Mitten im Wald lag ein Motorrad. Drei, vier Meter abseits des Weges. Rita und ihre Begleiter POM Brenner und PM Kasinidis hielten an und betrachteten die Spuren in der Böschung. Flink hangelte sich Rita zum Motorrad hinunter und schaute nach dem Kennzeichen. Es war die Nummer, nach der aktuell gefahndet wurde. Die Anzeichen, den Gesuchten vor sich zu haben, verdichteten sich. Hurtig stieg sie wieder ein und beschleunigte mit durchdrehenden Reifen.

Das Herz sackte ihr in die Magengrube, als sie mit ihrem Streifenwagen aus dem Wald über den Hügelkamm flog. Die Stoßdämpfer ächzten bei der harten Landung. Vor und unter ihr lag der nach Westen hin offene Talkessel, den sie bei Tageslicht schon von der gegenüberliegenden Seite gesehen hatte. Trotzdem war die Perspektive eine ganz andere. Die Nacht war wolkenlos und klar und noch nie, schien es Rita, hatte sie so viele Sterne gesehen wie hier oben.

Leider konnte sie das Panorama nicht lange genießen, denn Brenner und Kasinidis hielten mit ihrem Wagen direkt hinter ihr. Sie stiegen alle zu einer kurzen Besprechung aus. Die Köpfe zusammengesteckt, beugten sie sich über den Landkartenauszug, den Mika Laukonen auf Ritas Handy geschickt hatte. Man einigte sich beim Vergleich mit dem Original rasch über die Lage des

Objekts und den Weg dorthin. Rita übernahm mit ihrem Auto erneut die Führung.

Bergab einmal ins Rollen geraten, schaltete sie den Motor aus und steuerte das Auto im Leerlauf. Früher als gedacht erschien im Lichtkegel der Scheinwerfer auf der linken Wegseite die verwitterte Bretterwand des gesuchten Rebhäuschens. Rita bremste sacht ab und brachte den Streifenwagen ungefähr zwanzig Meter vorher zum Stehen. Sie wartete, bis die Kollegen es hinter ihr gleichtaten. Dann löschte sie das Licht und stieg aus. Nach kurzer Beratung mit den Kollegen näherte sie sich, versehen mit einer Taschenlampe in der einen, der Dienstpistole in der anderen Hand, dem Häuschen. Einer der Kollegen sollte ihr Deckung geben, während der andere am Funkgerät im Streifenwagen blieb.

Aus dem Rebhäuschen waren weder Geräusche zu hören noch Licht zu sehen. Dann waren sie bei der Tür angekommen. Nach einer Phase der Konzentration sprang Rita, Taschenlampe und Pistole nach vorne gestreckt, beherzt unter den Türrahmen.

Im Schein der Taschenlampe entdeckte sie sofort den anscheinend leblosen Körper Christof Rubsamens mit dem grotesk aus dem Hals ragenden Pfeil. Da sich sonst niemand in der Hütte aufhielt, steckte sie die Pistole ein, beugte sich über den Mann und fühlte seinen Puls. „Er lebt", sagte sie beherrscht zum Kollegen Brenner hinter ihr. „Notarzt. Hubschrauber. Gib die Geodaten durch. Ich bleibe beim Verletzten."

„Willst du ihm nicht den Pfeil aus dem Hals ziehen?", fragte Nils Brenner.

„Nein!", erwiderte Rita heftig. „Tu´, was ich dir gesagt habe."

*

Das erste, was Edgar zu sehen bekam, war die getigerte Katze auf Anita Rubsamens Schoß. *Hier bist du also, Mieze*, dachte er. Sonst war alles gleich. Frau Rubsamen saß mit erwartungsvollem Blick in ihrem Polstersessel und kraulte die Katze seitlich am Hals. In der Ecke lief im Fernsehen *Bibel-TV* ohne Ton. An der Decke funzelte eine Lampe mit Milchglasschirm und einer Fünfundzwanzig-Watt-Birne.

Frau Rubsamens Hoffnung auf ihren Sohn raste im Tempo eines Hochhausaufzugs in den Keller, wo sie zerbarst. Edgar meinte Risse in ihrem Gesicht zu erkennen, wie bei altem Porzellan.

„Sie sind nicht Adrian", sagte sie vorwurfsvoll.

Meine Güte, kümmert sich eigentlich niemand um diese Frau, außer dieser Mieze? „Nein, ich bin nicht Adrian. Erkennen Sie mich wieder? Ich heiße Edgar Schaaf. Ist denn Ihr Mann nicht zu Hause?"

„Er ist kurz weg", antwortete sie barsch und unvermutet schnell, als wäre ihr die Frage lästig.

„Wie lange ist er schon weg?"

„Nur kurz." Sie wischte die Antwort mit einer Handbewegung weg wie Krümel von einem Tisch. Der Katze wurde es zu ungemütlich. Sie sprang auf den Boden und huschte zur Tür hinaus.

„Und Adrian? War er schon da?"

Der Aufzug im Keller des Hochhauses namens Hoffnung erhielt einen Impuls. Frau Rubsamens Gesichtshaut glättete sich und ihre Stimme wurde weich. „War nicht da", sagte sie. „Aber kommt er noch? Haben Sie ihn gesehen? Ich muss ihm nämlich etwas sagen."

„Was wollen Sie ihm denn sagen, Frau Rubsamen?"

„Etwas, das Sie nichts angeht!"

Edgar, der niemanden hatte kommen hören, bekam unvermittelt einen Stoß in den Rücken, sodass er zwei Schritte weiter in das Zimmer hineinstolperte. Noch in Bewegung gelang ihm ein Blick über die Schulter, der ihm einen bizarren Auftritt bot. Ein junger Mann mit irrer Miene, blutbesudelt und mit dreckstarrender Kleidung, stand in der Tür und zielte mit Pfeil und Bogen auf ihn. Aus dem Hosenbund lugte der Griff einer Pistole. Trotz der Überrumpelung gab es für Edgar keinen Zweifel, dass es sich um Adrian handeln musste.

In Anita Rubsamens Haltung vollzog sich eine erstaunliche Wandlung. Innert Sekunden mutierte sie von einer siechenden zu einer erwachenden Frau.

„Was haben Sie hier bei meiner Mutter verloren? Sehen Sie nicht, dass sie krank ist? Es ist besser, wenn Sie jetzt gehen, Bulle. Verschwinden Sie!"

Es waren diese wenigen Sekunden, während derer in Edgars Hirn das Mysterium eines unergründlichen biochemischen Prozesses begann und endete. Partikel aus Kleinstmengen abgelagerter Eindrücke, irgendwann unbedacht und mehr oder weniger zufällig durch akustische und optische Wahrnehmungen aufgelesen, entwickelten sich in der Endauflösung zu einer unumstößlichen Wahrheit. Im Humus seiner Gehirnwindungen schickte sich ein Keimling an ans Licht zu streben, um eine Ordnung herzustellen, die viel zu viele Jahre lang verleugnet worden war. Edgar selbst war von der gleißenden Erkenntnis so geblendet, dass er kurzfristig Seh- und Standvermögen verlor und ins Taumeln geriet. Dann aber gewann seine mentale Grundstärke die Oberhand. Und angesichts des Mannes, der einer jungen Frau mit einer Flasche das Gesicht zerstört, zwei Menschen getötet und vier weitere Menschen schwer verletzt hatte, war er nicht zu dessen Schonung bereit.

„Sie will Ihnen sagen, dass Sie nicht ihr leiblicher Sohn sind", sagte Edgar mit rauer Stimme.

Schlagartig wurde dem Raum alle Luft entzogen. Die Menschen darin agierten in einem Vakuum. Erst als Edgars Stimme wieder einsetzte, kehrten die Luft und das Leben zurück.

„Ihr Vater ist nicht Ihr leiblicher Vater. Ist es nicht so, Frau Rubsamen?"

Adrian, der noch immer den Pfeil auf Edgar gerichtet hatte, spannte den Bogen stärker. „Was redest denn du für einen Bockmist? Weißt du denn nicht, dass ich dich mit einem einzigen Pfeil töten kann?"

Edgar, innerlich in Aufruhr, doch äußerlich die Ruhe selbst, antwortete kühl: „Nur zu. Das wäre dann Mord Nummer drei. Und Sie würden nie erfahren, was ich weiß: Nämlich wer Ihre richtige Mutter ist."

Ob aus Versehen oder aus Böswilligkeit – die Umstände wurden später nie eindeutig geklärt – schnellte der Pfeil von Sehne und Bogen und traf Edgar aus nächster Nähe in die Brust.

*

Rita steckte enorm unter Zugzwang. Zum einen lag hier der schwerverletzte Rubsamen vor ihr. Lebend, aber röchelnd um Atem bemüht. Zum anderen befand sich der Täter, der für den Zustand des Mannes verantwortlich war, weiterhin auf der Flucht. Adrian Rubsamen.

Die Krux dabei war, dass Adrian Rubsamen ohne fahrbaren Untersatz nicht weit kommen würde. Seines Motorrads entledigt, war er unter Garantie auf der Suche nach schnellstmöglichem Ersatz. Und wo würde er diesen am ehesten finden?

Verdammt, fluchte sie innerlich, *natürlich in seines Vaters Garage dort unten beim Bauernhof. Und ausgerechnet wer befindet sich jetzt dort? Genau. Edgar.*
Sie kontrollierte, ob sie den Verletzten für eine Minute allein lassen konnte, eilte dann aus dem Häuschen und rief Brenner und Kasinidis zu sich.

„Nils und Sergio, hört´ bitte zu. Ich muss hier weg. Edgar Schaaf befindet sich unbewaffnet allein dort unten im Bauernhof. Ich vermute, dass unser gesuchter Mann unterwegs dorthin oder bereits dort ist. Ich schlage vor, dass du, Nils, hier beim Verletzten bleibst, während Sergio den Helikopter mit dem Notarzt empfängt."

„Brauchst du den Schlüssel für die Schranken?", fragte Brenner.

„Gute Idee. Ich glaube mit dem Auto bin ich schneller als zu Fuß durch die Reben. Ich fordere gleich auch Verstärkung an."

„Okay, Rita, dann viel Glück, und … ja, viel Glück."

Rita nickte und lief zu ihrem Streifenwagen. Sekunden später waren nur noch ihre Rückleuchten zu sehen.

„Mensch, Mensch, Edgar", wiederholte sie die Worte wie den Refrain eines unendlichen Liedes, während sie zwar waghalsig, aber nicht unkontrolliert fuhr. „Mensch, Mensch, Edgar."

Auf Laukonens Landkartenausschnitt auf dem Handy achtete sie nicht mehr. Sie folgte einfach den Wegen, die abwärts verliefen, bis sie an die untere Schranke gelangte. „Mensch, Mensch, Edgar."

Ein erster Überblick verschaffte ihr Gewissheit, dass sie sich auf der Rückseite von Rubsamens Maschinenhalle befand. In fliegender Hast und mit fahrigen Händen versuchte sie die Schranke zu öffnen, doch irgendwie wollte der Schlüssel nicht passen. Rita geriet in Schweiß.

Dann hörte sie in der Luft das typische Geräusch einer Hubschrauberturbine, und bald danach entdeckte sie ihn, wie er mit Suchscheinwerfer zur Landung in der Höhe des Hügelkamms ansetzte. Sergio hatte zur besseren Ortung das Blaulicht eingeschaltet. Erleichtert aufatmend, gelang ihr endlich auch die Schranke zu öffnen. *Herrgotzack, warum nicht gleich?*

Mit aufheulendem Motor umrundete sie die Maschinenhalle und fuhr mitten auf den Hof vor dem Bauernhaus. Sie lenkte den Streifenwagen so, dass die Scheinwerfer direkt den Haustürbereich beleuchteten. Ihr bot sich ein merkwürdiges Bild. Auf den Stufen vor der Haustür hockte Edgar mit nacktem Oberkörper, die Arme auf die Knie gestützt und das Gesicht mit beiden Händen bedeckt. Zu seinen Füßen lag ein dunkles Bündel, das auf den ersten Blick nicht zu definieren war. Neben ihm saß eine getigerte Katze.

Rita stieg aus, zog ihre Pistole und ging mit wachsamen Sinnen auf Edgar zu. Als sie näher bei ihm war, erwies sich das Bündel als Edgars dunkelgraues Hemd und anthrazitfarbene Jacke. Doch es lag noch etwas anderes darunter. Da hörte sie ihn schniefen.

„Edgar?"

Langsam senkte er die Hände vom Gesicht.

Mein Gott, er hat geweint. „Edgar?" Sie steckte die Pistole weg.

Er erhob sich schwerfällig. „Rita", seufzte er nur. Dann sank er in ihre Arme und schluchzte.

Teil VI

Mittwoch, 25. September 2024
Grafenhardt/Gengenbach/Offenburg

Rita und Edgar saßen auf den Vordersitzen des Streifenwagens. Ihr Versuch, Anita Rubsamen durch Zureden zu beruhigen, war vergeblich gewesen. So hatten sie die Frau nur in ein anderes Zimmer im Erdgeschoss gebracht, um ihr den Anblick Adrians zu ersparen. Ihr Gejammer hielt jedoch weiterhin an.

Edgar hatte sich Hemd und Jacke wieder angezogen, denn es war empfindlich kühl geworden. Sie warteten auf die angeforderte Verstärkung und auf Oberstaatsanwalt Bernd Landquart. In der Zwischenzeit hatte der Stundenzeiger der Uhr die Mitternachtslinie überschritten.

Edgar schaute geradeaus zur Frontscheibe hinaus. Die getigerte Katze hielt noch immer die Stellung auf der Treppe, nur dass sie eine bequemere Position eingenommen hatte.

„Ich werde sie wohl mitnehmen", sagte Edgar. „Sie hat ja sonst niemanden."

„Redest du von der Katze?", fragte Rita. „Ich dachte du bist ein Hundemensch. Was werden *Lydia* und *Müller* dazu sagen? Und Melanie?"

Er ging nicht auf ihre Frage ein, sondern wiederholte den ersten Satz: „Ich werde sie mitnehmen. Frau Rubsamen wird voraussichtlich auf unbestimmte Dauer in eine psychiatrische Klinik eingewiesen; ob ihr Mann überleben wird steht auf der Kippe, und ihr Sohn wird im Gefängnis landen. Sonst muss die Mieze ins Tierheim, und das will ich nicht."

Schräg über ihren Köpfen schwoll das Dröhnen der Hubschrauberturbine an. Rita stieg aus und verfolgte über das Dach des Streifenwagens hinweg den Start des

Rettungshelikopters, bis er hinter dem Hügel verschwunden war. Dann ließ sie sich wieder auf den Fahrersitz fallen.

Edgar schüttelte eine Zigarette aus der Packung.

„Nenenene", wackelte Rita mit dem Zeigefinger. „Hier drin wird nicht geraucht!"

„Aber das ist doch nicht dein Dienstwagen", monierte er, „sondern ein normaler ausrangierter Streifenwagen."

„Keine Diskussion, Edgar. Geraucht wird draußen."

Mürrisch öffnete er die Beifahrertür und ächzte seinen Körper ins Freie. „Ich werde zu alt für so einen Mist", stöhnte er und zündete den Glimmstängel an.

Rita beugte sich zur offenen Tür hinüber und antwortete: „Da hast du recht, mein Lieber. Bei dem Dusel, den du hattest."

„Ja, Dusel", bestätigte er. „So ein Dusel. Kein Wort davon zu Melanie, kapiert?"

„Dazu braucht's mich nicht. Das sieht sie dir an der Nasenspitze an, wetten?"

Edgar bekam Rauch in den falschen Hals und hustete. *Ja, verflixt*, dachte er, *das tut sie.*

Eine knappe Stunde vorher.

Der Pfeil traf Edgar mitten in die Brust. Er spürte einen Schlag wie vom Tritt eines Pferdes, der die Energie besaß, ihn umzuwerfen. Doch Edgar strauchelte nur. Indes klappte der Pfeil, als wäre er hinter der Spitze mit einem Scharnier versehen, nach unten. Adrian Rubsamen glotzte sein Gegenüber fassungslos an. Verstand nicht, weshalb der alte Mann nicht tot umfiel.

Verwirrt langte er über die Schulter nach einem nächsten Pfeil im Köcher. Ehe er ihn aber zu greifen bekam, war Edgar heran, riss die Pistole aus Adrians

Hosenbund und schmetterte ihm ohne Kompromisse die schwere Waffe über den Schädel. Unter Anita Rubsamens Wehklagen brach Adrian auf der Stelle zusammen.

Schnell war Edgar über ihm. Er angelte ein Paar Handschellen aus der Jackentasche und fesselte den benommenen Adrian damit an ein Heizungsrohr unter dem Fenster. Aus einer Platzwunde an Adrians Kopf floss Blut, doch Edgar schätzte die Verletzung als nicht gefährlich ein.

Den Angreifer provisorisch dingfest gemacht, leerte Edgar dessen Taschen und nahm sowohl den Inhalt als auch Pfeile und Bogen mit nach unten, wo er die Gegenstände im Flur deponierte.

Dort erst holten ihn die Ereignisse der letzten Minuten ein und er realisierte, wie knapp er dem Tod entronnen war. Unter wildem Stöhnen riss er Jacke, Hemd und die kugelsichere Weste vom Leib und warf alles auf einen Haufen vor die Haustür. Dann sank er ermattet auf die Treppe, wo ihn die Gefühle übermannten.

Rita beobachtete, wie sich von *Grafenhardt* her eine Blaulichtkolonne näherte. „Wie bist du überhaupt zu der kugelsicheren Weste gekommen? Ich meine, sowas hat man als Normalbürger nicht einfach daheim im Wäscheschrank", sagte sie.

„Nun, als ich gestern Abend vor Adrian Rubsamens Wohnung Wache geschoben hab´, hatte ich genug Zeit, mir den Streifenwagen mal gründlicher anzuschauen. Und siehe da, hab´ ich im Kofferraum doch diese Schutzweste entdeckt, und ein paar Handschellen dazu. Edgar, hab´ ich mir gesagt, diese Weste ziehst du vorsichtshalber mal an. Also raus aus den

Designerklamotten und rein in das gute Stück. Tja, ich muss gestehen, dass mir dieser Einfall das Leben gerettet hat."

Rita nickte bestätigend. „Das kannst du laut sagen. Mensch, Mensch, Edgar." Sie klatschte mit beiden Händen aufs Lenkrad. „So, dann wollen wir die anrückende Kavallerie gebührend empfangen. Bin gespannt auf Landquarts Gesicht, wenn er dich hier sieht."

„Ich werde mich weitestgehend zurückhalten", meinte Edgar.

„Um eine Aussage und um ein Protokoll wirst du nicht herumkommen. Aber falls es dir angenehmer ist, wenn **ich** dich zu Sache vernehme, dann werde ich das in die Wege leiten. Eine Frage noch schnell, bevor es hier vor Leuten wimmelt. Woher willst du wissen, dass Adrian nicht der leibliche Sohn der Rubsamens ist?"

Edgar leistete sich ein kleines stilles Lächeln. „Intuition. Ich bin dem Kerl vor Wochen, wenn nicht sogar vor Monaten, an einer Tankstelle schon mal begegnet. In *Magerbüchel*, wenn ich mich recht entsinne, wo er bis gestern angeblich noch gearbeitet hat. Es hatte sich ein Bild von ihm bei mir eingenistet, das ich gestern Morgen auch woanders gesehen habe. Du erinnerst dich? Clementine Pfeifer und Melanie Safka? Die Ähnlichkeit? Solch ein Phänomen ist mir heute wieder passiert. Also gestern in der Klinik und vor einer Stunde. Ich behaupte, dass Adrian Rubsamen Clementine Pfeifers Sohn ist."

„Uiuiui, Edgar, das ist eine gewagte These. Das hieße dann ja, dass Adrian seine eigene Mutter hatte umbringen wollen."

„Diese Welt ist eine kranke Welt, Rita. Ja, man stelle sich bloß diese Tragödie vor. Ich glaube, wir steigen jetzt besser mal aus, denn da kommt er schon, der Herr Oberstaatsanwalt."

Oberstaatsanwalt Landquart nahm sofort das Heft in die Hand. Er verfügte, dass Adrian Rubsamen mit einer Ambulanz unter Polizeibewachung zur ärztlichen Untersuchung in die *Ortenauklinik Offenburg* gebracht wurde. „Soll uns keiner nachsagen, wir hätten unsere Fürsorgepflicht vernachlässigt."

Desgleichen ordnete er für die unter Schock stehende Frau Rubsamen eine auf Verdacht begründete vorsorgliche Unterbringung in einem psychiatrischen Krankenhaus an.

Der Bauernhof der Rubsamens wurde als Tatort klassifiziert, abgesperrt und nach weiteren Personen durchsucht. Ebenso das Rebhäuschen, von wo die Beamten Brenner und Kasinidis mittlerweile zum Gros der Einsatzkräfte gestoßen waren. Da die Tathergänge hier wie dort im Großen und Ganzen unzweifelhaft waren, wurde auf Allgöwers sofortigen KTU-Einsatz verzichtet.

Rita wurde direkt nach Hause geschickt. „Lassen Sie sich heute auf der Dienststelle ja nicht mehr blicken. Ruhen Sie sich aus. Die Fallbesprechung kann bis morgen warten. Und nehmen Sie diesen alten unkaputtbaren Haudegen Edgar Schaaf mit. Binden Sie ihn daheim fest, denn er zieht das Unheil an wie ein stinkender Fisch die Katzen."

„Katze?", fragte Edgar hellhörig geworden. „Wo ist meine Katze?"

Rita räusperte sich. „Stinken Katzen eigentlich?"

„Niemals", schwor Edgar.

„Gut. Dann darfst du sie in meinem Streifenwagen mitnehmen."

Jetzt sind sie beide durchgeknallt, dachte der Oberstaatsanwalt.

*

Nach dem abendlichen Telefongespräch mit Edgar war Melanie erst gar nicht zu Bett gegangen. Und ihre treue Freundin Gerti hatte sich solidarisch erklärt und war mit ihr wach geblieben. Wissend, dass die kleine Saida bereits in ihrem Zimmer schlief, hatte Melanie eine DVD in den Player gelegt und sich mit Gerti unter einer Wolldecke auf die Couch gekuschelt. *Schlaflos in Seattle,* mit *Meg Ryan* und *Tom Hanks* in den Hauptrollen. Melanies absoluter Schmonzettenhit.

Sie hatte sich vor der Entscheidung, das *Aquarelle und Poesie* auf- und in andere Hände abzugeben, gefürchtet. Schließlich steckte ihr Herzblut darin. Es war ihr Lebenswerk. Man hatte das Geschäft nur mit ihr gekannt und hatte es mit ihr identifiziert. *Aquarelle und Poesie* war Melanie Köninger, und umgekehrt. So unglaublich viele Freunde hatte sie damit gewonnen. So viele Erfahrungen gesammelt. Das *Aquarelle und Poesie* hatte ihre Tagesabläufe bestimmt und war in ihrem Leben eine fixe Größe gewesen. Davon einmal Abstand zu nehmen – davor hatte ihr immer gegraut.

Doch das Gespräch mit ihrem Edgar hatte ihr plötzlich eine Klarheit geschenkt, die alle gehabten Ängste auf einmal verscheuchte. Da war nicht das große dunkle Nichts, in das sie unweigerlich stürzen könnte. Da wartete nicht die lähmende Langeweile, in die sie verfallen würde. Sie verfügte mit ihrer Familie über einen

Rahmen, in dem sie sich aufgehoben und erfüllt sah. Nie eigene Kinder gehabt, fühlte sie sich dennoch gewappnet, für Saida, dem jüngsten Mitglied der Patchworkfamilie, so etwas wie eine Mutter zu sein. Keine leichte Aufgabe, gewiss, doch sie durfte auf die Unterstützung der anderen Mädels im Haus bauen. Von Gerti, Rita, und wenn Janna zu Besuch war, auch von ihr.

Und da war Edgar. Ihr Edgar. Dieser wunderbare Mensch. Ein Altruist in Vollendung. Er hatte es schon geschafft, den Kriminalhauptkommissar, der er einst war, in Pension zu schicken. Obwohl, wenn Melanie es recht bedachte, er in den vier Jahren, die sie nun bereits das Leben teilten, zehn komplexe Kriminalfälle aufgeklärt hatte. Zehn, und am elften arbeitete er gerade. Aber er tat es als Privatier. Gewissermaßen als Hobby.

Melanie, an die Schulter Gertis gelehnt, lächelte. Was, wenn es ihr ebenfalls gelänge, ihren Beruf zum Hobby zu erklären? Intensiver als bisher zu malen? Sie war ja nicht völlig talentfrei, und so gut wie die selbsternannten Künstler, die ihre Werke regionalkulturell im Rathaus oder der Sparkasse und der Volksbank ausstellen durften, Pseudokünstler in Melanies Augen, war sie allemal. Ja, diese Idee hatte was, und Edgar würde ihr in der Bibliothek des Türmchenhauses oder oben im lichtdurchfluteten Türmchenzimmer ein Atelier einrichten.

Auch dieses Mal, wie schon all die Male zuvor, ging die Geschichte zwischen *Meg Ryan* und *Tom Hanks* oben auf der Aussichtsplattform des *Empire State Building* gut aus. Gerti und Melanie schliefen, noch während der Abspann des Films lief, nebeneinander unter der Wolldecke auf der Couch ein.

In dieser unveränderten Stellung wurden sie von Rita und Edgar vorgefunden, als diese nachts um viertel nach zwei Uhr in Begleitung einer getigerten Katze nach Hause kamen.

Kurzschlafzeiten noch von früher gewohnt, war Edgar um sechs Uhr bereits wieder auf den Beinen. *Müller* und *Lydia* beäugten ihn ein bisschen nervös und anders als sonst, was auf den neuen Eindringling zurückzuführen war. Die Katze. Vielleicht waren sie sogar eingeschnappt. Edgar hatte vor, ihnen die Situation im Zuge einer physischen Gegenüberstellung zu erklären. Er dachte da ganz kriminalistisch wie pragmatisch. Mit *Müller* quasi von Mann zu Mann, und bei *Lydia* mit einem Appell an ihre Sanftmut. Zuerst jedoch wollte er die Hunde mit einer ausgedehnten Tour über den Kinzigdamm gnädig stimmen.

Melanies Einwilligung vorausgesetzt, hatte er die Katze vorsichtshalber mit ins Schlafzimmer genommen *und* ihr in einer Ecke auf einem alten Bettbezug einen Schlafplatz angeboten. Den sie erst bereitwillig angenommen, im Laufe der Nacht jedoch mit einem bequemeren Platz bei seinen Füßen getauscht hatte.

Ob es sich um eine Katze oder einen Kater handelte, war vorderhand noch unklar. Doch alsbald musste Futter beschafft werden und unter Umständen eine Katzentoilette. Während ersteres als selbstverständlich galt, würde man zweites vermutlich am Verhalten des Tieres erkennen. Pinkelte es draußen oder drinnen?

Und einen Namen musste das Tier bekommen. Edgar wusste auch schon, wen er damit beauftragen würde.

Adrian.

Vielleicht ist es sogar gut so, **dachte Adrian,** *dass es jetzt zu Ende ist. Die Flucht, das ständige Versteck-spiel, immer wieder Geld beschaffen, womöglich durch Banküberfälle, fliehen, keine ruhige Minute mehr. Vielleicht ist es gut so, wie es gekommen ist.*

Vielleicht ist es aber nicht gut, **schwurbelte er in gleicher Manier wie einst jener US-Präsident, der seine Pläne in etwa so zu äußern pflegte: „Vielleicht tue ich es, vielleicht tue ich es nicht, man wird se-hen."** *Die Typen im Gefängnis zählen nicht unbedingt zur feinsten Gesellschaft, und während ich die Strafe absitzen muss, ziehen die besten Jahre an mir vorbei. Vielleicht ist es nicht gut.*

Er kaute auf den Fingernägeln. Sie hatten ihn mit gefesselten Händen hierher gebracht, und ge-fesselt war er auch jetzt. *Die müssen ganz schönen Schiss vor mir haben,* **grinste er mit diebischer Freude.** *Ich, der meistgesuchte Verbrecher Deutsch-lands.*

Ob wirklich ein Bulle vor der Tür saß, wie ihm ge-sagt worden war, wusste er nicht. Nachgeprüft hatte er es nicht und es war ihm auch relativ wurscht.

Dass er allein in dem Patientenzimmer lag, hatte bestimmt nichts mit seinem Versicherungsstatus zu tun. Er war lediglich zur Beobachtung hier, nachdem er in der Nacht ärztlich versorgt worden war. Zur Beobachtung, dass keine bleibenden

Schäden zurückbleiben würden. Da gingen die Ärzte kein Risiko ein.

Sobald aus medizinischer Sicht einer Entlassung nichts mehr entgegenstand, würde er fortgeschafft werden. So viel war ihm klar. Entweder zur Polizeidirektion oder ins Untersuchungsgefängnis. Davor schützte ihn selbst der Kopfverband nicht. Für die nächste Spielrunde hatte er fürwahr ein schlechtes Blatt auf der Hand.

Sie hatten die Vorhänge zugezogen, sodass er nicht sehen konnte, welches Wetter herrschte. Außerdem war es sakrisch kalt in dem Zimmer. Er wurde das Gefühl nicht los, dass sie ihn in der Klinik nicht besonders mochten. Zum Beispiel schien es diese Leute nicht zu kümmern, dass er Durst und Hunger hatte. Er meinte das Klinikpersonal. Wie es überhaupt ein zu seinen Lasten einseitiges Verhältnis gab, was auf einmal alles *nicht* mehr ging oder sonst einen negativen Anstrich hatte. Der rote Knopf, der am Galgen über dem Krankenbett hing, funktionierte zwar, aber auf den bestellten Kaffee wartete er vergebens.

Die Platzwunde hatte genäht werden müssen. Wehe ihnen, wenn sie dafür die Haare abrasiert hatten.

Ganz so schlimm war es mit der Verletzung nun auch wieder nicht. Ja, er hatte eine veritable Platzwunde davongetragen, aber sonst war mit seinem

Kopf wieder alles in Ordnung. Keine Brüche oder so.

Die kurze Zeit der Bewusstlosigkeit – naja – die hatte er mit einem bisschen Schauspielerei theatralisch verlängert. Aber die Mutter hatte ihm mit ihrem Heulen und Jammern bald den letzten Nerv geraubt, sodass er letztlich froh gewesen war, als man sie von ihm trennte. Wenn sie überhaupt seine Mutter war. Die richtige.

Viel schmerzhafter als die Kopfwunde jedoch war die Schmach gewesen. Dass ihn ein alter Knacker im Handumdrehen übertölpelt und überwältigt hatte. Und dass der Kerl ihn vor den Augen der Mutter einen Mörder genannt hatte.

Durfte der das überhaupt? Wie war der Kerl eigentlich ins Zimmer meiner Mutter gekommen? Unerlaubtes Eindringen? Hausfriedensbruch? Ha, und wie der den Frieden gebrochen hat. Schwere Körperverletzung? Freiheitsberaubung? Meine Güte, dem Kerl hänge ich einen Prozess an den Hals, der sich gewaschen hat. Der Prozess.

Die Empörung, das merkte er selber, war rein künstlicher Natur. In einer neutralen Zone seines Gehirns duellierten sich aktuell zwei Egos, die unterschiedlicher nicht sein konnten, über den Status seines Intellekts. Dabei ging es um nichts weniger als die Frage, wer und was er in Zukunft sein würde. Mensch oder Arschloch? Oder, reduziert auf die grundsätzlichen Faktoren: gut oder böse?

Die Kraftverhältnisse entsprachen in etwa jenen von David und Goliath. Der Unterschied war, dass in der modernen Version David zwischen den Fäusten Goliaths zermalmt wurde. So erhielt Adrian die Marschrichtung prompter als erwartet, denn er hatte den roten Knopf gedrückt und eine Krankenschwester lugte ins Zimmer. Er sagte: „Wenn du mir schon keinen Kaffee bringst – kannst du mir dann nicht wenigstens den Schwanz lutschen?"

Die Schwester verschwand, die Tür knallte zu, und Adrian lachte dreckig: „Ojojojoj, war das gut."

Es war die gleiche Minute, in der auf der Intensivstation derselben Klinik das Herz von Christof Rubsamen aufhörte zu schlagen.

Ritas Schlaf war nicht erquickend. Zu sehr war ihr Wach-Schlaf-Rhythmus aus dem Gleis geraten. Außerdem hatte ihr Handy geblökt und eine SMS angezeigt. Polizeihauptmeister Ferdinand Oberländer vom Revier schrieb: *C. Rubsamen ist seinen Verletzungen erlegen.*

Sie las die Zeit vom Handy ab: Sieben Uhr sechsundvierzig. Also knappe fünf Stunden, die sie hätte schlafen können. *Ob ich mir irgendwann eine Schlaftablette verschreiben lasse?*, dachte sie.

Eine Duftschwade fand den Weg in ihr kleines Kabuff, in dem ihr Bett stand. Kaffee.

Ungeachtet ihres Aussehens pressierte sie in Pyjama und Strubbelfrisur über den Flur zur Treppe der Duftwolke nach. Saida verließ gerade das Haus auf dem Weg zur Schule. Melanie hockte mit müden Augen am Esstisch und stierte uninspiriert in ihre Müslischale. Gerti war wohl noch gar nicht aufgestanden. Nur Edgar schien munter wie ein Fisch im Wasser zu sein.

„Guten Morgen, Rita. Kaffee?", fragte er überflüssigerweise.

„Bloß keine Tasse. Gib mir gleich die ganze Kanne", antwortete sie. „Wo ist die Katze?"

Edgar deutete mit dem Kinn zum Couchtisch hinüber. Die Katze saß aufrecht und wachsam, aber unaufgeregt darunter, während die Hunde auf ihrer Decke unterm Fenster lagen und die Katze skeptisch bis argwöhnisch studierten. „Es ist übrigens ein Mädchen", informierte er sie. „Saida hat gewusst, wonach man schauen muss. Sie kennt das von den Ziegen, und Katzen hatte sie in Marokko eine Menge."

Rita schlürfte an der Kaffeetasse, die Edgar ihr gefüllt hatte. „Nachricht aus der Klinik. Christof Rubsamen hat es nicht geschafft. Er ist heute früh gestorben."

Melanie horchte auf. „Ist das der Vater des jungen Mannes, den ihr …?"

Rita nickte. „Auf dem Papier. Edgar behauptet aber, dass Rubsamen nicht der leibliche Vater ist. Wir werden das überprüfen, natürlich."

Melanies Augen huschten jetzt etwas lebendiger zwischen Rita und Edgar hin und her. „Natürlich überprüft ihr das", sagte sie und erhob sich entschlossen. „Herrgott, bin ich müde. Ob ich Frau Holzer bitten soll, heute das *Aquarelle und Poesie* zu übernehmen? Es ist zwar etwas kurzfristig, entschuldigt, aber ich bin so fit wie ein lauwarmer Schluck Wasser."

„Mach´ das, mein Engel", meinte Edgar fürsorglich, „denn heute Abend wird es bestimmt auch spät werden."

„Äääh, wieso heute Abend spät?"

Edgar trat zu ihr und nahm sie in die Arme. „Na, weil Eliza und Pit und Lothar Gieringer kommen werden. Wegen Clementine Pfeifer."

„Ach, du meine Güte, ja. Das hab´ ich total vergessen, Edgar. Da müssen wir ja noch einkaufen. Irgendwas müssen wir doch auf den Tisch stellen."

Gerti kam die Treppe herunter. Sie hatte Melanies letzte Worte gehört. „Schreib´ mir einen Zettel, und ich erledige das", bot sie an.

Rita nahm das als Gelegenheit, ihrerseits die Kurve zu kratzen. „Dann ist ja alles in Butter", sagte sie. „Trotz Oberstaatsanwalt Landquarts Arbeitsverbot werde ich heute doch ins Büro fahren. Wenn Adrian Rubsamen dem Haftrichter vorgeführt wird, will ich auf jeden Fall dabei sein."

Edgars Miene nahm den Ausdruck eines Drogensüchtigen an.

Rita bemerkte das. „Du nicht, Edgar", wies sie ihn zurück. „Du hast deine Schuldigkeit getan."

*

Allgöwer und sein KTU-Team hatten in den Morgenstunden den Bauernhof der Rubsamens wie eine Gruppe extraterrestrischer Besucher heimgesucht. Ein zufälliger Beobachter der Szene würde von Männchen in silberweiß glänzenden Anzügen berichten, ausgestattet mit allerlei merkwürdigen Utensilien.

Nach dem außergewöhnlichen Einsatz vom Vorabend auf den Grundstücken in der Weidensenke hatte Allgöwer sich sechs Stunden Schlaf verordnet. Schlaf, den er gerne mit Freundin Wilma geteilt hätte, doch er hatte ihr nach dem Anruf zum Einsatz schweren Herzens ein Taxi nach Hause bestellt. Zu seinem Lied *Es ist so schön, ein Polizist zu sein* pflegte er heute verständlicherweise eine kühle Distanz.

Da von der Familie Rubsamen niemand mehr zu Hause war, standen Allgöwer und seinen Leuten gewissermaßen alle Türen offen. Doch Allgöwer hatte seine Truppe schon immer zur Einhaltung einer ungeschriebenen Berufsethik angehalten. Sauberes Arbeiten; keine Schäden anrichten; keine Unordnung hinterlassen; mitgenommene Gegenstände dokumentieren; Verschwiegenheitspflicht gegenüber Dritten.

Das Wohnhaus erwies sich als konservativ eingerichtet, wie man es von biederen Bürgern nicht anders erwartete. Hie und da mangelte es ein bisschen an Sauberkeit und konsequenter Pflege, was jedoch nicht dramatisch war. Allgöwer hatte in dieser Beziehung schon weitaus schlimmere Zustände gesehen. Zudem wusste er, dass Frau Rubsamen gesundheitlich nicht ganz auf der Höhe war, was vielleicht die eine oder andere Wollmaus begründete.

Es existierte ein Büroraum im Erdgeschoss. Außer den berufsüblichen Papieren eines Weinbauern fand sich dort nichts Verdächtiges. Bestellungen, Lieferscheine, Rechnungen. Den in die Jahre gekommenen Computer ließ Allgöwer einpacken und mitnehmen. Ansonsten war das Wohnhaus ermittlungstechnisch sauber.

Spannend wurde es in der Maschinenhalle. In einer abgeschlossenen Garage entdeckten die Männer einen grauen Kombi der Marke *Renault*. Deswegen interessant, weil im Laderaum des Wagens Asche gefunden wurde, die vermutlich von Rubsamens abgebrannter Scheune stammte. Ebenso Fingerabdrücke von mehreren Personen, die es abzugleichen galt.

Im hinteren Bereich der Maschinenhalle stießen die Beamten auf eine eingerichtete Werkstatt. Dort dauerte es nicht lange, bis man zehn nur notdürftig versteckte Sturmgewehre fand, beziehungsweise das, was von ihnen übrig war. In einer Kiste lagen diverse Schriftstücke über Korrespondenz mit Gesinnungsgenossen in anderen Gemeinden und Landesteilen. Des Weiteren eine Liste mit neun Vornamen von Männern, und wahrscheinlich den zugehörigen Klarnamen mit Adressen und Telefonnummern. Zuletzt fand sich ein zeitgemäßer Laptop mit praktischerweise aufgeklebtem Passwort, ein funktionsfähiges Smartphone und mehrere Speichermedien, sogenannte *mines*.

Gegen Mittag kehrten Allgöwer und das Team der KTU an ihre Dienststelle zurück und begannen mit der Auswertung der beschlagnahmten Gegenstände.

Mona.

Warum nur muss es im Aufwachraum so kalt sein?, lautete Monas erster Gedanke, der von ihrem Intellekt gesteuert wurde. Den langsamen Aufstieg aus den Niederungen der Narkose an die Oberfläche des Bewusstseins hatte sie in einem undurchdringlichen Nebel erlebt, wie eine Raupe die Verwandlung zum Schmetterling.

Allem Anschein nach befand sie sich allein in dem schmucklosen Zimmer. Unter der Decke verliefen unterschiedlich dicke Rohre, für den Laien ein sinnloses Gewirre aus Bögen und Verzweigungen. Zu beiden Seiten hin wurde das Blickfeld durch nah am Bett platzierte Paravents eingeengt. Geräusche drangen nur gebrochen und gequetscht zu ihr.

Sie wusste schon genau, wo sie war. Man hatte ihr den Ablauf vor der Operation beschrieben: Narkose, Operation, Aufwachraum, Stationszimmer. Augenblicklich durchlief sie demnach Phase drei. Man würde sie zur rechten Zeit abholen, war ihr gesagt worden. *Hier bin ich*, dachte sie, *also holt mich*.

Während bei Jacks Armverletzung eine ambulante Behandlung ausgereicht hatte und er noch am gleichen Abend das Krankenhaus hatte verlassen dürfen, musste Monas Verletzung stationär versorgt werden. Der Pfeil war unterhalb des rechten äußeren Schlüsselbeins in den Körper und tief bis zum Schulterblatt eingedrungen, wobei die Lunge glücklicherweise nicht perforiert wurde.

Mit der linken Hand betastete sie die dick eingepackte rechte Schulter. Außerdem stellte sie fest, dass der rechte Oberarm mit Mullbinden an den Oberkörper fixiert war, was die Bewegungsfreiheit enorm einschränkte. Resigniert bedachte sie die unbequemen bis lästigen Folgen, die von der Nahrungsaufnahme bis zu deren Abführung reichten. Sie hatte in ihrem jungen Leben schon manche Operation hinter sich gebracht. Dennoch konnte sie sich mit dem konsequenten Verlust jeglicher Intimität nicht anfreunden.

Als die Zeit lang und länger wurde, versuchte sie sich mit der Rezitation von Wirtschaftsrechtsparagraphen abzulenken. Das wurde allerdings rasch öde, weshalb sie es mit Songtexten probierte. Dann vernahm sie aus dem permanenten Klangteppich zielgerichtete sich nahende Schritte. Eine Tür wurde aufgestoßen, die Zimmeratmosphäre erlebte einen Schub frischer Krankenhausluft, und ihr Bett geriet in Bewegung.

Eine offenbar gut gelaunte Männerstimme sagte: „So, Frau Schott, jetzt ist es soweit, ich bringe sie auf ihr Zimmer."

Wer sich *ich* nannte, war ein Berg von einem Mann mit bartumrahmtem gutmütigem Gesicht. Mit einem routinierten Fußtritt löste er die Feststellbremse und rangierte das Bett geschickt aus dem Zimmer. Auf dem Flur nahm das Bett alsbald Fahrt auf, wurde schnell bis rasant, und Mona fühlte sich wie eine der aerodynamischen Rennrodlerinnen auf ihrem Schlitten. Die Lamellenverkleidung der Flurdecke raste schwindelerregend schnell durch ihr Gesichtsfeld. Um die Ecken wirkten atemberaubende Fliehkräfte auf sie ein. Freilich nicht wirklich physisch messbar, doch Monas hypersensible Wahrnehmung bewirkte, dass sie sich mit der freien Hand am Bettgestell festklammerte.

Um Monas Nervenkostüm war es wahrlich nicht zum Besten bestellt. Sie hatte in der Tat so viel Aufwand betrieben, um ihrem Albtraum namens Markus nicht mehr begegnen zu müssen, und da erwischte er sie ausgerechnet in ihrer Komfortzone. Zu Hause und unter Freunden. Ein heimtückischer Angriff mit einem Pfeil. Es war wie ein Schlag mit eigener Waffe. Pfeil und Bogen. Der Sport, den sie schätzen gelernt hatte. Niederträchtiger konnte eine Absicht nicht sein. Und eines wusste sie: Sollte Adrian Rubsamen nicht dingfest gemacht werden können, würde sie diese Stadt und dieses Land verlassen.

„Sodele, jetzt haben Sie´s geschafft", freute sich die Stimme. Das Bett wurde in ein Zimmer geschoben und mit sanftem Rumms, Kopfende voraus, an eine Wand gefahren. Mona war in Phase vier angekommen.

„Wenn Sie was brauchen, dann drücken Sie den roten Knopf. Zudem sind Sie ja nicht allein, gell?"

Mona zwinkerte zur Bestätigung mit den Augen. Wie auf Bestellung meldete sich eine andere, eindeutig weibliche Stimme aus dem Raumvolumen.

„Hallo", sagte diese, „willkommen auf Zimmer dreihundertvierzehn. Mein Name ist Clementine Pfeifer. Aber Sie können Clem zu mir sagen."

Als Rita auf der Direktion eintraf, herrschte unter den Kollegen eine gelöste, fast heitere Stimmung. Ein Kapitalverbrechen war so gut wie aufgeklärt, und das in rekordverdächtig kurzer Zeit. Seit Samstagmorgen bis heute waren es rund um die Uhr gerademal vier Tage. Allerorten hörte sie ihren Namen fallen, und man schien stolz darauf zu sein, eine solch fähige Oberkommissarin in den eigenen Reihen zu haben. Derart positive Resonanz vermochte im Nu ihre in den Knochen steckende Müdigkeit zu vertreiben.

Im Laufe des Morgens wandte man sich allgemein mit Elan den nächsten anstehenden Fällen zu.

Was jetzt noch in Ritas Zuständigkeit fiel, waren die Trockenübungen im Büro: Protokolle führen; Berichte schreiben; Spuren sortieren und zuordnen, sofern sie ausgewertet bereits vorlagen; Vernehmungen vorbereiten. Alles in Koordination mit Oberstaatsanwalt Bernd Landquart.

„Ich meine mich sagen gehört zu haben, dass ich Sie heute nicht mehr im Hause sehen will", empfing Landquart sie, als sie sein Büro betrat. „Oder hab´ ich ein so schlechtes Kurzzeitgedächtnis?"

Rita ging nicht auf seine Einleitung ein. „Ich will mein Bild von den Ereignissen gestern Abend vervollständigen, respektive wie es den beiden Opfern des Angriffs heute geht und ob sie schon für eine Zeugenbefragung zur Verfügung stehen?"

Landquart musterte Rita eine Weile, bevor er antwortete: „Jakob Gersdorf ist nach ambulanter Behandlung nach Hause entlassen worden. Frau Schott befindet sich allerdings noch in der Klinik. Sie wird noch einige Tage dort verbringen müssen. Aber sie ist wach und kann befragt werden. Übrigens ist man von Seiten der

Ärzteschaft zu der Meinung gekommen, dass es sich bei Frau Pfeifers Rückenverletzung ebenfalls um eine durch einen Pfeil verursachte Verletzung handelt. Bisher war man davon ausgegangen, dass es eine Stichverletzung mit einem runden Werkzeug ist. Die Merkmale zwischen Frau Pfeifers und Frau Schotts Verletzungen sind im Vergleich aber zu ähnlich und sprechen eine eindeutige Sprache. Ich sehe das als weiteres Indiz dafür, dass Adrian Rubsamen für die Verwundung verantwortlich ist. Er hat, wie auf Frau Schott, mit einem Pfeil auf Frau Pfeifer geschossen."

Rita nickte. „Ja, die Beweise sind erdrückend. Wann holen wir Adrian Rubsamen ab?"

„Sobald die Ärzte grünes Licht geben."

„Und wann wird das sein?", fragte Rita ungeduldig.

Landquart rollte die Augen. „Ich werde dort gleich mal Dampf machen. Sie, Frau Böhringer, erfahren es als erste."

Gute eineinhalb Stunden später beauftragte Oberstaatsanwalt Landquart die Streifenbeamten Nancy Wegscheid und Benno Krummeisen, den unter dringendem Tatverdacht stehenden Adrian Rubsamen von der *Ortenauklinik Offenburg* zur Polizeidirektion zu überführen.

Adrian.

Die abschließende neurologische und motorische Untersuchung durch einen Arzt war soeben beendet.

Ein Witz, dachte Adrian. Fragt der mich tatsächlich, wie ich heiße. Klopft mir aufs Knie; wackelt mit dem Zeigefinger vor meinen Augen; testet, ob ich gut höre; lässt mich auf einem Bein stehen und auf einem gedachten geraden Strich gehen. Echt ein Witz.

„Nach meiner Überzeugung sind Sie gesund, Herr Rubsamen. Seien Sie trotzdem noch vorsichtig, insbesondere was Ihren Kopf angeht. Insoweit habe ich meine Pflicht erfüllt. Ich werde nun die Polizei verständigen und Sie abholen lassen. Dann hoffe ich, dass ich Sie nie wieder sehen muss, Sie impertinentes Arschloch."

Adrian glaubte, sich verhört zu haben: „Wie war das? Sagen Sie mal, ticken Sie noch richtig? Ich bin Ihr Patient, und egal was ich für ein Mensch bin, haben Sie mich anständig zu behandeln, klar?"

„Das hab´ ich", antwortete der Arzt, „aber ich bin auch Arbeitgeber und somit verpflichtet, meine Mitarbeiter und Mitarbeiterinnen vor Leuten wie Ihnen in Schutz zu nehmen."

„Ach, hat die dumme Tussi gepetzt?", höhnte Adrian.

„Wir nennen es nicht petzen, sondern anzeigen. Ich werde gegen Sie eine Anzeige wegen Beleidigung erstatten."

„Haha, viel Erfolg damit. Da steht dann Aussage gegen Aussage."

„Sehe ich auch so, Sie kranker Idiot. Wenn Sie mich also entschuldigen wollen? Es gibt noch wichtigere Menschen, die mich brauchen." Der Arzt stand auf, winkte den Polizisten herein, um Adrian wieder die Handschellen anlegen zu lassen, und verließ das Zimmer.

Adrian spürte zum ersten Mal so etwas wie Enge um die Brust. Die Situation, in der er sich befand, gefiel ihm absolut nicht. Allmählich schwante ihm, dass der Weg, den er beschritt, vorgezeichnet war und dass nicht er es war, der die Richtung bestimmte.

Die Polizei würde kommen und ihn abführen. Und dann würden sie ihm Fragen stellen, und nochmal und immer wieder Fragen stellen, und danach würde er in eine Zelle gebracht werden. Der nächste Schritt wäre der Gang zum Haftrichter, und dann eine Gerichtsverhandlung, und am Ende Gefängnis. Er sah den Werdegang genau vor sich. Nein, das gefiel ihm nicht.

Das Wort Gericht löste einen anderen Denkprozess in ihm aus, der offenlegte, wie sehr er den Bezug zur Realität verloren hatte. Denn:

Gericht? Arbeitet nicht Mona bei Gericht? Genau, Mona. Mona. Mona. Meine geliebte Mona.

Ist sie jetzt tot, oder …?

Warum hat sie es bloß so weit kommen lassen?

Ich habe nichts mehr über sie gehört. Wieso sagt mir denn keiner etwas?

Oder lebt sie? Verletzt? Und wenn verletzt – ist sie am Ende hier in diesem Haus? In dieser Klinik? Und ist nicht sie es, die an allem schuld ist? Schon vor fünf Jahren schuld gewesen ist? Soll ich unschuldig ins Gefängnis gehen, während Mona frei sein wird? Sieht denn keiner das Unrecht, das mir hier wiederholt geschieht?

Und noch ein Zweiter ist schuld. Denn warum bin ich überhaupt hier und nicht längst auf der Flucht? Dieser alte Mann, der mich brutal zusammengeschlagen hat. In meinem Haus. Das muss man sich mal vorstellen. In meinem Haus schlägt mich ein Einbrecher nieder. Und er rennt frei herum. Steckt mit der Polizei unter einer Decke. Die haben mich als Opfer auserkoren. Die brauchen einfach einen Dummen, die Polizei.

In dieser nur wenige Sekunden dauernden panischen Überforderung spielte Adrians Blutdruck Paternoster. Er rang schwer nach Luft und pumpte wie ein Blasebalg. Aufrecht stehend schien er zu wanken. Noch stand der Polizist mit den Handschellen vor ihm und wartete darauf, dass Adrian die Hände vorstrecken würde.

„Kleiner Moment", sagte Adrian und strich sich mit einer Hand übers Gesicht. Er trippelte kurz auf der Stelle, als müsste er Gleichgewicht herstellen. Dann hatte er sich offensichtlich wieder gefangen, denn er streckte dem Beamten die Hände entgegen.

„Bringen wir es hinter uns, Herr Wachtmeister. Amten Sie Ihres Waltes ", sagte er.

„Ich möchte meinen Namen behalten", sagte Nancy Wegscheid am Steuer des Streifenwagens. „Das macht dir doch hoffentlich nichts aus. Nancy Krummeisen – nein, Benno, so möchte ich nicht heißen."

„Und unsere Kinder? Heißen die dann wie du oder wie ich?"

„Also bis es so weit ist, mein Lieber, haben wir noch eine Menge Zeit zum Überlegen."

„Und wenn ich Benno Wegscheid heißen würde?", fragte er auf dem Beifahrersitz.

„Du, ich weiß nicht. Ob du dann noch derselbe wärst? Ich bin dafür, dass jeder seinen Namen behält."

Sie redeten über ihre Hochzeit im nächsten Jahr. Nancy und Benno. Im ganz kleinen Rahmen. Standesamt und fertig. Sie und zwei Trauzeugen.

Seit ungefähr einerviertel Jahren fuhren sie gemeinsam Streife. Und seit genauso langer Zeit gingen sie miteinander. Sie, fünfundzwanzig, klein, blond und sehr hübsch; und er, sechsundzwanzig, groß, und ein dufter Typ.

Sie kam aus Westfalen, er aus Sachsen-Anhalt. Beide Polizisten. Eine Bekanntschaft aus einer Datingplattform. Niemand anderem verpflichtet, hatten sie sich ein Ziel gesetzt und sich gleichzeitig auf ausgeschriebene Posten in *Offenburg* beworben – und die Planstellen bekommen. Wobei die Auswahl des Ortes von geringerer Bedeutung gewesen war als die Aussicht, wo auch immer, zusammen zu sein. Dass die Bewerbungen verabredet gewesen waren, hatten sie wohlweislich unterschlagen.

Es war nicht der erste Personentransport, den sie auszuführen hatten, und auch die Adresse der *Ortenau Klinik* war ihnen diesbezüglich nicht neu.

Sie parkten den Streifenwagen direkt neben dem Eingang für Notfälle und wurden vom Portier sofort eingelassen. „Ihr kommt wegen der Festnahme heute Nacht, nehme ich an? Er ist in Zimmer hundertelf, aber das seht ihr selbst. Euer Kollege sitzt ja vor der Tür. Meldet euch vorher bei der Oberschwester an, okay?"

Nancy und Benno grüßten zurück. Zur Notfallstation ging es, wie sie wussten, rechts um die Ecke. Sie bogen auf den Flur ein. Sie erwarteten, einen uniformierten Kollegen vor einer der Türen sitzen zu sehen, doch wo dieser sein sollte, stand nur ein leerer Stuhl.

Nancy wandte sich ans Stationsbüro, in dem sich zwei Krankenschwestern aufhielten, klopfte an und steckte den Kopf durch die Tür. „Hallo, guten Morgen, Nancy Wegscheid und Benno Krummeisen von der Polizei. Wir holen Adrian Rubsamen ab. Unser Kollege ist nicht auf seinem Platz. Wissen Sie, wo er sein könnte?"

Die jüngere der beiden Frauen flackerte mit den Augen und kam Nancy entgegen. „Abgemeldet hat er sich nicht", sagte sie. „Normalerweise tut er das, wenn er einen Kaffee holt oder auf Toilette geht, zum Beispiel."

„Na gut", sagte Nancy, „dann schauen wir mal. Nummer hundertelf, oder?"

Die Krankenschwester nickte und begleitete die Polizistin auf den Flur hinaus.

„Bleiben Sie hier", wies Benno sie an und ging mit Nancy zu besagtem Zimmer.

Dort angekommen, klopfte er einmal hart gegen die Tür und öffnete sie mit langem Arm.

Der Kollege lag blutend und regungslos auf dem Fußboden. Ein Blick genügte Benno um zu sehen, dass dessen Pistolenhalfter genauso leer war wie das Zimmer.

Mit gezogener Waffe zur Eigensicherung trat er ins
Zimmer hinein und bedeutete Nancy mit Kopfzeichen,
das Badezimmer zu überprüfen. Doch auch das erwies
sich als leer.

Etwa gleichzeitig erhielt die Krankenschwester im
Stationsbüro der Notaufnahme einen Anruf aus der
Frauenstation, dass sich dort ein Mann unter Androhung
von Waffengewalt Zugang zu Zimmer dreihundertvierzehn erpresst habe. Die Polizei sei verständigt.

*

Rita ließ alle Arbeiten ruhen, die nichts mit dem aktuellen Fall zu tun hatten. Zusammen mit Mika Laukonen
und unter Beisein des Oberstaatsanwalts ordnete sie die
bislang ausgewerteten Spuren nach der chronologischen
Reihenfolge und bereitete die Vernehmung Adrian Rubsamens vor. Nicht dass es Zweifel an dessen Täterschaft
gab – dafür lagen ausreichend Beweise vor – doch lagen
die Motive für die Taten zumindest im Falle der Brandstiftung mit zwei Toten noch weitestgehend im Dunkeln. Was die Tötungsversuche an Mona Schott und Jakob Gersdorf betraf, ging man vorläufig von einem Ei-
fersuchtsdelikt aus niederen Beweggründen aus. Oder
von Hass. Mit der Vernehmung hoffte man Licht auf die
Ursache werfen zu können. Und noch immer klafften
erhebliche Lücken im Puzzlebild, wo sich Adrian zwischen Freitag vergangener und Dienstagabend dieser
Woche detailliert aufgehalten hatte. Gab es eventuell
Mitwisser seiner Taten? Oder Mittäter? Unterstützer

oder andere Helfershelfer? Fragen, die aus strafrechtlicher Sicht alle von Belang waren.

Welcher Anteil Christof Rubsamen an Adrians Motiven zuzurechnen war, konnte vermutlich nur durch ein umfassendes Geständnis des Beschuldigten ergründet werden.

Was die Beschlagnahme von zehn Sturmgewehren, eines Laptops und der Hinweise aus Christof Rubsamens Werkstatt auf Bildung einer krimineller Vereinigung anging, übernahm das Landesamt für Verfassungsschutz die weitere Verfolgung. Oberstaatsanwalt Landquart und Rita waren über diesen Verlauf nicht unglücklich, denn in der *Rechten Szene* zu fischen gehörte zu den unangenehmsten und widerlichsten Aufgaben, die einem Polizisten zuteilwerden konnten.

Rita schaute auf die Handyuhr. Es war kurz vor zwölf Uhr. Nancy Wegscheid und Benno Krummeisen waren vor circa einer halben Stunde zur Klinik aufgebrochen. Grob geschätzt dürften sie in spätestens einer Viertelstunde zurück sein.

Auch Landquart maß die Zeit, ob er noch Luft für einen Gang zu einem schnellen Mittagessen in der Kantine hatte. In diese Überlegung hinein klingelte sein Telefon.

„Oberstaats …"

„Oberländer vom Revier. Herr Landquart, wir erhalten soeben Meldung von einer Geiselnahme in der *Ortenau Klinik*."

Adrian.

Es hatte richtig knacks gemacht. Knacks. Adrian hatte es gehört.

Es war so einfach gewesen. Als der Bulle ihm die Handschellen anlegen wollte, hatte Adrian bloß die Fäuste nach oben gerissen und von unten gegen die Nase gedonnert. Knacks. Das hatte gereicht. Der Bulle war auf der Stelle umgekippt. Bums, da lag er in seinem Blut.

Der Rest war ein Kinderspiel gewesen. Ungeniert war er mit dem Aufzug in den dritten Stock gefahren. Frauenstation. Mit seinem Kopfverband hatte er niemandes Argwohn erweckt. Nur die Krankenschwester im Stationsbüro hatte er mit der Pistole des Bullen überreden müssen, ihn zu Monas Zimmer zu begleiten. Nummer dreihundertvierzehn.

Da war er nun. In Monas Zimmer. An ihrer Seite. Mona. Mona. Mona.

Schön war sie wie eh und je. Von Gesichtsnarben keine Spur. Die Angst in ihren Augen war auch Ausdruck ihrer Zerbrechlichkeit, sowie ihr ganzes Wesen von Fragilität geprägt war. Würde Adrian mit den Fingern schnalzen – Mona würde zu Tode erschrecken.

Er grinste, als er mit dem Gedanken spielte, es zu tun.

Stattdessen streichelte er so behutsam, wie er nur konnte, mit dem Handrücken ihre Wange. Sie versuchte sich seiner Hand zu entziehen, indem sie sich tief ins Kissen drückte.

„Nicht ...", bebte sie.

„Aber Mona, wir gehören doch zusammen."

„Bitte nicht. Du – tust – mir – weh."

Im Bett daneben lag eine Frau, die ihn aufgebracht anglotzte. „Lassen Sie doch das Mädel in Ruhe. Haben Sie denn keinen Anstand?"

Adrian zog die Pistole aus dem Hosenbund und hielt die Waffe in die Höhe, sodass die Frau sie sehen konnte. „Das ist mein Anstand. Und jetzt erbitte ich mir Ruhe aus von den billigen Plätzen. Ich will mich in aller Ruhe mit meiner Braut unterhalten."

„Sieht nach einer sehr einseitigen Unterhaltung aus. Haben Sie gewusst, dass Gemeinheit und Boshaftigkeit hässlich machen? Ich muss sagen, Sie sehen gar nicht gut aus."

Adrian sprang wie von der Tarantel gestochen hoch, stürzte zum Bett der Frau und hielt ihr den Pistolenlauf an die Nase: „Halten – Sie – Ihr – dummes – Maul, Sie – blöde – Kuh!", presste er zwischen den Zähnen hervor. „Auf eine Leiche mehr oder weniger kommt es mir nicht an, kapiert?"

„Oha, so einer sind Sie also. Hören Sie: Mir machen Sie keine Angst. Und schminken Sie sich ab, dass Sie hier als freier Mann wieder hinausspazieren werden."

Adrian schnaubte ihr wütend ins Gesicht. „Wer hier hinausgeht oder nicht …"

Die Zimmertür wurde von der Flurseite her geöffnet. Eine Hand mit einer Pistole schob sich in Adrians Blickfeld, dann ein ganzer Arm.

„Waffe weg!!!", brüllte Adrian, „Waffe weg!!! Raus aus dem Zimmer, oder die Frau stirbt!!!"

Arm, Hand und Waffe zogen sich langsam zurück.

„Tür zu!!!"

Doch die Tür blieb offen.

Mit Schutzwesten ausgerüstet, trafen Oberstaatsanwalt Landquart und Rita im Flur vor Zimmer dreihundert-vierzehn ein. Polizeihauptmeister Ferdinand Oberländer als Revierleiter beorderte sämtliche verfügbaren Strei-fenwagen zur *Ortenau Klinik*, um alle Zu- und Abfahr-ten sowie alle Ein- und Ausgänge abzusperren.

Vorsorglich wurde ein SEK-Kommando aus *Lahr (Schw.)* bestellt.

Obwohl Rita bereits zweimal in diesem Zimmer ge-wesen war, ließ sie sich von Krankenschwester Haydeh den Belegungsplan geben. Demnach befand sich Cle-mentine Pfeifers Bett nahe am Fenster, und Mona Schotts Bett im sogenannten toten Winkel hinter der Ecke des Badezimmers. Das Bett zwischen den beiden Frauen war derzeit unbelegt.

Im Schutz des Türrahmens rief Rita in das Zimmer hinein: „Herr Rubsamen, mein Name ist Rita Böhringer von der Polizei *Offenburg*. Wie geht es Ihnen?"

Keine Antwort.

„Herr Rubsamen, wir sind hier, um eine Lösung zu finden. Machen Sie die Sache nicht noch schlimmer, als sie ist. Legen Sie die Waffe nieder und kommen Sie mit erhobenen Händen heraus. Oberstaatsanwalt Landquart, der neben mir steht, wird Ihre freiwillige Aufgabe in sei-nem Bericht zu würdigen wissen."

Keine Antwort.

Rita und Bernd Landquart flüsterten miteinander. Dann sagte Rita: „Ich komme jetzt ohne Waffe und mit erhobenen Händen zu Ihnen hinein. Sie bestimmen, wie weit ich gehen darf. Ich gehe jetzt los."

Sie pustete kräftig durch und machte den ersten Schritt. Den zweiten. Das Fußende von Monas Bett kam ins Blickfeld. Einen dritten Schritt. Die Perspektive verbreiterte sich. Clems Bett lag nun in ganzer Länge vor ihr, und sie sah Adrian am Kopfende auf dem Bettrand sitzen. Clems Kopf wurde von Adrians Körper verdeckt. Er hob die Pistole und runzelte die Stirn. „Ach, Sie sind das. Stopp, das reicht!", sagte er. Seine Stimme klang wie eine Glasscherbe. „Was wollen Sie?"

Rita blieb stehen. Ihre Augen saugten die Eindrücke auf. Unter anderem stellte sie fest, dass die Vorhänge blickdicht geschlossen waren. Ein Einsatz des SEK würde somit fast unmöglich werden. „Das wäre eigentlich meine Frage gewesen", antwortete Rita ruhig. „Lassen Sie die Frauen frei und nehmen Sie mich als Geisel."

„Netter Versuch, aber abgelehnt. Ich werde mich doch von meiner Mona nicht trennen."

„Es ist so beschämend, um das Leben von Menschen zu feilschen. Wenn das Ihr Niveau ist, dann lassen Sie wenigstens die andere Frau frei. Sie braucht ärztliche Hilfe." Rita versuchte, sein Ego zu reizen.

„Jetzt werden Sie mal nicht unverschämt. Die Antwort ist nein", erwiderte er barsch.

„Dann sagen Sie, was Sie wollen. Nennen Sie uns Ihre Bedingungen."

Adrian erinnerte sich daran, wann er die Polizistin zum ersten Mal gesehen hatte. Aus seinem Wohnungsfenster. Es dünkte ihn eine Ewigkeit her, dabei war es erst gestern Mittag gewesen. Sie war nicht allein gewesen, sondern in Begleitung jenes Alten. Des Alten, der ihn vor den Augen seiner Mutter überwältigt hatte. Der ihm die Schmach einer Niederlage zugefügt hatte und der der Grund war, weshalb er jetzt überhaupt hier war. Ein Gedanke krallte sich bei ihm fest, und je hartnäckiger er sich hielt, desto besser gefiel er ihm.

„Schaffen Sie mir den alten Mann her", verlangte er in einer plötzlichen Eingebung, die er rational nicht erklären konnte, als wollte er alles auf einen letzten Showdown ankommen lassen. Er schlotzte den Gedanken wie einen guten Tropfen Weins.

„Alter Mann?", stellte sich Rita unwissend, obwohl ihr sofort klar war, wen er meinte.

„Ja, der Alte, der mit Ihnen zusammen war. Schwarze Kleider, weiße Haare. Sie wissen schon. Schaffen Sie ihn her. Er im Austausch gegen die Geiseln. Und ein Fluchtauto und eine halbe Million Euro. Dann kommen wir ins Geschäft. Bringen Sie ihn her. Er ist mir noch eine Antwort schuldig." Mit dieser Begründung beruhigte er die inneren Selbstzweifel, denn sie enthielt den Begriff einer Schuld, die er somit einem physischen Empfänger zuweisen konnte.

Rita nickte bedächtig, während ihre Gedanken mit Lichtgeschwindigkeit flogen. Schließlich stimmte sie zu: „Okay, aber es kann etwas dauern. Der alte Mann wohnt außerhalb."

Auch Adrian nickte. „Beeilen Sie sich. Ich werde müde."

*

Oberstaatsanwalt Landquart, der auf dem Flur das Gespräch mitgehört hatte, lehnte Rubsamens Forderung kategorisch ab. Das musste er allein schon deswegen, weil er als vereidigter Vertreter des Rechtsstaates gar keine andere Wahl haben durfte. Rita wusste das natürlich auch. Und dennoch galt, sobald sie wieder zurück auf dem Flur war, ihr erster Blick ihm. Bernd Landquart.

Nancy Wegscheid hatte sich umgedreht und betrachtete intensiv die Fotografien, die zwischen den Türen der Patientenzimmer hingen. Benno Krummeisen war in die Knie gegangen, um die Schuhe zu binden. Erst den einen, dann den anderen. Keiner von ihnen wollte Landquart offen ins Gesicht schauen und sich an seiner Qual weiden.

„Es geht nicht, verdammt", stöhnte er und wechselte zum Du: „Versteh´ das doch, Rita."

Innert Sekunden wurde ihr Mund so trocken wie die Wüste Kalahari. Die Zunge fühlte sich an wie ein pelziges Kleintier. Sie setzte zum Sprechen an, doch die Worte zerfielen noch hinter den Zähnen zu Staub.

Beim nächsten Versuch klappte es: „Ich verstehe Sie sehr gut. Aber gibt es nicht eine Art Königsweg, über den wir unsere Fesseln abstreifen können? Gefahr im Verzuge, zum Beispiel? Oder eigenmächtiges Handeln ohne formaljuristischen Segen? Denn wenn wir nichts tun, tötet er da drin seine eigene Mutter, und das können wir doch nicht zulassen, oder?"

Landquart spitzte die Ohren: „Was haben Sie soeben gesagt? Seine eigene Mutter? Ich dachte, die Mutter befindet sich seit heute Nacht in einer Fachklinik? Wer soll das denn sein, seine eigene Mutter? Und wer behauptet denn so einen Schmarrn?"

„Edgar Schaaf", antwortete Rita. „Er behauptet, dass Clementine Pfeifer die leibliche Mutter Adrian Rubsamens ist. Mika Laukonen ist gerade dabei, das zu recherchieren."

„Das wäre ja ungeheuerlich. Und wie kommt Edgar Schaaf zu dieser Annahme?"

„Fragen Sie mich nicht. Er besitzt den sechsten Sinn. Also was machen wir jetzt?"

Landquart hob wortlos die Schultern.

Rita gab sich einen Ruck: „Dann entscheide ich das. Ich rufe Edgar an und schildere ihm sie Sachlage. Entweder er kommt, oder er kommt nicht." Sie nahm ihr Handy und drückte die Kurzwahltaste für Edgars Nummer.

*

„Es würde mir nichts ausmachen, wenn Sie etwas schneller führen", drängte Edgar den Taxifahrer auf seine unnachahmliche Art.

Melanie an seiner Seite schüttelte unmerklich den Kopf. Ihr war das Tempo rasant genug. *Schneller bedeutet früher ins Verderben*, dachte sie, und: *Wie kann ich das überhaupt nur zulassen?*

„Du fährst auf keinen Fall allein zu diesem Wahnsinnigen", hatte sie auf ihre Mitfahrt bestanden. „Ich würde es mir nie verzeihen, wenn Rita zu mir kommen müsste um mir mitzuteilen, dass du tot wärst. Oder verletzt. Ich fahre mit, basta!"

„Ich fahre die zulässige Geschwindigkeit und keinen Deut schneller. Ich habe eine Lizenz zu verlieren", erwiderte der Taxifahrer.

Und mein Edgar das Leben, wucherten Melanies Unheilgedanken.

Das Taxi hielt vor dem Haupteingang. Melanie hängte sich in Edgars Armbeuge ein. „Ich gehe mit bis oben und warte im Stationsbüro", sagte sie. „Damit du weißt, wo ich bin. Dass ich da bin."

„Ja, ich danke dir, mein Engel. Ich werde eine kugelsichere Weste tragen", verriet er ihr.

Das beruhigt mich jetzt aber ungemein, dachte sie sarkastisch.

Dann befanden sie sich im dritten Stock. Melanie blieb vor dem Stationsbüro stehen. Sie entdeckte Rita etwas tiefer im Flur und winkte ihr kurz zu.

Edgar eilte weiter und wurde von Landquart und Rita erwartet. Während er eine Schutzweste anlegte, belehrte Landquart ihn dahingehend, dass er, Landquart, den Einsatz ablehnen müsse und Edgar ausschließlich auf eigenes Risiko handeln würde. „Sie können natürlich auch nein sagen", fügte Landquart mit Leichenbittermiene hinzu.

Edgar schnaufte. „Ich kenne die Regeln, Herr Staatsanwalt. Sie sind aus der Verantwortung entlassen. Rita, wie sieht es dort drinnen aus."

In merkwürdig abwesender Versunkenheit saß Adrian noch immer auf Clems Bett. In innerer Distanz zu den Dingen, die er getan hatte, monologisierte er vor sich hin, schrammelte über seine Weltsicht im Allgemeinen und über sein Verständnis von Liebe im Besonderen, und fühlte sich seltsam behaglich dabei.

Mona wagte nicht, ihn in irgendeiner Weise zu unterbrechen oder ihm zu widersprechen, obwohl Adrians Worte hauptsächlich an sie gerichtet waren. Clem in ihrem Bett in seiner unmittelbaren Nähe schien sogar zu schlafen.

Näher bei Mona zu sitzen, hatte er sich nicht getraut. Denn wenn er um das mittlere Bett herumgehen würde, geriete er in die Schusslinie der Polizei vor der Tür. Aber da, wo er saß, ging es ihm gut, und also blieb er.

Die Zeit verstrich unmerklich, doch so lange er reden konnte, wurde er nicht gefordert.

Wie eine träge Masse drang das Bild durch seinen Wörternebel, wie Mona sich bemühte aufzusitzen.

Sie stemmte den gesunden Arm auf die Matratze und schaffte es, die Beine über die Bettkante zu schwingen und sich aufzurichten. Erst fasziniert, dann alarmiert beobachtete er, wie sie schließlich aufstand.

„Was machst du da, Mona?", fragte er, noch immer ein Stück weit von der Realität entfernt.

„Ich muss jetzt gehen", antwortete sie atemlos. „Ich gehe . Ich halte das hier nicht mehr aus." Sie machte zwei Schritte auf den Ausgang zu.

Ihre Worte und ihre Bewegungen holten ihn zurück in die Wirklichkeit. Er hob die Pistole und zielte auf sie. „Bleib stehen, Mona, bleib stehen, oder ich schieße!", drohte er ihr und spannte den Hahn.

„Ich gehe", wiederholte sie und machte den nächsten Schritt.

In dieser Sekunde betrat Edgar das Zimmer, und deckte Mona mit seinem breiten Körper. Und in dieser Sekunde drückte Adrian auch den Abzug. Der Knall des Schusses war unerhört laut.

Edgar wurde wie von einer Abrissbirne getroffen und zurückgestoßen. Es schlug ihn rückwärts hart an die Wand und er rutschte an ihr auf den Boden. Dort blieb er mit ausgestreckten Beinen sitzen und rang nach Luft. Aber Mona erreichte unversehrt die Zimmertür, wo sie von Rita sofort in Sicherheit gezogen wurde.

Auf dem Flur entstand Tumult.

Melanies gellender Schrei flog aus dem Stationsbüro den Flur entlang, gefolgt von ihr selbst, da sie aus dem Büro stürmte und trotz ihres versehrten linken Fußes mit beachtlicher Geschwindigkeit auf die Gruppe vor Zimmer dreihundertvierzehn zuhielt.

Krankenschwester Haydeh nahm soeben die verletzte Mona in Empfang und brachte sie aus der Gefahrenzone.

Nancy und Benno waren nebeneinander mit gezogenen Dienstwaffen kniend in Anschlag gegangen.

„Edgar! Bist du in Ordnung?", schrie Rita in das Zimmer hinein.

Er antwortete nicht.

Nun flog Melanie heran und wischte Landquart Arme, die sie aufhalten sollten, rigoros zur Seite. Vorbei an Nancy, Benno und Rita stürzte sie in das Zimmer.

„Edgar! Sag´ was. Bist du in Ordnung?", schrie Rita erneut.

„Ich hab´s geahnt, dass es schiefgehen muss", murmelte Landquart, über Melanies fulminanten Durchbruch konsterniert.

„Alles in Ordnung", stöhnte Edgar, „alles in Ordnung. Melanie ist da. Nicht schießen. Nicht schießen."

„Edgar, mein Edgar", stammelte sie und sank zu ihm auf den Boden. „Bist du verletzt?"

Er schüttelte den Kopf und umarmte sie innig. „Alles ist gut, mein Engel", flüsterte er. „Du bist da."

Adrian tobte indes nach Mona. „Du entkommst mir nicht, Mona, hörst du mich? Du entkommst mir nicht. Ich werde dich finden, wo immer du dich versteckst."

Da wurde er Edgars und Melanies gewahr. „Der alte Mann. Aha, und ist das seine Frau? Eins muss ich dir lassen, alter Mann: Ihr beide habt Stil. Hat er wieder eine Schutzweste angezogen? Damit deine eigenen Kollegen dich nicht erschießen, wenn du mit mir auf der Flucht bist? Soll deine Frau etwa mitkommen?"

Edgar richtete sich etwas auf. „Was wollen Sie auf der Flucht machen, Adrian? Die Polizei wird Sie überall suchen. In ganz Europa. Weltweit. Sie werden keine Ruhe finden. Und mich würden Sie irgendwann erschießen. Ein weiteres Opfer auf Ihrer Liste. Wissen Sie übrigens schon, dass Christof Rubsamen heute früh gestorben ist? Hier in dieser Klinik? Keine fünfzig Meter von Ihnen entfernt?"

Adrian schluckte, denn das hatte man ihm verschwiegen. Doch gelang es ihm rasch, zum Hier und Jetzt zurückzukehren. „Du hast mir aber etwas anderes sagen wollen. Was ist es, das du mir sagen wolltest? Oder anders gefragt: Was hatte meine Mutter mir sagen wollen? Sag´ es mir jetzt."

Edgar ließ ein paar Sekunden verstreichen. Dann wechselte er ebenfalls die Anrede und fragte: „Wann hast du Geburtstag?"

„Was hat mein Geburtstag damit zu tun?"

„Sehr viel", antwortete Edgar ruhig. „Also: Wann bist du geboren?"

„Fünfzehnter September 1996."

Edgar fuhr weiter. „Frau Pfeifer? Clem? Sie sind wach, ich weiß es. Wann war die Geburt Ihres Sohnes?"

Clem war von der Entwicklung der Geschichte überfordert, seufzte und schwieg. Eine zu lange verdrängte Wahrheit holte sie ein.

„Ich sag´ es Ihnen. Fünfzehnter September 1996 in *Heidelberg*. Ist es so?"

Clem stöhnte.

„Wo bist du geboren worden, Adrian?"

Adrians Körper versteifte sich zusehends.

„In *Heidelberg*, nicht wahr", gab sich Edgar selbst die Antwort.

Er rappelte sich nun auf, zog Melanie behutsam mit hoch und trat dozierend an das Fußende von Clems Bett.

Melanie blieb nahe der Tür stehen. „In der Nacht von Freitag auf Samstag letzter Woche hast du, Adrian, nicht nur eine Scheune in Brand gesteckt und zwei Menschen darin ermordet, sondern du hast auch mit einem Pfeil auf eine Frau geschossen. Und zwar auf die Frau, die vor dir in diesem Bett liegt. Du hast auf deine eigene Mutter geschossen. Und du hast sie einfach in einem Wassergraben liegen lassen." Edgar war für gewöhnlich nicht der Typ Mensch, der zu Pathos neigte. Nun aber fand er die Anwendung berechtigt, indem er eindringlich die Stimme erhob: „Dein eigenes Fleisch und Blut! Verstehst du das?"

Edgar ließ die Worte wirken, schaltete einen Gang herunter und sagte: „So! Nun bin ich bereit, mit dir zu fliehen. Gehen wir?"

Erheblich angeschlagen, mutierte Adrian innerhalb von Sekunden vom Wahnsinnigen zum Zombie. Er wandte sich, weiterhin die Pistole in der Hand, in Zeitlupe um und schaute Clem verstört ins Gesicht. Als beider Blicke sich kreuzten und jeder in den Augen des anderen den Spiegel der Geschichte sah, entstand darin ein gegenseitiges Erkennen, das keine Frage nach dem **Wer** benötigte. Zu wuchtig waren die Hammerschläge, mit denen ihnen die traurige und ungeschönte Wahrheit ins Gehirn gedroschen wurde.

Dann riss der Augenkontakt plötzlich ab.

„Bringen Sie mir bitte ein Blatt Papier", verlangte er nach einer Weile mit tonloser Stimme. „Ein Blatt Papier, DIN-A4, und ein Feuerzeug. Bitte."

Edgar spürte intuitiv, dass die Gefahr gebannt war. Ruhig ging er mit Melanie auf den Flur hinaus, um das Verlangte zu besorgen.

„Sollen wir ihn rausholen?", fragte Nancy aktionsbereit.

„Nein, noch nicht", hielt Edgar sie zurück. „Erfüllen wir seinen Wunsch. Er hat soeben seine Mutter kennengelernt."

Rasch waren Papier und ein Feuerzeug parat. Edgar übergab sie Adrian im Zimmer.

„Danke." Er legte die Pistole auf Clems Patiententisch ab. „Halten Sie bitte etwas Abstand. Es dauert nicht lange."

Adrian konzentrierte sich, bevor er das Feuerzeug zündete. Die kleine blaue Flamme sprang am unteren rechten Ende vom Feuerzeug aufs Papier über. Rasch züngelte sie die Längsseite des Blattes entlang. Als sie die Oberkante erreichte, drehte Adrian das Blatt. Das Feuer durfte nicht ausgehen. Aber es durfte auch nicht lodern wie jetzt, da die Flamme die nächste Ecke fraß. Schnell das Blatt gedreht, gerade noch im letzten Augenblick. Weiter ging das heiße Spiel. Bald waren alle Kanten verkohlt. Die Papierfläche wurde kleiner. Adrian war geschickt, doch die Flamme wurde immer gieriger, leckte plötzlich wütend nach innen, wohin sie nicht sollte. Dann verlor Adrian die Kontrolle darüber, und das restliche Papier ging in einer großen Flamme auf. Mit enttäuschtem Lächeln ließ er die Asche zu Boden fallen.

„Das Orakel", verkündete Adrian ungerührt, „hat gegen mich gesprochen."

Dann nahm er die Pistole zur Hand, hielt sie an seine Schläfe und drückte ab.

*

Alle waren sie gekommen. Der Journalist Lothar Gieringer, Edgars Freunde Eliza Wohlbrecht und Pit Ferman, Gerti und Rita, Melanie mit Saida, und sogar Janna war mit einem Zug aus Mannheim angereist. Insgesamt drängten sich neun Personen um den Esstisch im Türmchenhaus.

Edgar hatte das LP-Cover mit *Melanie Safkas* Abbild in die Mitte des Tisches gelegt, damit alle eine Vorstellung davon bekamen, wie Clementine Pfeifer in etwa aussah. Denn für sie fand die Versammlung statt. Für Clem.

Als der Uhrzeiger seiner *Breitling* auf zwanzig Uhr sprang, holte Edgar Luft, um die Konferenz zu eröffnen. Doch die Haustürglocke funkte ihm dazwischen. Verdutzt darüber, wer das sein mochte, öffnete er selbst die Tür.

„Herr Landquart? Sie? Äääh … das passt jetzt irgendwie überhaupt nicht. Wir sind gerade … äääh … bei einer privaten Besprechung", krümmte sich Edgar vor Verlegenheit.

„Doch, das passt schon, Herr Schaaf. Frau Böhringer hat mich freundlicherweise zu der Besprechung eingeladen, und hier bin ich. Ich hoffe, ich bin nicht zu spät?"

„Nein, pünktlicher geht's kaum. Frau Böhringer also. Rita, meine ich. Gut, dann suchen Sie sich einen Platz in der Runde." Edgar nahm Augenkontakt mit Rita auf. Sie schüttelte nachsichtig den Kopf und formulierte in lautloser Lippensprache: „Mensch, Edgar."

Nachwort

Mona erholte sich von der Verletzung schnell und gut, und sie hatte Glück, keine bleibenden Schäden davonzutragen. Fast noch wichtiger als die Gesundung war ihr die Sicherheit, dass sie vor Adrian Rubsamen keine Angst mehr zu haben brauchte. Sie hatte seinen Tod zwar nicht gewünscht, doch nahm sie die Nachricht seines Suizids mit Erleichterung auf. Noch vor Weihnachten des gleichen Jahres zog ihr Freund Jakob „Jack" Gersdorf bei ihr ein. Im Sommer des Jahres 2025 gewann sie den badischen Meistertitel in der Kategorie *Freies Bogenschießen*.

Clementine Pfeifer durfte sich Hoffnung machen, ihre Beine bald wieder bewegen zu können. Erste Fortschritte erfuhr sie während eines sechswöchigen Aufenthalts in einer Rehabilitationsklinik in *St. Paulsberg*.

Als Ergebnis der Familienkonferenz konnten Lothar Gieringer und Edgar Schaaf ihr folgendes Konzept unterbreiten. Lothar Gieringer würde Clem in seiner Wohnung aufnehmen und dafür sorgen, dass sie nach Ablauf der sechswöchigen Reha regelmäßig von Physiotherapeuten betreut wurde. Die Kosten für den Umbau zur barrierefreien Wohnung würden die Beteiligten an der Konferenz je nach Leistungsvermögen aufbringen. Ferner sollte eine Krankenversicherung für Clem abgeschlossen werden, deren Beiträge bis auf Weiteres von einem gemeinsam eingerichteten Konto bedient werden sollten. Darüber hinaus war angedacht, Clem die Aussicht auf einen eigenen Verdienst zu ermöglichen, ohne dabei an einen Zeitrahmen zu denken oder Druck auf sie auszuüben.

Dass Adrian tatsächlich ihr Sohn war, wurde im Nachhinein durch einen DNA-Abgleich bestätigt. Wie sehr diese Nachricht Clems Seelenleben beeinflusste, ließ sie nach außen nicht erkennen. Vielleicht würde es Menschen brauchen, die ihr Zeit, Abstand und Vertrauen entgegenbrachten, um die für Clem gangbaren Wege sichtbar werden zu lassen. Menschen wie Rita oder Melanie. Vielleicht.

Frau Anita Rubsamen fand aus der Depression nicht hinaus. Im Zentrum für Psychiatrie in *Emmendingen* hielten es die Ärzte für nicht angebracht, sie an der Beerdigung ihres Mannes Christof sowie ihres Adoptivsohnes Adrian teilnehmen zu lassen. Ob sie je wieder ein normales und selbstbestimmtes Leben würde führen können, hielten sie für zweifelhaft, aber nicht gänzlich unmöglich.

Melanie Königer übergab ihr Geschäft *Aquarelle und Poesie* mit Ablauf des Oktobers 2024 in die Hände von Pit Fermans Ehefrau Eliza Wohlbrecht, sowie ihrer langjährigen Vertretung Frau Holzer. Da sie nach wie vor die eigene Galerie im Gewölbekeller des Türmchenhauses besaß, war ihr vor der Zukunft nicht bang. Sie dachte an Ausstellungen förderungswürdiger noch unbekannter Künstler. An Leseabende und an Konzerte. An Diskussionsrunden und Kabaretts. An Theateraufführungen und Lichtbildvorführungen. Mit Edgar an der Seite und dem Kribbeln in der Brust wusste sie, dass es gelingen würde.

Saida gab der Katze den Namen *Frida Dideldum* und richtete in ihrem Zimmer eine Kuschelecke für sie ein.

Schaafswinter

Edgar Schaafs erster Fall.

Fünfzig Jahre, nachdem in Seekirch eine junge Frau spurlos verschwunden war, werden dort ihre sterblichen Überreste gefunden. Über zwanzig Jahre nach deren Verschwinden war in Konstanz am Bodensee ein schrecklicher Mord an einer Frau begangen worden. In beiden Fällen hatte es ein und denselben Verdächtigen gegeben: Peter Seibelt.

Edgar Schaaf, pensionierter Kriminalkommissar, wird von der Polizei in Konstanz darum gebeten, sich aus drei Gründen mit Peter Seibelt in Verbindung zu setzen. Zum Ersten war Edgar Schaaf damals als Zeuge in beide Fälle involviert, zum Zweiten war eben jener Peter Seibelt ein guter Bekannter von ihm: Sie stammen aus demselben Dorf und sie gingen zusammen zur Schule. Drittens: Die Fälle sind bis heute ungelöst.

Tatsächlich zeigt sich Peter Seibelt bereit, Edgar Schaaf zu treffen, hüllt sich aber, was seine tragische Vergangenheit angeht, in Schweigen. Bald jedoch holt ihn die Vergangenheit ein und er sieht sich gezwungen, das Schweigen zu brechen.

Schaafssturm

Edgar Schaafs zweiter Fall.

In der Schwarzwaldgemeinde Hohenterzen werden kurz nacheinander zwei Morde verübt. Die Ermittlungen des jungen Kriminalkommissars Melzer verlaufen bald im Sande. Erst als sich der pensionierte Kommissar Edgar Schaaf auf Bitten der Tochter eines der Mordopfer um die Fälle kümmert, eröffnen sich bald neue Konstellationen. Ins Visier Edgar Schaafs und der Polizei gerät ein gewisser *Chato,* dessen Spur die Ermittler schließlich nach Rovinj an der kroatischen Küste führt. Dort bekommen Melanie Köninger und Edgar Schaaf die Wucht des adriatischen Sturmwindes **Bora** bei einer dramatischen Aktion hautnah zu spüren.

Schaafshammer

Edgar Schaafs dritter Fall.

Die Geschäftsführerinnen zweier Spielcasinos werden tot aufgefunden. Eine junge Frau wird missbraucht und liegt im Koma. Für Kriminaloberkommissar Kai Schuster kommt es knüppeldick. Angesichts gravierenden Personalmangels bei der Polizeidirektion Offenburg sieht er sich alleinverantwortlich dreier komplexer Fälle gegenüber.

Als sein früherer Hauptkommissar und Mentor Edgar Schaaf von der ehemaligen Stiefmutter der jungen Frau gebeten wird, Licht in das Dunkel der Ermittlungen zu bringen, beschließen die beiden einen Deal. Das führt endlich dazu, einen Täter dingfest machen zu können. Doch der kann fliehen und bringt Edgar Schaafs Frau Melanie Köninger in Gefahr. Weil Edgar Schaaf das nicht zulassen kann, fordert er den Gegner ultimativ heraus.

**Schaafsgold
und der ungelesene Autor**

Edgar Schaafs vierter Fall.

Blitzeinbrüche und Geldautomatenraube. Eine Bande treibt seit drei Jahren ihr Unwesen. Aber letztlich ist es Gold, weswegen die Dinge in Offenburg und Umgebung gefährlich aus dem Ruder laufen. Nicht weil es da ist, sondern weil es nicht mehr da ist.

Pit Ferman, Autor der *Edgar Schaaf-Krimis*, wird unerwartet und äußerst schmerzhaft mit den Auswüchsen der Suche nach dem Gold konfrontiert. In der Not wendet er sich an seinen Freund Edgar Schaaf.

Schaafsinsel

Edgar Schaafs fünfter Fall.

Kritaholm, Insel in der Ostsee. Für Eliza und Pit Ferman wird der Urlaub mit ihrem Wohnmobil zum Trauma, denn während ihres Aufenthalts geschehen drei Morde. Zu ihrem Entsetzen werden sie kurzfristig sogar wie Verdächtige behandelt.

Auch Edgar Schaaf und seiner Frau Melanie, die einen Monat später mit dem von Pit Ferman erworbenen Wohnmobil anreisen, ist die Insel nicht wohlgesonnen. Edgars Versuche, Ermittlungsansätze zu finden, scheitern an gezielten Anschlägen auf das Wohnmobil und auf ihn selbst.

Erst sein zweiter Anlauf, den er im bitterkalten Winter gemeinsam mit Pit Ferman unternimmt, bringt ihn auf die richtige Spur.

Schaafshunde

Edgar Schaafs sechster Fall.

Während Melanie Köninger ihr Gelübde ableistet und in Spanien auf dem Jakobsweg pilgert, weilt Edgar Schaaf mit den Hunden *Müller* und *Lydia* allein zu Haus. Zufällig wird er Zeuge eines perfiden, durch einen präparierten Hackfleischköder verursachten Anschlags auf einen Hund. Bald stellt er fest, dass es sich nicht um einen Einzelfall, sondern um eine regelrechte Serie von Anschlägen handelt. Als auch Edgars eigene Hunde Ziele eines Hundehassers werden, beginnt er sich zu wehren.

Schaafsfrauen

Edgar Schaafs siebter Fall.

Drei tote Männer, eine schwerverletzte Frau – das ist die Ausgangslage, die an Kriminalhauptkommissar a. D. Edgar Schaaf herangetragen wird. Nicht von irgendwem, sondern von seinen Freunden Eliza Wohlbrecht und Pit Ferman. Diese wiederum beherbergen eine Frau namens Jola, die behauptet, für den Tod der drei Männer verantwortlich zu sein.
Nur widerwillig lässt sich Edgar Schaaf für private Ermittlungen einspannen. Als er zusammen mit dem jungen Kommissar Kai Schuster eine Strategie entwickelt, geschieht das Unfassbare, und Edgar Schaaf stößt an seine persönlichsten Grenzen.

Schaafssteine

Edgar Schaafs achter Fall.

Edgar Schaaf, von seinem letzten Fall psychisch angeschlagen, erhofft sich professionelle Hilfe in der Psychiatrischen Akut- und Reha-Klinik *An klaren Wassern* in *Haldensee.*
  Doch ausgerechnet er ist es, der bei einer Kahnpartie auf dem gleichnamigen See die Leiche eines Mit-Patienten findet. Als er dann noch von seiner Tisch-Nachbarin Martina darum gebeten wird, ihr bei der Suche nach ihrem vermissten Geliebten zu helfen, ahnt er noch nichts von dem Mann, dessen größte Sorge es ist, dass das Geheimnis um seine Steine und deren Herkunft unter allen Umständen gewahrt bleibt. Und dann verschwindet eines Tages auch Martina.
  Nachdem Edgar die entscheidende Witterung aufgenommen hat, spitzt sich die Situation am Ende dramatisch zu, und Edgar spielt mit seinem Leben.

Schaafsherbst

Edgar Schaafs neunter Fall.

Ein Banküberfall in *Durlangen* entwickelt sich anders, als von den Bankräubern geplant. Doch nicht, zumindest was die Beute betrifft, unbedingt zu ihrem Nachteil. Mit einer Geisel gelingt ihnen die Flucht, wobei sie die Verfolger vom SEK und den Ermittler des LKA an der Nase herumführen – und unerkannt entkommen.

Der pensionierte Kriminalhauptkommissar Edgar Schaaf wird am gleichen Tag von einer schweren Krankheit betroffen und überlebt nur durch die Soforthilfe seiner Frau Melanie. Nach einer Woche Klinikaufenthalt steht plötzlich die junge Kommissarin Rita Böhringer vor ihm und bittet ihn um Hilfe. Immer noch angeschlagen, steht Edgar vor seiner größten Herausforderung, denn seine Intuitionen muss er mit Schmerzen bezahlen.

Schaafskind

Edgar Schaafs zehnter Fall.

Pit Ferman, Autor der Edgar-Schaaf-Krimireihe, klagt über eine Schreibblockade. Nicht aus sich heraus, sondern weil sein Protagonist seit über einem halben Jahr keinen Stoff für einen neuen Roman geliefert hat. Und auch Kriminaloberkommissarin Rita Böhringer kann ihm da nicht aus der Verlegenheit helfen. Es gibt einfach keine literarisch verwertbaren Fälle.

Edgar Schaaf selbst ist mit der Ausübung der Bauaufsicht über den Umbau des Türmchenhauses in *Gengenbach* zwar beschäftigt, aber nicht ausgelastet. Allein durch das Sammeln von Polizeiberichten aus der Zeitung ist seine Spürnase längst nicht befriedigt, und allmählich beginnt sich der Kriminalist in ihm zu langweilen.

Da entdeckt seine Frau Melanie Köninger eines Morgens an der Tür ihres Geschäftes *Aquarelle und Poesie* die Zeichnung eines Kindes.

Schabrack

Jacques Brasseur, Spitzname Schabrack, trifft während eines seiner regelmäßigen Besuche in Hamburg auf Charlotta, kurz Lotta genannt, deren bisheriges Leben gerade Schiffbruch erleidet und sie von Jacques´ Hartnäckigkeit zunächst wenig erbaut ist. Keineswegs geplant, landet sie letztlich aus Mangel an Perspektiven mit ihm zusammen in seiner zweiten Heimat Talhalden, wo auch Lotta rasch einen Spitznamen abkriegt: Schaluppe.

Bald stoßen die beiden durch Lottas Neugier eine Geschichte an, die viele Jahre lang unentdeckt an einem geheimen Ort schlummerte. Und Jacques macht sich Gedanken, ob in dem beschaulichen Ort vielleicht ein Mörder wohnt.

Weitere Bücher von Peter Siefermann im Twentysix-Verlag.

„Zwölfeinhalb Bären, oder wie die Bären nach Waldulm kamen."
ISBN: 9783740711917

„Das große Spiel, oder mit Lachdatte, Mängehatte und Poklapier."
ISBN: 9783740727451

„Tierisch-menschliches in Lyrik und Prosa."
ISBN: 9783740714000

„Drei Männer, zwei Boote, ein Fluss und der Blues."
ISBN: 9783740712952

„Teddor."
ISBN: 9783740729400

„Aus der Sicht des Pumas"
ISBN: 9783740731625

„Die Sachenfinderin"
ISBN: 9783740733674

„Der Totensänger."
ISBN: 9783740744281

„Der Bassist."
ISBN: 9783740746940

Der „Zach"
ISBN: 9783740749132

„Handkerchief"
ISBN: 9783740753580

„Zwölfeinhalb Bären auf Weltreise"
ISBN: 9783740766740

„einfach Uhl"
ISBN: 9783740771942

„Lui, der Vogelfreund"
ISBN: 9783740780854

Alle Bücher sind auch als E-Book erhältlich.

****

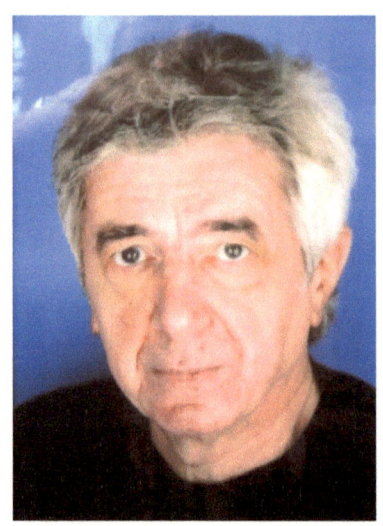

Pit Ferman wurde 1953 in Kappelrodeck im Land Baden-Württemberg geboren. Er lebte über dreißig Jahre in Basel in der Schweiz und arbeitete für ein deutsches Transportunternehmen. Nach Versetzung in den Ruhestand zog er mit seiner Ehefrau nach Deutschland zurück.

Pit Ferman ist Vater zweier Kinder, die beide in der Schweiz leben.